KB271824

나는 잘 웃지 않는 소년이었다

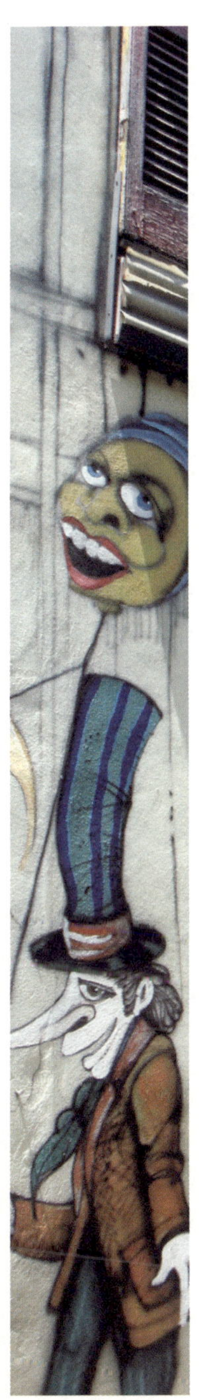

나는
잘
웃지
않는
소년
이었다

김도언 산문집

이른아침

언젠가
부주의하게 마주쳤을
당신에게

　낙엽이 헌옷처럼 떨어지는 계절에 작가의 말을 쓰고 있습니다. 2010년부터 올해까지 비망록과 비공개 온라인 공간 등에 썼던 글들을 모아 다시 책을 묶습니다. 그날그날 일어났던, 보고 듣고 경험한 일상에서 걸러진 단상과 성찰의 기록인 이 글들은 일기일 수도 있지만 일기가 아닐 수도 있습니다. 더 넓혀 보아 산문일 수도 있지만 산문이 아닐 수도 있습니다. 왜냐하면 이 글들이 각각 쓰였던 순간의 심리적 조건들은 단 한 차례도 동일한 적 없이 늘 위태롭게 변개해, 그 형식과 내용을 매번 허물었기 때문입니다. 돌이켜보면 저는 언제나 이렇게 모호하고 불분명하게 걸쳐 있는 불안과, 그 불안이 품고 있는 황홀을 좋아했던 것 같습니다. 이 모호한 것의 성세에 어느 시인의 말마따나 '꽃이라두 피었'겠지요.

　모호하고 어지러운 삶 속에서도 분명한 것은, 매일매일 글을 써왔다는 사실입니다. 그것이 매우 중요합니다. 언젠가 썼던 글에서 저는 '문학이 인간을 구원할 수 있다는 말에 부분적으로 동의한다'는 말을 한 적 있습니다. 다만 '구원받을 수 있는 대상은 문학을 향유하는 계층이 아니라 텍스트를 직접 생산하는 문학주체'라는 단서를 달았지요. 글을 쓴다는 것, 문학을 한다는 것은 자기 자신을 끊임없이 돌아보고 되묻는 행위입니다. 그것은 다시 말하면, 자신과 다투고 불화하다가 결국 화해하고 마침내는 용서하는 과정에 드는 일입니다. 자신을 용서할 수 있다는 것. 그것이야말로 생활의 궁극에 해당하는 경지라는 생각이 듭니다. 자신을 용서하는 것이 곧 구원이라는 개인적인 믿음을 저는 갖고 있습니다. 그리고 어느 순간부터 글을 쓰는 것이 자신을 용서하기 위한 과정이라고 생각해왔지요. 네, 그러니까 제 글은 감히 제가 구원을 열렬히 탐했음을 증거하는 증물인 셈입니다.

이 글들 속에는 도시의 화려한 일상적 조건이나 경이로운 삶에 대한 경탄과 환희 같은 건 들어 있지 않습니다. 다른 이의 호기심을 돋우는 풍요롭고 기괴한 기호와 취미, 그리고 여유로운 여행지의 감상도 없습니다. 제가 쓴 글은 마치 혼자만 듣는 숨소리처럼 조근조근 삶의 틈을 메우는 시간들에 대한, 다시 말해 정류장에서 버스를 기다리거나 동네 마트에서 맥주를 꺼내들고 계산대에 섰을 때 불현듯 영혼을 파고들었던, 하지만 충분히 뼈저렸던 상처와 희망들에 대한 기록입니다. 그러므로 이것은 저의 것만이 아닌 이 책을 읽는 당신들 모두의 것입니다. 왜냐하면 당신들과 나는 어디서든 너무나 부주의하게, 생각보다 훨씬 자주 마주쳤거나 지나쳤을 가능성이 크기 때문입니다.

이 책이 나오기까지 자기 일처럼 힘을 써준 한차현 형과 편집자, 책을 예쁘게 꾸며준 북디자이너, 출판사에 감사합니다. 어리숙하고 모호한 글에 격려의 말을 붙여준 류근 형께도 술 한 잔 올립니다. 우리는 이렇게 다시 살아남았음을 서로 확인하며 안도하고, 또 살아남은 시간의 민망함을 은폐하기 위해 도시의 골목 속으로 들어가야 합니다. 거기에 향기로운 술이 익거든 서로에게 알립시다. 그래요, 우린 이렇게 언제나처럼 허무맹랑한 표정으로 삶의 야만성과 죽음의 공포에 맞서는 것이지요.

2012년 12월 동숭동 카페에서

김 도 언

넷, 나는 잘 웃지 않는 소년이었다

차 례

셋, 아이들은 왜 아프다고 말하나, 손톱을 자르면

둘, 11월은 눈동자에 떨어지는 소금 같다

하나, 텅 빈 것들의 전통

넷
—

나는 잘 웃지 않는 소년이었다

당신의 의자는 어디에 있는가

운명적인 의자를 만나고 싶다는 생각을 한 것은 아주 오래 전이다. 나는 좋은 의자를 가져본 적이 없다. 그렇다고 지금까지 나쁜 의자만 가졌던 것은 아니다. 의자를 주제로 세 편의 시와 한 편의 소설을 쓴 적이 있는데, 그것이 의자에 대한 내 동경을 모두 해소해주진 못했다. 결국 나는 내 의자를 직접 만드는 경험을 가지게 될 것 같다. 의자를 찾기 위해 긴 골목 끝으로 나아가 세상 앞에 첫발을 내딛은 적이 있다. 나의 의자는 어디에 있는가. 내 의자에 쓰일 나무는 어느 산에서 자라고 있나. 이제 곧 북반구의 겨울이 시작될 것이다. 겨울은, 얼음과 불 따위 어떤 결벽들을 거느리는 계절이다. 얼음과 불은 언제나 서로를 긴장하게 만든다. 방심을 느슨하게 대하는 순간부터 사랑은 달아난다.

민망하게도 나는 사람의 눈을 보면 그가 외로운 사람인지 뻔뻔한 사람인지 분명히 이해할 수 있다. 이건 능력이 아니라 오히려 장애에 가깝다. 그동안 너무 무거운 신발을 신어왔다. 신발에 이끌리느라 의자를 갖지 못한 것인지도 모른다. 공주가 되지 못한 여자 친구에게 따뜻한 저녁을 선물한다. 그리고 이렇게 말하는 것이다.

너는 너의 의자를 찾아야 해.

이 세계는 자본가들에게 충분히 장악되었다. 그들은 자기들에게 필요한 이상의 의자를 가진 자들이다. 이 지상의 사람들은 의자를 가진 사람과 의자를 갖지 못한 사람으로 나뉜다. 나는 다만 착한 식물들과 함께 살고 있다. 이런 비애가 썩 마음에 들지는 않는다. 의자는 식물이 동물의 욕망을 가지는 동안 스스로 변한 것이다. 운명적인 의자를 결국 만나지 못하고 이 생이 끝난다면, 그것을 상상하는 것만으로도 충분히 슬플 것이다.

먼지 쌓인 의자가 가득한 술집에서 당신의 눈동자를 그리워한다.

스무 살 때는 이런 생각에 골몰했었다. 매력적인 새엄마도 갖지 못했고 폭력적인 새아빠도 갖지 못했다는 내 불운의 나약한 뼈대에 대해서. 애인의 난폭한 정부와 버스터미널 뒤편 기름기 먹은 축축하고 으슥한 광장에서 각목을 들고 싸워본 적도 없다는 불운의 무료함에 대해서. 그로부터 많은 시간이 흘렀고 나는 권태가 일상을 가장 강력하게 지배하는 요소라는, 조금은 막연한 믿음을 갖게 되었다. 어떻게 사는 것이 옳은 삶인가라는 생각은 가급적 하지 않으려 한다. 나는 당신들이 방바닥에 누워, 배를 타고 오르는 강아지의 귀를 쓰다듬는 순간에조차도 맹렬하게 죽음과 맞서고 있다는 걸 안다. 중환자실의 산소 호흡기에 의지한 노인뿐 아니라, 인큐베이터 속의 갓난아기뿐 아니라, 모든 삶은 예외 없이 저 오연한 죽음과 맞서고 있는 것이다. 새엄마가 아빠 몰래 젊은 정부의 손을 잡고 깨끗한 모텔을 찾고, 새아빠는 엄마 몰래 딸의 몸을 더듬는 순간조차도 그들은 그들 몫의 죽음과 결연하게 맞서고 있다. 때마침 비가 내려 상상력의 진물을 닦아주는구나.

지난 봄, 투병 중인 소설가 최인호 선생님을 모시고 경기도 성남으로 보신탕을 먹으러 간 적이 있다. 누구보다도 정열적이고 화려한 삶, 충분한 부와 명예를 누리며 남부러울 것 없는 삶을 사신 선생님은 가톨릭에 귀의해 삶의 진정한 의미를 궁구하고 있던 터에 암 선고를 받으셨다. 삶의 유한함과 오만이 낳은 죄를 깨닫고 당신을 모시기로 했는데, 상을 주는 대신 병을 선물로 주셨을 때 신에 대한 원망이 왜 없었겠는가. 하지만 수십 차례의 방사선과 항암 치료, 세간의 지나친 관심 등 어지간히 투병생활에 이골이 난 그 즈음의 선생님은 모든 것을 달관한 듯, 인자하고 너그러운 표정으로 이런 말씀을 하셨다.

다시 삶을 산다면 이름을 내겠다는 욕심을 버리고, 다른 사람이 나를 알아볼 수 있는 모든 표식을 버리고, 이런 시골에 파묻혀 시골 무지렁이 여인과 살 섞으며 빈대떡이나 붙여 팔며 살고 싶다. 탁주는 직접 손님들이 먹고 싶을 만큼 떠먹게 '다라이' 속에 쟁여놓고 바보처럼 단순하게 살고 싶다.

일본 오사카 역에 시간을 바라보는 남자가 서 있다.
누구를 기다렸던 것일까. 새 학기를 맞은 큰딸에게 책가방을 사주기로 했던 것일까.
생일을 맞은 아내와 영화를 보기로 했던 것일까. 그 얼망이 무엇이었든 더없이 뜨겁
고 순수했으리라. 벽화 속에서 기다리는 자세로 굳어버린 남자.

바로 그때, 어떤 위악적인 상징처럼, 상 위에는 이름 없는 개 한 마리가 삶을 겨우 지탱하고 있는 사람 몇을 위해 온몸을 찢어 고기로 끓고 있었다. 선생님은 당신이 당장 내일 죽을지 아니면 몇 개월, 몇 년을 더 살지 알 수 없다고 했다. 그러면서 그 어떤 특정한 것도 희망하지 않겠노라고 했다. 생과 사 따위 자신이 주관할 수 있다고 감히 믿었던 모든 것을 자연의 섭리에, 신의 뜻에 맡기겠다는 것.

우리는 무엇 때문에 살고, 왜 살고 있는가. 섬뜩한 단언이지만 질문을 멈추는 순간 우리는 즉사한다. 어떤 사람은 사랑하기 위해서 산다고 했다. 그렇다면 다시 왜 사랑하는가라는 질문을 품는 것이 가능할 것이다. 여기에 대한 답으로, 살기 위해서 사랑한다고 말할 수 있을 것이다. 그러나 사실, 대답은 중요한 것이 아니다. 질문에 대응하고 작동하는 정신의 힘을 유지하는 게 중요하다. 그러므로 우리는 끊임없이, 멈추지 않고, 질문을 해야 한다. 낙엽이 하나둘씩 떨어지면 알 수 없는 것과 알지 못하는 세계에 대한 몽상이 무성해질 텐데, 내 가슴속에서는 매일매일 바람에 슬리는 질문과 대답이 지나간다.

올해 '대산문학상' 평론 부문에 《잘 표현된 불행》을 펴낸 황현산 선생님이 수상자로 결정되었다. 그 소식을 어젯밤, 회식을 마치고 집으로 가는 길의 택시 안에서 라디오 뉴스를 들으면서 알게 되었다. 곧바로 선생님께 전화를 드려서 축하의 말씀을 올렸다. 《잘 표현된 불행》은 평론집임에도 옆에 두고 생각날 때마다 틈틈이 계속 펼쳐보고 싶게 만드는 책이다. 그 안에는 근본적으로 도달해야 하지만, 역시 근본적으로 회의할 수밖에 없는 '시적 이상 세계의 모순이 갖는 아찔한 아름다움'이 신비한 언어로 묘파되어 있다. 올해 같은 책으로 '팔봉비평상'을 받기도 하셨는데, 대학에서 정년을 맞이하신 후 오히려 선생님은 비평이나 번역 작업에서 더욱 청년 같은 열정적인 작업을 하고 계시다.

박정윤의 《프린세스 바리》, 서유미의 《당분간 인간》, 백가흠의 《나프탈렌》 등. 존경하고 흠모하는 문우들이 최근에 보내준 소설들이 책상 위에서 내 눈길을 기다리고 있다. 이 책들을 가만히 쓰다듬어주고는, 먼저 읽기 시작한 토마스 베른하르트의 《몰락하는 자들》 마지막장을 조금 전 덮었다. 보기 드문 훌륭한 예술가소설로, 제목 속의 '몰락'은 다름 아니라 예술적 절망에 따른 자기파멸을 가리킨다. 천재적인 피아니스트 글렌 굴드와 동문수학했던 피아니스트가 화자로 등장하는 이 소설 속에서, 주인공은 자신의 실력이 글렌 굴드를 결코 따라잡을 수 없다는 절망적 판단을 하고는 피아노를 더 이상 치지 않겠다고 결심한다. 그리고 이렇게 말한다.

"나는 내 악기를 더 이상 구박하기 싫었다."

아, 이런 건 정말 멋진 절망이다.

살아 있는 것들을 알아보는 시간

비 개인 하늘이 눈부시다. 몇 해 전부터 햇빛알레르기에 반응하는 체질로 변한 나는, 이런 햇빛이 반갑지 않다. 우울과 비관의 나라, 음지와 그늘 속에서 살던 내게 뒤늦게나마 햇빛알레르기가 생겼다는 건, 어딘지 내 근원에 가까워진 증거처럼 보이기도 한다. 징후, 조짐, 기미, 낌새, 징조. 비슷한 말들이 미리 보여주는 미래의 풍경이 문득 궁금해진다.

단순하게 말하면, 소설의 욕망은 배반의 욕망이다. 타자의 저의를 읽어내고 그 의도에 순응하는 척하다가 마지막에 보기 좋게 배신하는 주체의 욕망. 주체가 욕망하는 타자와의 관계에서 매개가 개입한다는 건 지라르의 삼각형 이론이다. 내가 A를 흠모할 때, A에게 남자친구가 있다면 이 흠모의 욕망은 더욱 강렬해진다는 것. 이 남자친구가 바로 매개라는 것. 그렇지만 이 구조를 배반하는 것은 어떤가. 내가 남자친구를 고용할 수도 있는 것이니까. 혹은, 남자친구에게 내가 고용될 수도 있고. 그리하여 타자인 A를 속이는 것. 이 배반의 시나리오는 얼마든지 진화할 수 있다. 내가 A에게 고용될 수도 있고, 남자친구가 A를 고용할 수도 있다. 그 배반이 진화하는 과정은 사실상 무궁무진하다.

소설의 전략의 성패는, 이처럼 수많은 겹으로 둘러싸인 배반의 구조를 얼마나 효과적으로 설득력 있게 제시하느냐에 달려 있는 것 같다. 소설 쓰다 말고 (소설을 못 써서 쫓기듯) '시 왕국으로 망명한' 입장에서 할 이야기는 아니지만, 재기발랄하고 위트가 넘치는 소설은 넘치는데 욕망의 구조를 깊이 있게 천착하는 소설을 만나본 지는 너무 오래된 것 같다. 이를테면 우리 문학판에서 《파리 대왕》이나 《카라마조프의 형제들》 같은 소설들을 바라는 것은 무리인가. 나는 죽어도 못 쓸 것 같기에 하는 말이다.

 홀가분하다. 기회가 주어진다면 사나흘쯤 혼자 여행을 다녀오고 싶다. 서울에서 몇 시간 떨어진 작은 소도시에 가서, 낡은 타일이 붙어 있는 목욕탕에도 가고 옛날 커피를 타주는 다방에 앉아 책이나 읽다 오고 싶다. 모텔이나 장이 아닌 '여관' 간판이 붙은 곳에서 묵고, 아침이면 느지막이 일어나 시상이나 정류장 구경을 하다가 인근 공사장 함바집에 멀쑥한 표정으로 끼어 밥을 먹는 것이다. 그리고 해가 질 때까지 지치도록 걷다가 혼자 선술집에 들어 술집 주모에게 몇 마디 사람의 말을 붙여보는 것이다. 그러면 살아날 것이다. 모든 게 살아날 것이다. 살아 있는 것들이 살아 있

내가 우리나라 어느 작은 도시의 시장이라면, 그리고 어느 정도 독선이 가능할 정도로 시민들의 안정적인 지지를 받는다면, 시의회와 시민을 설득해 고양이를 우리 도시의 특산물로 만들 것이다. 우리 시를 고양이 도시로 만들어 관련 산업을 키우고 일자리를 만들 것이다. 진도에 특산견 진돗개가 있듯 체모와 성격이 좋은 고양이를 개발하고 관리해서 러시안블루나 터키쉬 앙고라, 페르시안과 견줄 만한 시 특산 고양이를 만들어낼 것이다.

는 것을 알아볼 것이다.

<hr>

9월 11일이다. 불세출의 반미 저항운동가 빈 라덴이 세계 자본주의의 수도 뉴욕의 월드트레이드 빌딩을 공격했던 날. 하지만 내게 9월 11일은 릴케가 쓴 일기 형식의 매력적인 소설 《말테의 수기》가 시작되는 첫날로 기억된다. 책의 첫 페이지, 9월 11일자 일기는 이렇게 시작한다.

사람들은 살기 위해서 이 도시로 몰려든다. 하지만 내 생각에 사람들은 이 도시에서 죽어가는 것만 같다. 방금 집 밖에 나갔다 들어왔다. 내 눈에 보이는 것은 이상하게도 병원뿐이었다. 어떤 사람이 비틀거리다가 쓰러지는 것을 나는 보았다.

20세기가 막 시작될 즈음, 릴케는 도시의 음울한 풍경을 비관적으로 묘사한다. 묘사하는 시인의 눈, 시인의 입술이 보이는 듯하다. 사람들은 살기 위해서 몰려들지만, 도시는 사람들에게 쉽게 삶을 허락하지 않는다. 도시는 자본과 욕망으로 들끓고 그 거품 위에서 자란다. 그 거품에 질식할 수밖에 없는 섬약한 사람들은 도시를 경멸하면서도 도시를 떠나지도 못한다. 이미 진원으로 돌아가지 못할 정도로 몸과 마음이 타락했기 때문이다. 마치 선악과를 맛본 최초의 인류처럼.

이 책이 쓰인 것은 20세기 초. 산업자본이 삶의 레토릭을 막 지배하기 시작할 즈음이다. 릴케는 그 시대의 불우한 공기를 맡는다. 이 섬세한 시인의 불우한 예지가 있고 100년이 조금 지나, 핍박 받던 아랍 민족이 거대한 폭력으로 자본주의를 조롱하고 공격한다. 그게 내가 생각하는, 그리고 릴케가 살아 있다면 동의할 것이 분명한 9·11의 의미다.

미국은 월드트레이드 빌딩이 무너진 자리에 '그라운드 제로'라는 이름을 붙였다. 우리의 삶에는, 보이지만 가닿을 수 없는 지평선이 언제나 놓여 있는 것 같다.

'나일'을 만나기 위해

올봄 나에게 시인이라는 작위를 안겨준 계간 시전문지 《시인세계》가 가을에 창간 10주년을 맞는다. 이번 가을 호는 통권 41호가 되는 셈. 시 전문지가 10주년 통권 41호를 낸다는 건 말처럼 쉬운 일이 아니다. 매호가 나올 때마다 적지 않은 적자를 감수하면서 정기 간행의 원칙을 지켜온 《시인세계》. 문학의 '쓸모없음'에 대한 순수한 긍정 없이는 불가능했을 일이다. 10주년을 맞아 주최 측은 정성껏 기념행사를 준비하기로 했다. 여기서 주최 측이란 《시인세계》를 발행하는 출판사만이 아니라 그동안 이 지면을 통해 등단한 시인들을 함께 이르는 말이다.

오는 24일 금요일에 출신 시인들, 편집위원들이 한 자리에 모여 그동안 이 시전문지를 격려해준 시단의 원로, 중진들을 모시고 10주년 생일을 자축하기로 했다. 그날 신작시 낭송 순서가 있는데, 네 명의 시인들 가운데 《시인세계》로 가상 최근에 등단한 내가 막내 자격으로 거기 포함되었다. 장르는 다르지만 그래도 등단 연차가 있는데 공식적으로 막

내 대접을 받자니 '멘탈이 후덜덜'거린다.

잘 해야 할 텐데. 시낭송 레슨 같은 거 해주는 데 어디 없나.

25매 정도의 원고를 끝내고, 지금 음악 들으면서 책을 읽는다. P의 새 장편소설, L의 첫 시집 등이 책상 위에 놓여 있다. 이 단단하고 푸른 글들을 쓰느라 이들은 그동안 얼마나 혹독한 모독과 고독에 맞섰을까. 그래서 나는 동료들의 글이, 특히 적막과 그늘 속에서 적절한 격려도 받지 못하면서 한 땀 한 땀 수놓듯 쓰인, 많이 알려져 있지 않고 그래서 잘 팔리지 않는 작가들의 글이 허투루 읽히지 않는다. P와 L에게 노고에 합당한 성과가 주어졌으면 좋겠다.

한국 남자축구가 올림픽에서 일본을 물리치고 동메달을 따냈다. 기분 좋은 일이다. 그런데 여자배구와 여자핸드볼이 동메달 결정전에서 모두 패해서 마음이 몹시 아프다. 보통 구기 종목의 여자 선수들은 고등학교를 졸업하자마자 실업팀에 입사한다고 들었다. 이들은 특급 선수들을 제외하면 얼마 되지 않는 급여를 받으며, 그리고 (이제는 많이 알려진 것처럼) 별다른 관심과 주목도 받지 못하면서 열심히 땀을 흘린다. 이들이 올림픽에서 동메달을 따면 그나마 평생 월 52만 원 정도의 연금이 지급된다고 한다. 최선을 다해 뛰던 여자 선수들을 생각해보면 실로 안타까운 일이다.

그나마 고마운 일은, 지금 창밖에 비가 오고 있다는 것. 일요일 오후는 뒤도 한 번 안 돌아보고 이렇게 지나가는데, 나는 서운하고 안타까운 것들을 저 빗소리에 섞어 보낼 요량이다. 그리고 생각하는 것이다. 내 삶도 비오는 일요일 오후처럼 이렇게 왔다 가는 것이 아니겠는가. 대기의 흐름을 바꾸고 존재의 그림자를 지우는 비와 무념과 권태를 나무라지 않는 일요일 오후, 내가 이처럼 비오는 일요일 오후를 온전히 가질 수 있었다는 것, 그것만이 중요하지 않겠는가. 욕심이 있다면 내가 쓰는 글도 비오는 일요일 오후처럼 당신들에게 다가갔다가 빠져나갔으면 하는 것.

포천 화현면에 있는 황현산 선생님 작업실에 다녀왔다. 어제 점심에 그곳에 도착해 오늘 새벽 여섯 시에 서울 집으로 돌아왔으니, 무박2일의 일정이었던 셈이다. 황현산 선생님의 작업실은 사실 사모님이신 도예작가 강혜숙 선생님의 도예공방이다. 황현산 선생님은 그 도예공방 한 귀퉁이에 책상과 책장을 부려놓고 번역과 문학연구를 하고 계신다.

황현산 선생님 내외분의 성대하고 넉넉한 대접을 받으며, 쉬지 않고 먹고 마시며 이야기를 나눴다. 시인 김정환 선생님, 시인 K, 또 다른 시인 K, 소설가 김숨, 시인 S, 김정환 선생님의 사모님 등이 그 자리에 함께했다. 황 선생님 내외분은 손님맞이에 도대체 절제라는 것이 없었다. 있는 모든 것을 내어주려는 것처럼 무언가를 계속 내놓으셨다. 우리는 냇물 소리가 들리는 야외 식탁에 앉아 여름 끝물의 야회를 마음껏 즐겼다. 어느 순간 그곳이 인간계가 아닌 선계처럼 느껴졌다. 도시에서는 한 번도 맡아보지 못했던 초자연의 고유한 자취 같은 것을 바람 속에서 느꼈던 것이다. 그것은 이를테면 '들림'과도 같은 느낌이었다. 선생님들과 시인들이 나누는 이야기에 가만히 귀를 기울이면서, 시간이 아무리 많이 흘러도 명징하게 기억될 내 생애 썩 괜찮을 이 한 순간을 미리 굽어보는 것이었다.

주고받았던 이야기 중에 인상적인 것 하나는 김정환 선생님이 황현산 선생님의 글에 대해 하신 말씀이다. 김현의 글이 미술적인데 반해 황현산의 글은 음악적이라고 하신 김정환 선생님은, 황 선생님의 글 속에는 풍부한 리듬감이 들어 있다고 말씀하셨다. 그것은 매우 확신에 찬 어조였다. 황현산 선생님은 그 말씀을 가만히 들으시더니, 당신이 초등학교 저학년 시절, 그러니까 여덟 살이나 아홉 살 때, 동네사람들에게 옛 소설을 읽어주는 역할을 했었노라고 고백하셨다. 춘향전, 심청전, 숙향전 같은 고전소설을, 한집에 모인 동네 사람들에게 읽어주었다는 것이다. 그러면서 하시는 말씀이, 그때 자연스럽게 감각 속에 뿌리내린 고전소설의 어떤 운율감이 현재 당신이 쓰시는 글 속에 원형질로 남아 있는 것 같다는 말씀을 하셨다. 아, 이런 걸 가리켜 '지속적 현전'이라고 하는 것 아닐까.

 이른바
고전 경제학자들의 이름이 대략 두 페이지 건너 한 번씩 나오는 책을 읽
고 있다. 나름 재미가 있다. 최근 손에 들었던 책들이 죄다 이런 종류다.
영국과 중국, 러시아 근세사에 관한 책들 아니면 사회과학과 자연과학
쪽의 교양서들. 문학을 일부러 멀리하는 것은 아니지만 그들과 적절한
거리를 갖기 위해 의식적으로 노력하고 있는 건 사실이다. 너무 가까우
면 읽지 못할 수 있으니까. 사랑하는 연인과 뜨겁게 키스할 때 정작 연
인의 표정을 보지 못하는 것처럼 너무 밀착해 있다는 건, 상대를 읽을
수 없는 조건에 직면해 있음을 말하곤 한다. 따라서 거리를 갖는다는
건, 상대를 정확히 읽고 그의 이름을 부르기 위해 섬세하게 고려해야 할
중요한 미션이다. 고향을 찾으러 타향으로 갔던 현자들의 의지처럼.

지극히 당연한 고백이지만 나는 문학 안에 갇히기 위해 문학을 선택
한 게 아니다. 문학이 내 밥줄이 되는 것에도 시종여일 반대해왔다. 내
가 만난 많은 소설가와 시인들은 한결같이, 소설과 시만 써서 (밥을 먹
고) 살 수만 있다면 그렇게 하고 싶다는 말을 하는데, 나는 그렇게 생각
해본 적이 없다. 그들의 생각이 틀렸다는 말을 하려는 것도 아니다. 나
는 다만 자유롭기 위해, 그 무엇에도 얽매이지 않기 위해 문학을 택한
것이다. 역설적으로 그 말은 언제든지 문학을 버리고 싶을 때 버릴 수
있는 어떤 가능성을 실현시킬 수 있는 조건을 예비해야 한다는 말이다.
버리고 싶을 때 버리지 못한다면, 그런 상태에 대하여 자유라고 말할 수
는 없을 것이다.

내가 태어난 해에 죽은. 내게 삶의 바통을 넘겨준 이 사람, 조지 W. 엘버트. 그는 누구였을까. 무엇을 하는 사람이었으며, 어디에 사는 누구의 연인이었으며, 평생 꿈꾼 것은 무엇이었을까. 나는 어떤 운명으로 그와 생과 사의 바통을 교환하게 된 것일까. 삶은 끊이지 않고 죽음 역시 이어진다. 그러므로 삶과 죽음은 마주보면서 서로의 뺨을 쓰다듬는 것.

소설가와 시인들은 언제나 자신이 적당하다고 생각하는 지점에서 몇 발자국 더 뒤로 물러나 문학을 바라볼 필요가 있다. 하루 종일, 한 달 동안, 일 년 내내 문학을 생각한다는 건 (순정을 증명할 수 있을지는 모르지만) 존재론적 차원에서 보면 다른 세계의 풍요로운 가능성을 놓치는 바보 같은 짓이다. 어떤 원로시인은, 시에 게으른 젊은 세대 시인들을 질책하면서 당신은 '화장실 변기 위에 앉아서도 시를 생각한다'고 말했다. 그것은 비유로서는 온당할지 모르지만, 실현되는 태도로서는 어떤 감응력도 가질 수 없다.

시와 소설 같은 문학적 글쓰기는, 어떤 초자연적인 존재의 소리를 받아서 적는 것이다. 그 목소리는 예컨대 시의 경우, 시를 생각하지 않고 한눈을 팔고 있을 때조차도 찾아올 수 있는 것이다. 시를 생각할 때에만 시가 찾아온다면, 오히려 그것은 시의 부박함을 증명하는 것밖엔 안 된다. 내 생각에 의하면 문학적 진실은 종종 문학 바깥에서 더 여실하게 발견된다. 이겨도 좋고 져도 좋을 내기탁구를 치고 있을 때, 사장에게 불려가서 질책을 받고 있을 때, 돈을 빌려달라는 친척의 전화를 받고 있을 때, 그럴 때, 시가 칼처럼 욱, 하고 들어온다는 거다. 나는 그것을 가리켜 시의 자유, 문학의 자유라고 표현하고 싶은 것이다.

업무상 수없이 많은 이메일을 쓰는 동안, 내 문장이 망가졌을지도 모른다는 생각이 든 것은 어젯밤에 복숭아 하나를 깎아 먹을 때였다.

퇴근길에 '나일'이라는 강 이름을 가진 친구를 만나고 싶다는 생각도 들었다. 이미 나일의 친구인 당신들은 나일의 친구인 것이 자랑스럽지도 않고 아무렇지 않을지도 모르지만, 나는 나일이 내 친구여서 나에게 좋은 표정을 짓거나 웃어주면 무척 기쁠 것 같다. 그가 인상을 써도 나쁘다는 말은 아니다. 나일은 언제부터 당신들의 친구였는지 궁금하다. 나는 나일에게 편지를 쓰지 않겠다. 망가진 문장을 귀한 사람에게 보여줄 수는 없는 일이니까.

내 관찰에 의하면 이상하고 거룩한 사람들은 모두 가난하다. 그리고 이 가난은 매력적이다. 가난의 이미지가 누추와 비참만을 거느리는 건 아니다. 내가 말하는 가난은 곧 정신의 독립을 이야기한다. 물질이 풍요로워야 독립할 수 있다고 믿는 사람들이 있다. 그들의 믿음은 공소하다. 그것은 완벽하게 학습된 결과일 터다. 이상하고 거룩하게 사는 건 매우 어려운 일이다. 그렇게 얻어진 가난 속에서 자기를 긍정하고 타자를 용서하는 일은 더더욱 어렵다. 내가 바라본 세계의 진실의 전모는 이렇다. 도시에 숨어 살면서 공상하고 느리고 어눌하게 말하는 것. 쫓아다니지 않는 것. 그럴 때 살짝 자신의 면모를 보여주는 진실의 인색함이라니. 그것은 죽어가는 동물이 최후에 보내오는 눈빛과도 같다.

문학이 이것을 보여주지 못한다면, 문학을 시속할 이유가 없다. 이런 생각이 들면 어쩔 수 없이 우울하다.

나일은 지금 어디에서 누굴 만나고 있나. 그는 높고 깊은가. 어젯밤 나일은 어디에서 잤나.

극심한 공황장애 병력을 가지고 있는 시인 박진성의 산문집이 나왔다. 예정보다 며칠 늦어졌는데, 그래서 그런지 더 반갑다. 마침 시인 류근 형이 회사 근처에 와 있어서 그를 만나 책을 내밀었다. 내 책도 아닌데 이렇게 흔쾌히 선물하고 싶은 마음이 드는 걸 보니, 이 책에 실린 내 설렘을 나도 잘 알겠다.

책 제목 《청춘착란》이 충분히 암시하듯, 이 산문집 속에는 혼돈과 결락으로 가득했던 청춘의 시간이 들어 있다. 박진성 시인은 산문을 통해 자신이 어떻게 아팠는지, 어떻게 그 병과 다투고 화해했는지, 그리고 어떻게 치유의 가능성을 붙들 수 있었는지를 이야기한다.

기행이나 견문 또는 예술 취향으로 메워지곤 했던, 그동안 우리가 많이 봐왔던 시인들의 산문집에 견주면 이 책은 여러 면에서 이질적이다. 아무도 밟은 적 없는, 얼음으로 가득한, 그 어떤 미생물도 번식하지 못하는 미답의 설국으로 들어가는 기분. 이 책을 펼칠 때의 심경이 그러하다.

시인 류근 형을 처음 본 게, 그러니까 2년 6개월쯤 전인 것 같다. 시인들이 모인 술자리에 날렵하고 산뜻한 인상의 그가 앉아 있었던 것이다. 그때 형은 첫 번째 시집 출간을 목전에 두고 있었는데, 검고 깊은 눈동자 속에 흥분과 불안이 뒤섞인 어떤 극적인 표정을 숨기고 있는 듯 보였다. 형은 재미없는 농담을 하다가 술값을 내고 홀연히 사라졌다. 그때 형의 뒷모습 그림자가 입을 열고 좌중을 향해 "나를 따라올 테면 따라와 봐"라고 말하는 것을 나는 분명히 들었다. 그리고 형은 아무도 따라갈 수 없는 속도로 날카롭게 허공을 찢고 흔적도 없이 사라졌다.

스물일곱에 신춘문예로 등단한 류근 형은 이후 작품 발표를 전혀 하지 않고 18년이 지나서야 문제의 첫 시집 《상처적 체질》을 상재한다. 형의 그 인상적인 뒷모습을 본 지 두어 달쯤 지나 그의 시집을 우편으로 받아볼 수 있었다. 그제야 나는 그 18년이라는 시간이 어떤 의미의 무게를 갖는 것인지 깨달을 수 있었다. 시집 한가득, 눈부시게 걸러진 빛과 그림자의 대극이 가히 진풍경을 연출해내고 있었다. 그것은 또한 적막과 침묵의 조건 속에서 충분히 숙성된 언어들만이 가지는 향기마저 내뿜고 있었다. 형의 시를 읽으면서 손가락으로 찌르면 금방이라도 물방울이 튈 것 같은 그렁그렁한 울음소리를 나는 자주 들었다. 등단하고, 문단의 관리를 받으면서 차곡차곡 신작시를 발표하고, 월평과 계간평, 특집 등의 호사를 누리면서 너무나 쉽게 너무나 일찍 시집을 엮는 관행을 형은 온몸으로 사절했던 것이다. 형은 자발적 소외의 황홀이, 세속의 영락이 주는 즐거움 따위와는 애초부터 비교가 되지 않는다는 걸 알았던 거다.

이후 틈틈이, 우연처럼 불쑥 형을 만났다. 형을 만난 모든 곳에는 술이 있었고 도취가 있었다. 형은 늘 무인가에 도취되어 있는 사람처럼 보였다. 이 말은 '형 자체가 도취였다'라는 표현으로 수정되어도 좋겠다.

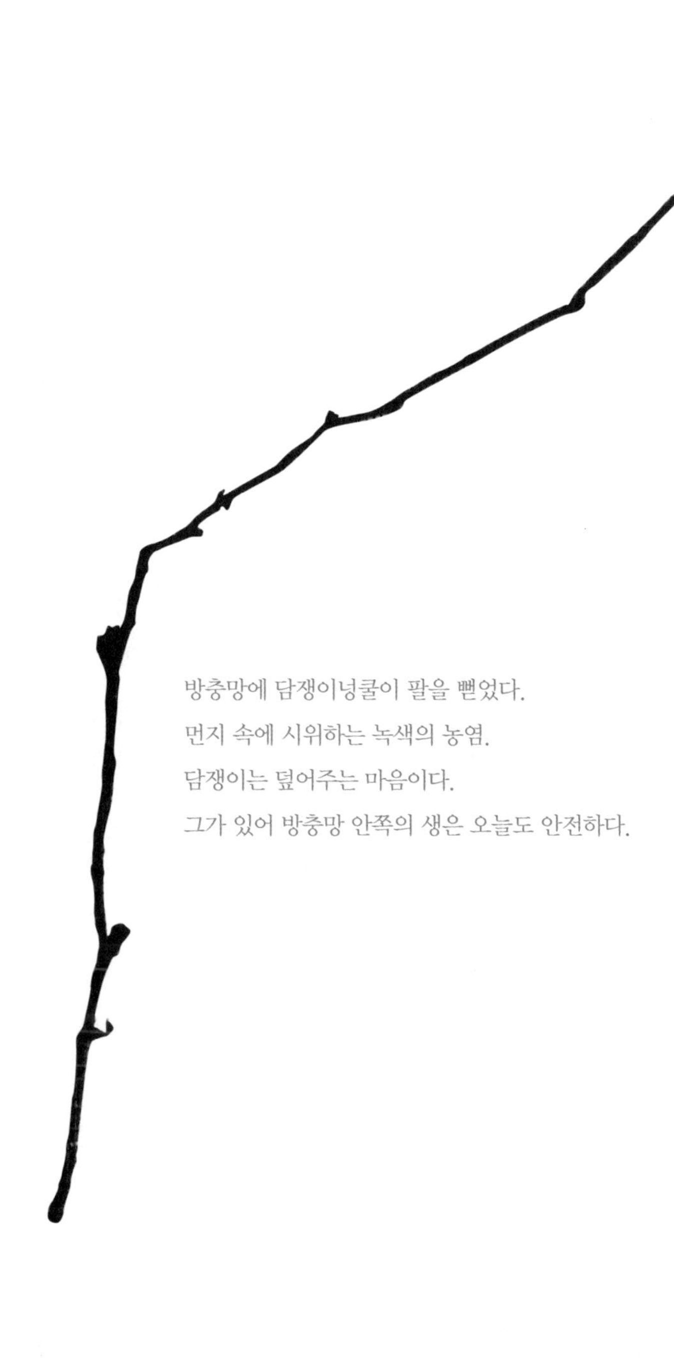

방충망에 담쟁이넝쿨이 팔을 뻗었다.
먼지 속에 시위하는 녹색의 농염.
담쟁이는 덮어주는 마음이다.
그가 있어 방충망 안쪽의 생은 오늘도 안전하다.

형이 도취하는 대상은 시이기도 하고 노래이기도 하고 여자이기도 했는데, 그것이 무엇이든 현실의 소용이나 요구에서 탈각된, 어떤 절대적 이상이라는 점에서 동일한 것이었다. 그러니까 형의 도취는 곧 형이 생존하는 방식이었던 셈이다. 형은 끊임없이, 맹렬하게, 지치지 않고 사랑이란 걸 한다. 사랑은 마치 형의 몸에 깃든 정령이나 몸주와도 같은 것이다.

언젠가 형과 술을 먹다가 형의 시 한 편을 낭독했었다. 내가 좋아하는, 시집 1부에 들어 있는 〈편지를 쓴다〉라는 작품이었다. 낭독하다 슬쩍 보니 어느새 형은 눈물을 뚝뚝 흘리고 있었다. 자기 시를 들으며 운다는 면에서 그는 천진한 고아의 영을 가지고 있다. 형은 이토록 잘 울고, 재미없는 농담도 여전하고, 날카롭게 말하고, 바보처럼 웃고, 또 어디서든 술값을 낸다. 형의 가난한 지갑이 구휼해준 시인들은 얼마나 많은가. 형은 죽은 김광석을 진실하게 그리워하고(잘 알려진 사실이지만 김광석의 〈너무 아픈 사랑은 사랑이 아니었음을〉의 노랫말은 류근 형의 작품이다) 어려웠던 시절 신세를 졌던 이외수 선생에게 변함없는 경외와 존경을 보낸다. 세간의 시선이나 평가 따윈 연연하지 않는 채.

어쩌면 올해 안에, 그게 아니라면 내년 상반기 안에, 나는 편집자로서 형의 책을 만들 기회를 갖는다. 형의 시도 시지만, 나는 형의 산문이 가진 어떤 비범함을 사랑한다. 그가 산문을 운용하는 방식은 마치 노련한 마술과도 같다. 나는 형의 아찔하고 도저한, 그리고 전폭적인 자기풍자에 일찍이 매료된 것이다. 그의 깊고 그윽한 산문을 탐내는 출판사들이 많았는데, 형은 나를 믿고 원고를 맡기기로 했다. 나는 형을 유혹하면서 이렇게 말했다.

"열림원보다 좋은 출판사는 많아요. 하지만 그곳엔 김도언이 없지요."

형의 고아의 영과 같은 순진을, 나는 사랑한다. 형이 고집을 부릴 때 도망치고 싶을 정도로 피로감을 느낄 때도 있었지만, 그 피로감은 어쩌면 깎아지른 절벽의 서슬 퍼런 기개와 맞섰을 때 느껴지는 것과 같은 종류인지도 모른다. 나는 형이 좀처럼 개선되지 않기를, 수정되지 않기를, 반성하지 않기를, 그리고 지금처럼 영원히 맹목적이기를 바란다.

퇴근길에 소설가 신승철 형의 문자를 받았다. 그의 문자는 이렇게 묻고 있었다.

무슨 재미있는 일 좀 없을까.

나는 그래서 다소 알량한 답문자를 보냈다.

형도 외로우신가 봐요.

그는 맥주 한잔 할까 싶어 연락을 했다면서, 그럼에도 이미 퇴근길 위에 있는 나를 붙잡지 못했다. 그가 완곡하게 나를 불렀다면 나는 방향을 돌려 그를 만나러 갔을지도 모른다. 하지만 그는 그렇게 하지 않았다. 남에게 폐 끼치는 일을 극도로 싫어하는 그의 성품 탓이다. 그의 내색하지 않는 외로움을 나는 잘 안다. 소설가들 가운데, 아마도 그처럼 글쓰기와 생업을 치열하게 겸업하고 있는 사람은 없을 것이다. 그는 20년 가까이 기자로, 출판 편집자로, 단행본과 시리즈물의 기획자로 생활의 최전선에서 고군분투했다. 그러면서 작가적 개성이 뚜렷한 소설들을 함께 써냈다. 그 고단함은 곧 외로움을 수반한다. 외로워서 고단한 게 아니라 고단해서 외로운 것. 이것을 당신들은 아는지. 최근 그는 익숙한 것과의 결별을 선언, 직장을 옮기는 모험을 감행했고, 새 직장에 적응하는 와중에 위중하신 노모를 지극정성으로 돌보고 있다. 그러니 어찌 외롭지 않을 수 있을까. 그가 혼자 마시게 될 맥주가 천사의 눈물방울처럼 달콤하게 그를 위로할 수 있기를.

　승철 형의 문자를 접고 집에 도착해보니, 《노는 인간》의 작가 구경미가 놀러와 김숨과 술 한잔을 하는 중이었다. 가정용 안주의 대표 격인 김치부침개, 오징어볶음 등이 보였다. 나는 그 술자리에 끼어 밥을 먹었다. 술은 입에 대지 않았다. 나는 밥과 술을 동시에 하지 못하는 사람이다. 그래서 언제나 둘 중 하나를 선택해야 하고 대부분은 술을 택하는 게 내 방식이다. 그런데 오늘따라 밥이 먹고 싶었던 것이다. 우리는 근황을 주고받았고, 서로 쓰는 소설에 대한 이야기를 했고, 보지 못했던 시간들에 대한 알리바이를 교환했다. 이 자리에 승철 형이 함께 있었으면 좋겠다는 생각이 들었지만, 이 먼 길까지 오시라는 게 미안해 생각을 접어야 했다. 구경미가 아홉 시 조금 넘어 집으로 돌아가고, 나는 블랑쇼의 《죽음의 선고》를 좀 읽다가 자정 무렵 잠자리에 들었다.

침대 위에 아무렇게나 벗어놓은 청바지는 일상의 허물.
퇴근이란 거칠게 표현해 '방만해진다'는 것이다.
한껏 방만해진 네가 모멸로부터 해방된다.
나 자신의 근원 쪽으로 다가간다.

 간밤에 꾸었던 꿈은 지금 까지 내가 꾼 꿈 중에서 가장 상서로운 종류가 아닐까 싶을 정도로 기가 막혔다. 이 호들갑을 스스로 용서해도 좋을 만큼 말이다. 좋은 꿈은 발설하면 효과가 사라진다는 통념에 따라, 꿈 이야기는 여기까지만 하겠다.

출근 직전에 손톱과 발톱을 깎았다. 손톱과 발톱을 깎으면 기분이 정말 좋아진다. 손톱과 발톱을 깎는 일은 비용이 들지 않는, 가장 단순하면서도 손쉬운 정신건강 관리법이 아닐까. 그런데 손톱과 발톱이 오이처럼 쑥쑥 자라지 않아 자주 깎을 수 없는 것이 문제겠다. 그나저나 간밤 좋은 꿈을 꾸었으니 복권이라도 사야 하는 것 아닌가.

저녁에는 《시인세계》 창간 10주년 행사에 참석해 시를 낭송해야 한다. 많은 사람 앞에서의 시 낭송이라니 40년 생애에 처음 해보는 일이다. 살짝 긴장이 된다. 누군가의 조언처럼 소주를 여러 잔 마시고 붉은 얼굴 붉은 목소리로 낭송해야 할까. 그래 지나가겠지. 시를 읊는 내 목소리도 공기 중에서 지나가고, 어떤 감흥과 영감들도 지나가겠지. 어떤 눈빛들, 혀의 망설임도 지나가겠지.

처서 지난 바람이 선선하다. 세상은 망해 가는데 어떤 사람들은 사랑을 한다. 또 어떤 사람은 모르고 보낸 사람들을 추억한다. 어떤 이는 모국과 모어를 떠나 해외를 떠돌고, 또 어떤 사람은 누군가를 살해할 음모를 꾸미기도 할 것이다. 또 어떤 사람은 형제에게 편지를 쓰고, 또 어떤 이는 밤 열차표를 끊는다. 이 모든 게, 불가능하기도 하고 가능하기도

하다는 것. 우리의 다큐멘터리는 이처럼 곤궁하고 풍요로운데.

 리듬감이 없었다. 여백미를 느낄 수 없었다."

어제 《시인세계》 창간 10주년 기념행사장에서 처음 선보인, 내 시낭송에 대한 몇몇 사람들의 촌평이다. 종합하면 형편없었다는 이야기다. 시낭송 같은 것에 소질이 없다는 걸 여실히 깨달았다. 나는 시낭송을 좋아할 수 없는 인간인 모양이다. 좋아하는 것이라면 그토록 형편없이 할 수는 없을 테니까.

행사에 참석하신 시인 이승하 선생님과 많은 이야기를 나누었다. 문청 시절 한때 선생님의 시집을 애독했던 적이 있다. 나는 선생님의 시집에서, 한국어의 국지적 왜소성을 극복하고자 하는 젊은 시인의 전지구적 상상력과 묵시론적 세계관을 발견하고 신선한 충격을 받았다. 그것은 말 그대로 시인에게서만 가능하고 시인에게서만 기대할 수 있는 '오연한 패기'였다. 나는 나의 발견이 과히 틀리지 않았다고 생각한다. 어제 선생님과 많이 나눈 대화는 문학의 정체성, 위의(威儀), 문학을 한다는 것의 정치성에 대한 것이었다. 한국시단의 뜨거운 시선과 주목을 한몸에 받던 선생님은 어느 날 갑자기 스스로 그 지위를 반납하고 제단에서 내려와 변방으로 숨어들었다. 나는 선생님께 그 이유를 물었고 선생님은 진솔하게 대답했다. 선생님은 어느 순간, 주류 문단에 기대는 관습

적인 행태에 참을 수 없는 비겁을 느꼈고, 당신의 자율성이 심각하게 침
해당하고 있다는 걸 자각했단다. 그래서 자발적으로 권력을 포기한 것
이다. 선생님과 무거운 대화만을 나눈 것은 아니다. 나는 농담조로 이승
하 선생님께, 선생님이 미래파의 원조 아니시냐는 말을 했더랬다. 그 말
은 하지 않았으면 더 좋았을 것이다. 처음 만난 사람에게 건네는 농담의
운명은 대개 그렇다. 선생님을 첫눈에 믿어버렸기 때문인가. 나는 선생
님께, 이런 고백마저 하고 말았다.

"사람들이 나를 모르고, 내 가치를 평가해주지 않는 것에는 조금도 화가
나지 않습니다. 저도 소설을 쓰고 싶은 만큼 썼고 발표할 만큼 발표했습니
다. 제가 정말로 화가 나는 것은 문단에서 가짜들이 판을 치는 것입니다."

이 말 역시 하지 않았으면 더 좋았을 것이다.

김요일 시인, 박장호 시인, 임창아 시인, 신동옥 시인 등과 마지막 술
추렴을 하다가 새벽 세 시쯤 귀가했다. 쏟아지는 장대비를 피하지 않고
흠뻑 맞았다. 내게는 우산이 없었다. 거리에는 죽은 우산들이 널려 있었
다. 나에게는 어둔 밤을 읽어낼 눈동자가 없었다.

시인으로서 다하지 못했던
사람의 도리

나는 내가 없는 곳으로 가서 살고 싶은 사람이다. 내가 없는 곳이면 어디든지 찾아갈 준비가 된 사람이다. 하지만 나는 미치고 싶지는 않다. 나는 언제나 구경꾼이기를 바란다. 나는 나를 들키지 않기 위해 무던히도 애쓴다.

이윤학이 쓴 어떤 글의 일부다.

에밀 시오랑은 아침부터 저녁까지 무엇을 하느냐는 질문에 "나 자신을 견딥니다"라고 답했다. 사실상 자문자답의 형식이다. 자기 자신을 오랫동안 견뎌온 사람에게 그런 질문을 던지는 타자의 경솔함을 나로선 상상하기 어렵다. 자신을 혹독하게 견딘 사람은 언제든지, 자기 안의 타자를 몸 밖으로 내어놓거나 들일 수 있다고 믿는다. 그에게는 언제나 그 자신이 필요할 뿐이다.

나에게 도시는 숨어 살기에 딱 좋은 곳이다. 어떤 사람들은 자신을 숨기기 위해 외딴 섬이나 깊은 숲속 같은 오지로 떠난다. 우리는 인적이 끊긴 사막에서 지혜를 깨친 성스러운 은자들의 시대를 알고 있다. 하지만 그런 곳일수록 그 심란하고 첨예한 존재의 자의식은 빛을 발해서 더욱 오롯해지는 법이다. 존재의 발각. 하여 나는 도시에 숨어 있다. 대형마트에서 카트를 밀고 나오는 대열의 뒤에, 홍대의 밤거리를 뭍별처럼 유영하는 숱한 취객들 속에, 스타벅스나 앤제리너스의 주문대 앞에, 출퇴근길의 혼잡한 지하철에 말이다. 그러니, 혹여 당신이 도시 속에서 나를 닮은 사람을 보거든, 그냥 본체만체 지나가시는 게 좋겠다. 사실상 그것이 내가 제일 바라는 것이다. 내가 먼저 알아볼 수 있는 당신이 되어보는 것은 나쁘지 않다.

 냉면을 먹는다. 우리 모두는 어느 곳에 가끔 불을 지르고 어느 곳에서 가끔 통곡한다. 사실 나는 오래 전부터 없어지고 싶었지만, 냉면 가게에 사람은 많고, 나는 어서 없어지고 싶었지만, 지금은 가까이에 은둔보다 식욕이 다가와 있다. 냉면 집에서 나온 우리는 찻집으로 들어갔다. 시인 K는 빨간색 말보로를 피우고, 후배 J는 조카의 사진을 보여주며, 예쁘죠? 오빠가 인물이 괜찮은 편이에요. 아직 없어지지 않은 내가 조금 전 먹은 냉면에 나는 별 평점을 두 개밖에 못 주겠어. 우리 모두는 어느 곳에서 가끔 용서라는 걸 한다. 어떻게 하면 없어진 사실마저 지울 수 있나. 신발에 진흙이 잔뜩 묻어 있는데 너는 언제부터 웃고 있었니. 말보로가 태워지는 사이, 나는 계속 없어지고 싶은 습관을 바라보고, 인근의 공사장에서는 지금도 벽을 허물고 있다. 지혜를 가진 인부여, 나를 좀 폭파해다오. 나는 하루 빨리 없어지고 싶지만, 기적처럼 통째로 사라지고 싶지만, 시 쓰는 K형은 자꾸 졸립다고 한다. 우리가 우리 자신을 이해하는 데 필요한 것이 무엇인지는 모르겠으나, 분명하게도 우리는 그것을 가질 수 없다는 것, 가져서도 안 된다는 것. 우리 모두는 어느 곳에서 가끔 회개를 한다. 나는, 빌어먹을, 좀처럼, 없어지지, 않아서, 진흙 묻은, 신발처럼, 더러워져서.

하창수 산문집 《발견되지 않는 소설가의 생활》을 읽고 있다. 거기에서 아름답고 과격한 문장을 발견했다.

'멸'한다는 것은, 먼저, 절멸絶滅시킨다는 것이다. 또한 한껏 경멸輕蔑한다는 것을 말한다. 즉, '멸'한다는 것은 없애자는 것이고 조롱하자는 것이다.

이 세상에서 가장 철저히 없애고, 철저히 조롱해야 할 것은 바로 기쁨과 즐거움이다. 기쁨과 즐거움을 없애버릴 수 있다면 슬픔과 고통을 없앨 수 있으며, 기쁨과 즐거움을 조롱할 수 있다면 슬픔과 괴로움에 끌려 다닐 필요가 없어진다.

진정 강한 것은 담과 둑이 없다. 하늘은 제방을 만들지 않고, 우주는 그 자체로 생사生死의 범람을 막지 않는다. 그러나 인간이 만든 것에는 모두 담과 둑이 있다. 인간은 집을 지어 그 안에 값나는 것을 들여놓고는 담을 둘러치고, 물길의 범람을 막기 위해 둑을 치듯 스스로 초병이 되어 도둑의 침

탈로부터 그 보화를 지키려 든다. 그래서 얻어지는 기쁨과 즐거움은 슬픔과 괴로움이라 해도 다르지 않다.

......

우리는 탈출할 수 없는 감옥 안에서 기뻐하고 즐거워하는 것이다. 광활한 우주를 버린 대가로 우리는 하나씩의 감옥에 갇혀 있는 것이다. 거기서의 제한된 만족을 기쁨이라 하고 즐거움이라 하는 것이다. 이런 감옥 속에서는 죽었다 깨나도 우주의 열락을 알지 못한다. 우주의 열락은 제한되지 않는다. 우주를 막아 세우는 담이나 둑은 존재하지 않는다. 우주에는 아무 것도 없으며, 모든 것이 다 있다. 우리는 그것을 가질 수가 없으므로, 가질 수 있는 무엇, 가져서 늘 확인할 수 있는 무엇을 가지려 든다. 그것이 열락이다. 그러나 그 열락은 우주의 열락이 아니다. 열락을 깨고 나서야, 없애고 나서야, 한껏 조롱하고 나서야 우주의 열락을 가질 수 있다. 그리고 그것은 가지는 것이 아니다. 그것은 이미 존재하는 것이고, 가만히 있으면, 아니, 우리가 일고 있는 열락을 없애고 조롱한 뒤라면 스스로 알아서 찾아든다. 우리가 이미 우주의 한 구성물이듯이.

반어와 알레고리, 역설 등으로 중무장해 두터운 다의적 층위를 만들어내기로 유명한 하창수 선생님의 '소설을 푸는 열쇠 말'이 글 속에 들어 있는 것 같다. 지금 내리고 있는 비가 언제쯤 그칠지 함부로 짐작하거나 상상할 수 없는 것처럼 이 글이 지시하는 향방을 알 것도 같고 모를 것도 같다. 이 산문집은 후배 J로부터 빌린 것이다. 후배에게 책을 빌린다는 것이 나는 좀 겸연쩍은데, 이 후배가 이전에 내게 빌려준 책은 지그

사진 속의 코뿔소에게 '보르헤르트'라는 이름을 붙여준 이는 시인
신동옥이다. 보르헤르트는 병약한 작가였고 일찍 생을 마쳤다.
신동옥의 작명 이후, 이해할 수 없게도 내게 '이 코뿔소의 이름은
보르헤르트 아니면 안 된다'는 고집이 생겼다. 보르헤르트가 없었
던 세상과 코뿔소 보르헤르트가 없은 세상은 다르지만 같은 세상
이었다.

문트 바우만의 《유동하는 공포》였다. 그 책은 세상으로부터 받은 영감과 인상의 종적을 불안으로 치환시키곤 했던 내 문학적 작업의 의의를 스스로 성찰하고 검증하는 데 적지 않은 도움을 주었다. 그러니까 그 후배는 내 결핍과 허기를 어느 정도 꿰고 있었던 셈이다.

《발견되지 않는 소설가의 생활》 속에는 해리포터 같은 소설을 써달라는 아들에게 일상의 비일비재한 마법을 설명하는 소설가의 초상도 묘사되고 있다. 거기 간결하면서도 의미심장한 메시지가 담겨 있다. 그나저나 오늘은 '불금'이다. 우주의 열락은 어디쯤 와 있을까.

나와 한집에 살면서 같은 지번을 주소로 쓰던, 내게 시를 알려주고 시인이 살아내는 삶에 대해 인상적인 영감을 줬던 신동옥 시인이 7월 2일자로 우리 집을 떠났다.

동옥은 2005년 5월 첫날, 우리 집 1층에 '세입자'의 신분으로 들어왔다. 안현미 시인이 그에게 "소설가 김도언의 집에서 세입자를 구하는 모양"이라고 귀띔을 해준 것이 귀한 인연의 끈으로 이어진 것이다. 그로부터 7년 2개월을 그와 나는 한 집에서 함께 살았다. 집에 들어올 때 그는 아직 20대의 청년이었는데, 집을 떠날 때는 30대 중반의 나이가 되어 있었다. 나 역시 30대 초반에서 이제 만으로 마흔을 꽉 채운 나이가 되었다. 그 세월 동안 놀랍게도 우리는 닮아 있었다. 외양도 그렇지만 정신적으로는 더욱 더. 우리는 사회적 불평등과 이기적인 욕망들에 대해

분개했고, 자본에 급속도로 침식되는 문학적 환경에 대해 당혹스러워했는데 대체적으로 서로 확인하는 심기는 '멜랑꼴리하고 유머러스한 것'에 가까웠다.

동옥이 비우고 떠난 1층의 방들을 돌아보니, 벽지 군데군데에 검푸른 곰팡이가 피어 있다. 그는 이 습기의 감염, 이 눈에도 보이지 않는 미세한 생물의 내습을 어떻게 버텼을까. 마음이 허전하고 아프고 섬뜩하다. 내 무심함을 이제 탓한들 무슨 필요가 있을까. 내가 7년 동안 가까이에서 목격한 동옥은 시라는 숙환을 앓는 사람이었다. 2남 2녀의 장남이며 '순천의 수재'라는 소리를 듣던 그는 시를 위해, 부모의 기대와 동생들의 선망에 대한 부응이라는 의무감을 일순간 모두 마음속에서 추방했다. 나는 그것을 생각할 때마다 빈속에 독주를 쏟아 부은 것처럼 속이 쓰리다. 하물며 당사자인 그의 마음은 어떠할까. 그는 시를 생각하느라 자주 밤을 샜고, 시가 써지지 않을 때는 멀리 산책을 하고 돌아와 술을 마셨다. 그 사이 나와도 통음을 여러 번 했다. 우리는 빠르게 친해졌고 그는 나에게 시인들을, 나는 그에게 소설가들을 소개했다. 그처럼 그와 나는 많은 것을 나누고 공유했다.

한 번은 동옥이 창녕 우포늪에서 생산했다는 쌀 한 포대를 지고 2층 현관문을 두드렸다. '원고료 대신 받은 쌀인데 맛이나 좀 보라'는 것이었다. 시를 써서 받은 쌀을 나눌 만큼 그는 순진하고 세속적인 욕심과는 무관했다. 동옥의 방에는 많은 시인과 소설가들이 섞여들었다. 그의 방은 한때 문인들의 사랑방 구실을 했다. 그를 흠모한 젊은 시인들과 선배들이 그의 가파른 발걸음을 좇아 은평구 변방의 잘 알려지지 않은 동네를 기꺼이 찾은 것이다.

그를 만나기 전까지 내게 문학은 형식적인 측면에서 줄곧 산문의 문학, 줄글의 문학이었다. 내 문장은 누설 욕망을 주체하기에 바빴고, 사건과 사태의 개념들을 소설적으로 구현해내는 데 골몰했을 뿐이었다. 하지만 동옥으로부터 시에 대한 열정을 배우고 그것에 감염되면서부터 나는 내가 부러 외면해왔던, 오랫동안 찾지 않은, 내 문학의 수원이랄 수 있는 시를 다시 찾게 되었다. 그리고 어느 날부터인가 한 줄 한 줄 더듬이로 사물을 감각하듯 느리고 서툴게 시를 쓰기 시작하는 나를 발견하게 되었다. 그것 자체로도 황홀한 것이었지만, 하여 나는 올해 봄에 소박한 시전문지를 통해 늦깎이 시인으로 데뷔라는 것조차 할 수 있었다. 응모했던 시를 보여주었을 때, 여전히 미심쩍은 마음으로부터 오는 자격지심 때문에 괴로워하고 있던 내게 그는 기꺼이 격려와 응원의 말을 건네주었다. 그제야 비로소 나는 나의 만용을 스스로 용서할 수 있겠다는 생각이 드는 것이었다.

동옥은 우리 집에 있는 동안 몇 번의 연애를 하는 듯했으나 그것 때문에 문학적 긴장이 와해되는 경우는 없었던 것 같다. 오히려 그의 연애는 그의 문학에 더욱 강퍅한 긴장을 선사했다. 그에게 문학은 유사한 대체제를 찾을 수 없는, 독존하는 절대였다. 그를 생각할 때 가장 먼저 떠오르는 인상은 어쩔 수 없이 수도승의 이미지인데 그는 작은 방에 촛불을 켜놓고 장좌불와를 수행하는 선승처럼 책을 읽고 글을 썼다. 내가 저잣

거리에서 술을 마시고 자정이 넘어 대문을 열고 집에 들어오면서 바라보던, 그의 작은 방 창문에 비친, 꼿꼿하게 가부좌를 틀고 '앉은뱅이책상' 앞에 앉아 있는 그의 실루엣은 영락없는 절집의 선승을 연상시키는 것이었다. 아, 어쩌나 내 행색이 부끄럽던지. 틀림없이 동옥은, 고단한 선승에게 부처가 쉬이 모습을 보여주지 않은 것처럼, 잡힐 듯 잡힐 듯 그러나 잡히지 않는 문학의 환상을 지치지 않고 좇아가는 수행자였다.

정말 다행한 일은 그가 우리 집에 살던 7년 동안, 그에게 좋은 일이 꽤 많이 일어났다는 것이다. 무엇보다 그는 등단한 지 7년 만인 2008년 첫 번째 시집(《악공 아나키스트 기타》, 랜덤하우스중앙)을 펴냈고, 대산문화재단이나 문화예술위원회 같은 공신력 있는 기관이 주는 창작지원금을 수혜했다. 그리고 재작년에는 윤동주문학상 젊은시인상도 수상했다. 그는 그렇게 받은 지원금을 털어서, 평생 흙을 만지며 당신 자신들을 위해서는 푼돈 한푼도 쉽게 쓴 적 없는 부모님을 중국으로 여행 보내드렸다. 동옥은 부모님이 중국여행 중에 찍은 사진 한 장을 액자에 넣어 글 쓰는 책상 앞에 세워두었다. 눈물 나게도 그것은 어쩌면 시인으로서 다 하지 못했던 사람의 도리, 아들의 도리를 겨우 했다는 안간힘에 가까운 자기긍정의 표현이었으리라. 동옥의 부모님을 수차례 뵌 적 있는 나로서는, (문학을 하는 아들에 대한 안타까운 체념과 오롯이 표현할 수 없는 복잡한 애정을 쭈뼛쭈뼛 드러내곤 했던 동옥의 부모님!) 그 눈물겨움을 모른 체 할 수가 없는 것이다.

동옥이 우리 집을 떠나기 이틀 전, 그와 그의 애인과 나와 김숨 이렇게 네 사람이 조촐하게 송별회를 했다. 우리는 각자 준비해온 음식을 한 상에 나란히 올려놓고 술잔을 주고받았다. 와인을 마시고, 소주를 마셨다. 입의 말들도 오고갔으나, 말로 담을 수 없는 마음속의 이야기들은 그 잔을 통해 우리의 몸속으로 밤하늘의 별처럼 흘러들어갔을 것이다. 무엇이 계속 아쉽고 허전했던지, 저녁 일곱 시부터 시작한 그 소박한 송별회는 층을 바꾸며 새벽 세 시까지 이어졌다. 고백하자면 한때의 나는 그를 오해하기도 했고, 그의 시를 오독하기도 했다. 그리고 간혹 주인 행세를 하면서, 밤늦게까지 기타를 치며 악을 쓰는 것으로 세상을 향한 울분을 쏟던 그를 나무라기도 했다. 하지만 그것은 자본주의 세속의 첨단을 걷고 있는 21세기에 놀랍게도 중세적 정신주의를 표방하는 그의 '시대착오적'인 결기에 대한 내 불편하고 안타까운 우정의 발로였으리라. 그에게 표현했던 것보다도 훨씬 더 그를 좋아하고 그의 시를 훨씬 더 지지한다고, 이제 와 고백하고 싶다.

엊그제는 김숨과 함께, 그가 새로 구해 들어간 그의 새 자취방에 다녀왔다. 그의 새 집은, 우리 집에서 걸어서 25분 정도 떨어진 곳에 있었다. 행정구역상으로는 여전히 같은 동이다. 정말 다행스럽고 고맙게도 그는 너무 멀리 가지 않은 것이다. 그는 여전히 잡힐 듯 잡힐 듯한 거리에 있는 것이다. 그의 집을 품고 있는 골목은 깊고 깊었으나, 대신에 조용하고 공기도 좋았다. 그의 방은 깨끗하고 단정했다. 그는 전 집주인들을 위해 멜론 한 통을 사두었던 모양이다. 그걸 냉장고에서 꺼내더니 썰기 시작한다. 그러곤 넌지시, 아무것도 모르는 자의 혼돈도 아니고 마치 오랜 꿈에서 이제 막 깨어난 자의 무구한 눈으로, 김숨에게 이렇게 묻는 것이었다.

"누나, 멜론씨도 참외씨처럼 먹는 거예요?"

호박씨만 한 멜론씨. 아아, 동옥은 시 말고는 알고 싶은 게 하나도 없는, 백치 수도승의 삶을 거기 새 집에서도 살아가겠다는, 아니 기어이 살아내겠다는 심산이었던 것이다.

진화의 시절은 끝났다. 나에게 어울리는 퇴행의 알맞은 속도를 참구하는 시간이 필요하다. 나는 점차 말을 지우고 침묵 앞으로 나가야 한다. 구호와 선언으로 들끓는 세계, 좁은 골목과 비대한 차들, 무너지는 집과 태어나는 욕망들, 착시와 오물들, 비극배우를 열심히 흉내 내는 시인들, 수많은 선구자들, 옳고 바른 이들, 영악한 자들이 섞여 있는 이곳에서 맹렬한 혁명을 꿈꾸며 사는 것도 퍽이나 민망한 일이다. 나는 이곳을 버리거나, 아니면 진즉에 투항해야 했는지도 모른다. 지금은 이러지도 저러지도 못하는 나이가 되어 있다. 한잔의 순결한 술을 마시고 중얼거려보자. 살아 있는 몸은 부패하지 않기 때문에 오히려 진부한 것 아닌가. 이를테면, 살아 있는 몸은 체중과 성욕을 관리해야 하고, 날씨와 은행 잔고 등을 체크해야 한다. 부패하지 않은 몸의 형편은 그토록 남루한데 나는 오늘 어디를 바라보나.

내 편견에 의하면 밤하늘의 별은 가슴속에 파묻혀 자라는 장기의 일

종이고, 고양이는 동물의 이름을 가리키는 명사가 아닌 동사의 어근이
다. 따라서 외과의들은 필히 밤하늘의 별을 공부해야 하고, 국어학자들
은 '고양이하다'라는 동사의 기본형을 국어사전에 등재해야 한다.

 나는 서로를 좋아했지만
연인이 되지 못했다. 비난으로 하는 이야기는 아닌데, 우리가 연인이 되
지 못했던 것은 그녀의 세속적 욕망 때문이었다. 좋아했지만 연인이 될
수 없었던 우리는 그러니까 갈증이 있는, 석연찮은 그런 관계인 셈이다.
Y의 남편은 청와대 직속 주무관이고, Y 역시 실력 있는 전문직에 종사
하고 있다. Y는 집에서는 영어만 사용한다고 했다. Y는 아이들에게 내
이야기를 많이 했고 남편은 내 소설의 애독자라고 한다. 한번은 신문을
보던 둘째 아이가 내 기사를 보고는 Y에게 "엄마 친구가 신문에 나왔어"
라고 말했단다. Y를 만났을 때, 그녀는 1.5리터 PET병에 매실원액을 가
득 넣어가지고 왔다. 술 먹은 다음날 먹으라는 것이다. 내가 극구 사양
하고 받지 않자 그녀는 매우 슬픈 표정을 지었다.

우리는 옛날 음악을 틀어주는 집에 가서 내가 오래 전 Y 앞에서 불렀
던 〈The Boxer〉를 신청했다. 비는 오지 않았고, 술을 마시고 걸을 때
그녀의 팔과 내 팔이 살짝살짝 부딪쳤다. Y를 처음 만났을 때 나는 정신
적으로 육체적으로 매우 빈한했고 몸무게는 66킬로그램이었다. 하지만
그 어디에도 부채는 없었다. 투명했다. 지금의 나는 가난을 지향하는 건

강함의 의미를 알 것 같고 몸무게는 71킬로그램이며 약간 불투명하다. 몸무게를 예전대로 줄이면, 나는 과거의 어디쯤으로 향하고 있을까. 미래는 고독해서 잘 보이지 않고, 오늘은 비가 온다고 했다.

오후에 이어령 선생님을 뵈러 간다. 내가 이어령 선생님을 처음 뵌 건 스물여덟인가 아홉 살 때였다. 당시 나는 이화여대 류철균 교수의 지휘를 받으며 이어령 선생님의 은퇴기념 문집 《상상력의 거미줄》의 책임편집을 맡고 있었다. 지금처럼 무더운 여름날이었다. 사전에 약속된 미팅을 위해 중앙일보 고문실로 선생님을 만나러 갔다. 그 무렵 나는 맨발에 샌들을 신고 출근을 하고 있었는데, 회사 안에서 그러는 사람은 나밖에 없었다. 나는 그 이유를 반쯤은 알고 반쯤은 모른다. 아무튼 내가 샌들 차림으로 선생님을 뵈러 가려고 하자, 당시 팀장이었던 어떤 남자 선배가 기겁을 하며, 얼른 구두라도 하나 사서 신고 가라는 것이었다. 사태를 눈치 챈 나는 "그러겠다" 대답을 하곤, 그냥 샌들 차림으로 선생님을 뵈러 갔다. 그 만용의 기원이 어디에 있든지 간에 나는 샌들 차림으로 중앙일보 출입증을 받고 샌들 차림으로 중앙일보 사장실 바로 옆에 있는 고문실로 안내되었다. 그날 결과적으로 이어령 선생님은 새파란 젊은 편집자의 샌들 차림에 대해 아무런 '지적질'도 '역정'도 내지 않았다. 미팅은 성공적으로 이루어졌다.

그때부터 선생님과의 관계는 각별하게 이어져, 지금까지 나는 모두

이어령 선생님을 모시고 일본 관서지방의 대표 노시 오사
카에 갔었다. 붉은 철제빔이 지지하는 다리 위를 질주하면
서, 일본이라는 나라가 가진 어떤 이중적 이미지를 떠올렸
다. 깍듯한 예의와 친절. 담배꽁초 하나 없는 청결한 거리.
그 이면에 원초적이고 근원적인 욕망을 숨기고 있는 나라.
그것은 어떤 죄의식의 발로일까.

다섯 권의 선생님 책을 맡아서 진행하게 되었다. 나는 그날 이후 선생님을 뵐 때 깍듯하게 입성을 바로 잡는다. 신발에 묻은 마른 흙까지도 닦아낸다. 그 다듬어지지 않은 치기로 자존심을 보상받던 어린 날, 선생님이 나를 한번 봐줬다고 생각하기 때문이다. 선생님에 대한 세상의 평가가 극단적으로 엇갈린다는 건 알고 있지만 내가 생각할 때 그는 '어른'이다.

내가 우리나라 어느 작은 도시의 시장이라면, 그리고 어느 정도 독선이 가능할 정도로 시민들의 안정적인 지지를 받는다면, 나는 시의회와 시민을 설득해 고양이를 우리 도시의 특산물로 만들 것이다. 우리 시를 고양이 도시로 만들어 관련 산업을 키우고 일자리를 만들 것이다. 진도에 특산견 진돗개가 있는 것처럼 체모와 성격이 좋은 고양이를 개발하고 관리해서 러시안블루나 터키쉬 앙고라, 페르시안과 맞짱을 뜰 만한 한국 특산 고양이를 만들어내는 거다. 그러곤 그 고양이를 우리나라 곳곳에 혹은 다른 나라에 좋은 값을 받고 내다파는 것이다.

일요일. 아침 일찍 일어나 시전문지의 가을 호에 실릴 원고를 마지막으로 손봤다. 그렇게 세 편의 시를 편집자에게 보냈다. 점심을 먹기 전까지 두 시간 정도, 레이먼드 카버 평전 《레이먼드 카버, 어느 작가의 삶》을 읽었다. 작가로서의 삶을 인정받고 갱신하기 위해 끊임없이 미국 전역을 떠돌았던 그가, 삼십대 후반에 정착했던 아이오와시티 시절의 이야기. 그곳은 내가 2009년 여름과 가을을 보냈던 곳이어서 더욱 흥미로웠다.

오후엔 작업실 벽에 새 벽지를 발랐다. 밀가루 풀을 물에 풀어 손으로 갤 때, 몽글몽글 부드럽고 끈끈한 좋은 생각이 머릿속에 떠올랐다. 한 생애가 그 생애의 주인에게 좀처럼 허락하지 않는, 자기 긍정과 세계와의 화해라는 궁극이 손끝의 감각을 통해 나를 찾아온 것이다. 그것은 물론, 순식간에 모래알처럼 손가락 사이 저 깊은 크레바스로 떨어져 사라졌다. 오늘은 아무래도 오후만 '없던' 일요일.

〈미자〉라는 제목의 시를 수정했다. 수정했다기보다는 만졌다고 말하는 게 좋겠다. 시는 고치는 것이 아니라 만지는 것이라는 생각이 든다. 너무 오래 만지는 것은 좋지 않다. 너무 오래 만지면, 생기를 잃고 만다. 만지는 손의 체온이 시의 선도를 앗아가기 때문이다. 나는 〈미자〉라는 제목을 붙인 시를 살짝, 잠깐 동안 만졌을 뿐이다. 그 결과 약간 깐깐하고 신경질적이고 통통 튀는 '미자'가 탄생했는데, 어느 정도는 마음에 든다.

휴가철이어서 그런지 출근길 지하철이 조금 한산해진 것 같기도 하다.

오늘 저녁에는 널리 알려진 베스트셀러 소설을 펴낸 작가를 만난다. 나는 그에게 당신의 책을 내고 싶다는 말을 할 것이다.

여름 더위가 절정이다. 서울도 나흘 연속 열대야. 어제는 간만에 에어컨을 틀어놓고 온도계 눈금이 어떻게 변하는지 바라보았다. 하루에 두 번 세 번 찬물 샤워를 해도 더위가 가시지 않는다. 이 정도면 서울동물원의 북극곰이 심각하게 태업이나 자살을 고려할 날씨 아닌가. 털을 뒤집어쓴 동물들은 얼마나 더울까 생각하다가, 강아지 두 마리의 수북한 털을 짧게 잘라주었다. 둔했던 녀석들의 움직임이 한결 가뿐해진 것 같다.

시인 L형과 오랜만에 술을 마셨다. 둘만의 자리가 아니라 시 쓰는 K형과 P형, 북디자이너 등이 함께 했다. 그 자리에서 나는 L형과 내가 가졌던 공백기에 대한 이야기를 꺼냈고 L형은 그 말에 화답하면서 말했다.

"선비들이 문학을 하는 시대는 이미 끝났어. 지금은 선비나 속물이나 너나없이 문학을 한다고 하지."

신비하게도 이 말을 들었을 때, 나는 내 오랜 아픔이 효과적으로 진통되는 걸 느꼈다. 그것은 정말 오묘한 경험이었다. 그나저나 L형이 M사와 함께 하기로 한 산문집 작업이 몹시 기대된다. 그것은 단행본 기획자로서도 무척 탐이 나는 기획이다.

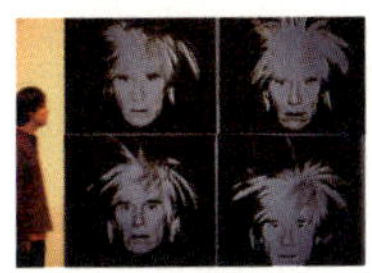

모든 문장은 온도를 가진다

실체 없이 제목만이 입에서 입으로 전해지던 소설, 축약본이나 해적판의 형태로 몰래 읽히던 에로티즘의 고전 《O이야기》가 실력 있는 번역을 통해 세상에 나왔다. 이 소설이 출간되던 1954년 당시, 예술작품이 표현할 수 있는 에로티즘의 수위에 대해 격렬한 논쟁이 벌어졌다. 교양주의자이며 평생 인간의 구원을 화두로 삼았던 프랑수아 모리아크가 이 작품에 대해 했다는 "구토를 불러일으키는 작품"이란 악평은, 출간 이후 60년 가까이 지난 지금은 고전에 으레 따라붙는 구설 정도로 비쳐진다. 하지만 에로티즘 문학이 여기까지 오는 데는 적지 않은 진통이 있었다. 이 소설 《O이야기》만 해도 작가의 본명이 알려지기까지 물경 40년이 걸렸는데, 그 시간은 포르노그래피에 대한 현대인의 의식이 보편적 가치규범의 자장 속에 편입되는 데 걸린 시간과 거의 일치한다. 출간 당시 공개된 작가 이름은 폴린 레아주, 이것은 안느 데클로스가 이 소설을 위해 지은 필명이다. 작가의 연인이었던 당대 프랑스문단의 명망가 장 폴랑이 "여자들은 결코 사드 백작 같은 성애소설을 쓸 수 없다”고 말한 것에 자극을 받아, 그를 위해 보란 듯이 쓰게 되었다고 먼 훗날 안느 데클로스는 고백했다. 예술과 욕망, 권력의 은유로서의 성을 둘러싼 양성 갈등 같은 문제에 대한 현대 사회의 복잡한 시선을 느낄 만한 장면이다. (장 폴랑은, 연인이 자신을 위해 이 소설을 썼다는 사실을 끝내 모르고 1968년에 죽었다)

소설의 서사는 단순하다. ‘O’로 지칭되는 여인이 르네라는 애인의 유도와 권고에 따라 벌이는 엽색행각이 주를 이룬다. O는 사교클럽 소속의 남자 네 명과 함께 파리 교외의 한적한 성에 머무르며 피학적인 그룹 섹스를 즐기기도 하고, 애인의 친구, 그리고 그 친구의 애인 등과 거푸 지독한 성애를 즐긴다. 하지만 작가는 성적인 행위 자체에 포커스를 들이대기보다 그것이 이루어지기까지의 심리적 정황을 매우 섬세한 지문으로 구축하는 데 정성을 기울인다. 그것은 이 작품이 단순히 풍속을 다룬 패설이 아닌 예술소설의 원리에 충실하다는 걸 보여준다. 작가는 소설 속 O의 의식 속에 개입해 다음과 같이 진술한다.

몸을 함부로 내돌림으로써 존엄해진다는 것은 분명 놀랄 현상이나, 거기 존엄한 무언가가 있는 건 사실이었다. ……얼굴에선 알 수 없는 고요함과 더불어 은자들의 눈빛에서나 떠오를 법한 내면의 미소가 은은하게 번지는 것이었다.

원작의, 절제와 극렬 사이를 끊임없이 오가는 문장의 온도 차이를 시인이기도 한 번역자가 섬세한 한국어의 질감으로 복원한 것도 독자 입장에서 고마운 일이다.

작가 폴린 레아주는 '여자로서 어떻게 이런 소설을 쓸 수 있었느냐'는 편견 가득한 질문에 다음과 같이 대답한다.

"제가 아는 건, 이 소설의 모든 것이 저 개인의 순전한 환상이라는 사실입니다. 남성중심이든 여성중심이든 그런 건 상관하지 않아요. 그 속에 실재하는 것은 아무것도 없습니다. 세상 어느 누구도 O와 같이 다루어지는 걸 견뎌낼 사람은 없지요. 모든 것이 저의 사춘기부터 존재해온 환상일 뿐입니다."

소설 속에 빈번히 등장하는 코르셋, 쇠사슬, 가터벨트, 빨간 망토, 가죽 채찍, 모피 쿠션, 하이힐 같은 소품들은 이 소설이 성적 긴장의 극단을 위해 철저하게 연출된 가공의 산물임을 증명하는 장식들인데, 이는 이 소설이 작가적 환상의 결과물이라는 본인의 고백을 실증적으로 뒷받침한다.

문학에서의 에로티즘은 18세기 프랑스의 사드 백작이나 카사노바 등이 성을 종교적 속박으로부터 해방시켜 자유롭게 표현하고자 한 데서 개화한다. 20세기 들어서기까지 에로티즘은 사회적 혹은 제도적 금기로부터 성을 자유롭게 표현하고자 하는 노력이었다. 하지만 이와 같은 예술가들의 노력은 도덕과 관습으로 유지되는 일상의 체제와 기득권 세력에 의해 번번이 적부심 판정을 받은 바 있다.

에로티즘과 외설은 구분되어야 한다는 데 많은 사람들은 동의한다. 그런데 그걸 가리고 판징할 만큼 자신들의 의식이 각성되어 있는가 하는 문제가 남는다. 그리스 신화의 건강한 사랑의 신 에로스에서 기원한 에로티즘이, 자본주의의 쾌락 원리 속에서 각광받는 '상품'으로 생산 유통되는 구조적 위선을 먼저 비판하고 견제하는 게 마땅할 텐데 말이다.

　　　　　　　지난 화요일, 경주에 가서 강석경 선생님을 만났다. 4월에 이어 두 번째 경주행이다. 세월이 가도 여전한 미모와 열정을 간직하고 계신 선생님은 동국대학교 경주캠퍼스 불교대학에서 청강생 신분으로 계속 불교 공부를 하고 있다. 선생님과 삼릉 산책을 하고 식당에서 밥을 먹었다. 동국대학교 불교대학 교수님이신 화공스님, 그리고 불심스님과 함께였다.

　경주가 참 아름답고 고혹적인 도시라는 걸 이번에 깨달았다. 화공스님은 "경주의 소나무 숲 노송들이 기기묘묘한 모습으로 굽은 것은, 곧게 자라면 베어져 재목으로 쓰일 거라는 걸 유전적으로 알기 때문"이라는 말씀을 하셨다. 나무에게도 불교에서 말하는 성이 들어 있다는 것이겠다. 강석경 선생님 역시, 클래식 음악을 들려줄 때마다 그쪽으로 몸을 숙이는 어떤 식물에 대한 이야기를 하셨다.

　경주에서 일을 마치고 서울로 올라가는 KTX를 타고 가다가 다소간 충동적으로 대전에 내려, 박진성 시인과 손미 시인을 만났다. 그들과 술을 마실 요량이었다. 진성이는 몸살기가 있었는데 일부러 나를 만나러 나와 주었고, 회사에 다니며 모호한 노동을 감내하고 있는 손미 시인은 퇴근을 하고 합류했다. 문학과 시에 대한 이야기와 사는 이야기가 섞이었고 그 사이 소주와 맥주, 담배연기들이 우왕좌왕했다. 우리는 몽상과 분노와 어떤 체념에 대해서 이야기했던 것 같다. 나중에 허인무라는 멋진 이름을 가진 후배가 합류했다.

1차는 내가, 2차는 월급을 탔다는 손미 시인이 냈다. 나는 자꾸 뭐라고 떠들었는데, 가뭇가뭇 기억되는 그 말은 내가 듣기에도 좀 우스운 것이었다. 술에 취한 채로 새벽에 어머니 집에 들어가서 잠을 잤다. 어머니는 내가 그렇게 만취해 집에 오자, 걱정이 되어 밤에 한숨도 못 잤다고 다음 날 여전히 얼굴 붉은 내게 말했다. 나는 아직 아이가 없는, 늙은 어미의 어리지 않은 아들이다. 뭔지 모르게 서럽다.

알튀세르 사후에 출간된 자서전 《미래는 오래 지속된다》를 읽고 있는데, 20세기 후반 프랑스 지성계의 풍경을 살피기에 더 없이 좋은 책인 것 같다. 알튀세르가 교유했던 당대의 철학자들, 사상가들과의 소소하지만 치열한 관계들이 매우 격렬하게 묘사되어 있다. 그는 62세 되던 해인 1980년 아내인 에렌느를 정신착란 상태에서 목 졸라 죽이고도 법정에서 면소판정을 받고 10년을 더 생존했다. 이 책에 따르면 알튀세르는 자크 라캉에 대해 노골적인 혐오감을 가지고 있었으며 공교롭게도 라캉과 같은 이름을 가진 제자 랑시에르의 강렬한 비판에 직면하기도 한다.(자크 랑시에르는 근년 한국에서 뜨거운 주목을 받고 있는 철학자다) 그는 아내를 교살한 이후 적극적으로 자신을 해명하면서 자신에게 내려진 면소판정이 정당한 법률적 판단이었음을 항변했다. 매우 이성적이고 논리적으로 자신을 변호한 것이다. 광기를 덮기 위해 요구되는 지성의 광기라고나 할까.

어젯밤, 반바지를 입고 외출을 한 것은 지혜로운 일이다. 내 안에 엉겁결에 들어왔던 것들이 쉽게 나가지 않는다. 뭐 충분히 예상한 일이었지. 너무나 빈번한 상념, 회의하지 않으면 불안해지는 풍속. 할머니들은 당나귀를 좋아한다. 당신의 할머니와 할머니의 할머니들도 마찬가지다. 지우고 싶은 이름이 있다면 할머니의 당나귀가 씹어 먹도록 내버려두자. 동정을 잃은 새벽에 듣던 암고양이 울음소리. 텅 빈 초등학교 운동장을 돌고 또 돌았지. 넓고 짙은 어둠이 따뜻한 공포를 생산해내고 있었다. 겨울밤에 죽고 싶지는 않고요. 공식적인 것을 좋아하지도 않습니다. 그 누구와도 말을 섞지 않는다면.

당신들도 모르리라고는 생각하지 않지만, 모든 문장은 온도를 가진다. 손을 대지 못할 정도로 뜨거운 문장도 있고 피까지 얼어붙게 만드는 차가운 문장도 있다. 좋은 문장은, 적정한 온도를 가진 문장이다. 문장의 적정한 온도는 작가의 비범한 감각에 의해 통제된다. 문장의 온도를 통제할 감각을 가지지 못한 작가는 불행한 작가이거나 혹은 가짜 작가이다. 그 감각은 훈련에 의해 만들어지기도 하고, 천연적으로 주어지기도 한다. 많은 사람들이 오해를 하는 것이지만, 글을 쓴다는 행위 자체가 뜨거운 일은 아니다. 그것이 어떤 선동에 소구되는 격문일지라도, 글을 쓰는 행위는 작가의 심장이 뜨거워지는 것과는 놀라울 정도로 아무런 상관이 없다. 문장의 온도와 현실의 온도가 구분되지 못하고 연계될 때, 광고 문안이나 반성문 같은 천격의 문장이 나온다.

문장의 온도는 문장이 갖는 의미 내용에 대한 작가의 심리적 태도가 만들어낸다. 그 태도는 필연적으로 '거리'를 상정한다. 거리두기에 실패할 경우 작가는 문장의 온도를 통제할 수 없다. 그것은, 가마에 불을 넣는 도공의 운명과도 같다. 가마에 바짝 다가갈 경우 도공은 화마를 입을 수 있고, 너무 멀리 떨어질 경우엔 불을 제대로 조절할 수 없다. 의미 내용에 조건적으로 반응하는 자신의 심리적 태도가 뜨겁다고 느낄 때, 오히려 그러면 그럴수록 작가는 문장의 온도를 떨어뜨리는 노력을 해야 한다. 반대로, 문장이 묘사하는 대상에 대한 자신의 태도가 미적지근하다고 느낄 때, 문장을 가열시키는 감각이 필요하다. 문장은 대상에 대한 심리적 태도가 변개하는 동안 빚어지는 의식의 흐름 같은 것이다. 요컨대 한 문장의 머리와 꼬리의 온도마저 다를 때, 그것을 감각으로 다스리는 것이 가능할 때, 그것은 천상의 시가 된다.

이런 글을 쓰면 틀림없이 부메랑이 되어 내 뒤통수를 치리라는 두려움이 없지 않지만, 이즈음의 젊은 작가들 특히 2000년대 들어 등단한 작가들은 예전의 선배 작가들에 비해 작가로서의 자율성을 스스로 포기하고 있다는 생각이 든다. 선배들에 비해 무척 왜소해졌고 위축되어 있다는 것이다. 그들을 보고 있노라면 스스로 작가의 길을 지켜낼, 끌고 갈 담력도 지혜도 없는 것 같다. 그들의 이와 같은 의존성은 과거의 선배 작가들의 행적과 비교할 때 보다 극명해진다.

1970년대와 80년대는 물론이고 더 넘겨 잡아 90년대까지만 해도 소위 당대의 일급에 속한다는 작가들 중에는 책을 펴내는 출판사를 고를 때 문단권력이라는 허상의 눈치를 보지 않고 자신의 독자적인 판단에 따르는 이들이 있었다. 예컨대 출판사를 고르는 그 고유한 판단이란 자신의 작품세계를 가장 잘 이해하고 지지해준 출판사라거나 작가로서의 자존감을 오랫동안 존중하고 그것을 어떤 식으로든 보상해준 출판사라든가 하는 것일 테다. 그런 결과로 지금의 눈으로 보면 말도 안 될 정도로 이름 없는 출판사에서도 일급 작가들의 책이 나왔던 것이다. 최인호, 박완서, 이청준, 이문열 선생 등의 책이 모두 그랬다. 90년대 들어서도 이순원, 윤대녕, 구효서, 하창수, 그리고 장정일이나 배수아 같은 작가들이 소위 말하는 문학메이저에 속하는 출판사가 아닌 군소 출판사에서 자신만의 소신을 갖고 책을 펴냈다. 그중에는 막 생겨난 신생 출판사에 과감히 자신의 옥고를 맡기는 작가도 있었다. 그것은 작가로서 자신이 어떤 외부의 권력, 어떤 자본의 유혹에도 종속될 수 없고 지배될 수 없다는 자존감과 자신감의 발로였다고 나는 믿는다. 그리고 나는 그 시절이 어쩌면 한국문학의 르네상스였고 지금보다 훨씬 건강한 문학 풍토를 가졌던 시대라고 생각한다.

지금의 작가들은 어떤가. 문단과 문학장을 완벽하게 장악하고 있는 문학메이저 출판사 '빅4'의 관리 체제에서 조금이라도 벗어나면 큰일이라도 나는 줄 안다. 그들이 세운 열에서 벗어날까봐, 눈 밖에 날까봐 노심초사하면서 좌고우면하는 것이다. 물론 이와 같은 현상에는 내 좁은 관점으로는 다 짚어낼 수 없는 꽤 복잡한 사정이 있을 줄로 안다. 과거와 현재의 문학 환경 사이에 공시성으로만은 설명이 안 되는 엄청난 차이가 있다는 것도 인정한다. 하지만 지난주에 만난, 문단의 중진으로 존경 받는 L선생님도 동의를 한 것처럼, 지금의 젊은 작가들은 자기 이름을 걸고 작가로서의 자존심을 지키는 힘든 길을 택하기보다는, 이미 세속적 권위를 확보하고 있는 매체나 환경에 기대면서 작가로서 가장 빠르고 손쉬운 길을 택한다. 실제로 그런 길을 택한 작가들은 관리체제에 편입돼 '충성맹세'를 하고 순탄한 작가적 행보를 걷고 있다.

(나 역시 문학메이저에 속하는 출판사인 문학과지성사, 문학동네, 민음사에서 두루 소설책을 내봤지만 그럼에도) 이런 이야기를 하는 까닭은 그만큼 현재 문학판의 불구성이 심각하다는 내 나름의 처절한 자각 때문이다. 현재의 문학판에 관여하는 세력들의 견제와 균형, 그리고 긴장이 작가들의 문학적 열정을 독려하고 자극할 수 있다는 점, 더불어 세계문학으로 나아가려는 한국문학의 노력을 조직적으로 관리하고 정비할 수 있다는 점 등 지금의 구도에도 순기능이 있다는 것도 인정한다. 하지만 이 체제로는 결코 큰 작가가 나올 수 없을 뿐 아니라, 결국에는 다원성으로 열려 있어야 할 문학의 기도가 폐쇄될 수밖에 없다고 나는 생각한다.

소위 문학메이저 출판사에서 영향력을 가지고 있는 이들이, 그리고 그들과 관계를 맺고 있는 작가들이, 이상한 광풍이 불고 있는 지금의 상황을 다시 한 번 엄중하게 돌아보기를 바란다. 우리가 우리끼리 무탈한 내치의 즐거움을 음미하고 있을 때, 어디선가 돌림병이 돌고 그 때문에 문학의 가장 고귀한 정신이 괴사하고 있는 것은 아닌지 말이다.

나는 무엇보다 내 또래와 후배 같은 젊은 작가들의 의식이 담대해졌으면 좋겠다. 큰 작가는 울타리 안에 안주하지 않는 법이다. 끝없이 경계를 지우는 이가 큰 작가다. 최인훈, 최인호, 박완서, 이청준 선생님들이 모두 그랬다. 그분들은 문단으로부터 할당되는 그 조악한 섹트를 과감히 포기하고 독자적인 세계를 만들었고 우리를 그 세계에 초대했다. 그 영토가 얼마나 넓고 풍성했는지, 기꺼이 초대되었던 우리는 이미 알고 있지 않은가?

제23회 팔봉비평문학상 시상식과 뒤풀이에 다녀왔다. 수상자는 오생근 선생님과 황현산 선생님. 오랫동안 마음속으로 흠모해온 분들이다. 사실 두 분 선생님과 나는 각별한 개별적 인연이 있다. 먼저 오생근 선생님은 내 세 번째 소설집 《랑의 사태》의 작품해설을 써주신 분이다. 내가 지금까지 받아본 것들 가운데 가장 예리한 분석과 애정이 들어 있는 해설이었다. 그럼에도 붙임성 희박한 나는 선생님께 변변한 감사의 표시 한 번 한 적이 없었다. 그리고 황현산 선생님은, 현재 내가 일하고 있는 출판사에서 준비하고 있는 시인선의 편집위원으로 모시고 있는 분이다. 한 달에 한 번 있는 편집회의 때마다 선생님을 뵈면서 살아 있는 문학의 정신을 마음껏 '흡입'하고 있는 터였다.

바쁜 일을 서둘러 마치고 회사를 나왔다. 시상식이 열리는 프레스센터 일대는 전국택시노조의 총집회 때문에 무척이나 부산했다. 광장과 인도를 가득 메운 채 생존의 권리를 요구하는 수많은 택시기사들과 어깨를 부딪치며 꽃집을 찾아 꽃 두 다발을 샀다. 그리고 땀을 뻘뻘 흘리며 프레스센터까지 갔다. 다소 상기된 마음으로 처음부터 끝까지 식을 지켜봤다. 식이 시작하기 직전 김승옥 선생님이 식장으로 들어오시기에, 선생님을 얼른 내 옆자리로 모셨다. 식이 시작되고 김치수 선생님의 심사경위 및 총평에 이어 김주연, 김정환 선생님의 축사, 수상자들의 소감 발표가 이어졌다. 그 와중에 하객들이 속속들이 도착해 주최 측이 준비한 좌석은 어느새 가득 찼다. 어느 순간 주위를 둘러보니, 하객 중에 시인들은 꽤 많이 온 반면, 소설가는 최인석 선생님과 나 한 명뿐이라는 걸 알았다. 시인들은 물론, 시 평론 작업을 주로 해 오신 황현산 선생님을 축하하러 온 것일 터인데, 소설을 평론의 주 대상으로 삼고 작업을 해 오신 오생근 선생님을 축하하러 온 소설가는 묘하게도 없었던 거다. 소설가들의 무정함을 탓하자는 것이 아니다. 그때 통 하면서 내 뇌리를 치고 들어온 생각은 이런 것이었다. '아, 오생근 선생님은 참으로 쓸쓸하고 적막한 분이구나.' 동시에 알 수 없게도 오생근 선생님에 대한 내 흠모의 정이 더욱 애틋해지는 것이었다. 주위를 염탐하지 않고 자기 자

석양이 내리는 거제도 등대길. 지친 여행자가
그 속으로 뚜벅뚜벅 걸어 들어간다.
어둠은 자궁.
어둔 바다는 세상 모든 자궁의 자궁.
운 좋게 모성을 만난 길 위의 여행자여. 부디 안락하시라.

신을 마주보는, 끝내고 싶어도 결코 쉽게 끝낼 수 없는 그 우울한 독대가 문학의 어떤 가치들을 효과적으로 표명하는 하나의 은유일 수 있다면, 오늘 당신이 그토록 애살스럽게 사랑해온 소설가들로부터 외면 아닌 외면(?)을 당한 채, 외롭게 상을 받은 오생근 선생님의 문학이, 나는 오히려 무척이나 빛나는 유적의 섬광처럼 느껴지는 것이었다.

시상식 뒤풀이는 맥줏집에서 이어졌다. 거기 들러 안면이 있는 선생님과 선배 동료들과 가볍게 한잔 하고, 막 어둠이 깔리기 시작할 무렵 먼저 자리에서 일어섰다. 내 인사를 받아준 최정례 선생님과 황인숙 선생님의 환한 미소가 매우 인상적인 기억으로 남아 있다. 피로에 지친 얼굴로 거리에 서서 선동용 팸플릿을 흔들던 택시기사님들은 모두 집으로 돌아갔을까.

시 쓰는 K형이 우리 동네에 와서 술을 마시고 있다. H와 함께 있는 것은 확실하고 어쩌면 L도 함께일 것이다. 그들은 모두 시를 쓰고, 자기 이름으로 시집을 가지고 있는 이들이다. 그들의 시집을 매우 좋아하는 나는 땀을 뻘뻘 흘리며 산책을 하던 중에 K의 연락을 받았다.

일단 집으로 돌아왔다. 땀에 전 옷을 입고 시인들이 모여 있는 곳에 가고 싶지는 않았다. 옷을 갈아입은 다음에 그곳에 갈지 안 갈지 생각해보려고 했다. 거기까지가 산책을 하던 중의 내 생각이었다.

냉장고에 넣어둔 시원한 수박을 먹고, 땀에 전 옷을 다 갈아입은 지금도 나는 어떻게 해야 좋을지를 모르겠다. 일요일이 다 가고 있다는 사실이 다소 기분을 우울하게 만들고 더위에 과민한 육체를 살피는 일도 조금 귀찮다. 그들이 지금 친절한 술집 주인의 대접을 받으며 정말 맛있는 술을 마시고 맛있는 담배를 피우고 있기를 바란다. 나는 아마 그들에게 가지 않을 것이다.

이번 여름에 시 다섯 편을 발표해서 15만여 원의 원고료를 받았다고 술자리에서 말했을 때, 시를 써서 번 것치고 그 정도면 많다고 여러 시인들이 말해주었다. 나는 동창들이 모인 노래방에서 노래를 잘 부르지 못했다. 다시는 동창들을 만나지 않을 것이다. 싫은 것을 분명하게 싫다고 말하는 기술은 20년 전에서 조금도 늘지 않았다.

타인의 복잡한 성격에 상처를 입을 때, 그것에 지치고 허덕일 때, 차라리 성격이 없는 글을 쓰고 싶다. 성격이 없는 살인을 하고, 성격이 없는 연애를 하고, 성격이 없는 자살로 삶을 마감하는 단순한 사람의 영혼을 구체적으로 묘사한 뒤, 그를 창조한 작가로서 그에게 사랑을 고백하는 상상도 괜찮다. 어쩌면 그에게 신의 지위를 부여하고 싶은 생각이 들지도 모른다. 이것은 알려지지 않은 거짓에 대한 글들이 범람할 때 할 수 있는 생각이다. 우리의 세계는 아직도 공포가 부족하다. 조롱이 부족하다. 절단기에 주먹을 잃은 권투 선수의 비극이나 뇌졸중 때문에 말을 잃어버린 소설가의 우울에 대한 생각은 되도록 짧게 하는 게 좋다. 왜냐하면, 그들에게 그것은 상실이 아니라 위대한 진화에 해당하기 때문이다. 당신들도 알겠지만 진화를 설명하는 것만큼 우스운 일도 드물다. 차라리 그것은 불가능하다.

우리 시단의 살아 있는 화석이랄 수 있는 H선생님의 원고를 읽고 그와 장시간 통화를 했다. 십여 년 전, 그의 시는 중앙문단의 유력한 평론가에 의해 "마치 스톤헨지의 유적처럼 발견되었다"는 표현을 받으며 화려하게 조명된 적이 있다. 그는 내가 생각하기에 한국을 넘어 동아시아에서 데카르트와 비트겐슈타인을 가장 섬세하게 이해하고 있는 시인이 아닐까 싶다. 그의 시론을 읽어보면 절로 경탄과 외경의 념을 갖게 되는데, 그는 경사로서의 심취와 동경을 가뿐히 넘어 서양의 사유 체계와 철학을 완벽하게 자신의 시론 속으로 체화하고 있는 것 같다. 그에게서 보편적 근대인으로서의 주체성을 발견한다고 하면 지나친 과장인가. 물질적인 의미건 정신적인 의미건, 소비의 시대를 살아본 적이 없는 시인의 목소리로부터 농경의 윤리, 허기의 윤리를 배워야 할 일인데, 그것이 참 외로운 일이란 게 문제다.

춘천에 계시는 소설가 하창수 선생님에게서 선물이 왔다. 선생님의 소설집 《서른 개의 문을 지나온 사람》(문학과지성사, 2010)과 호영송 선생님의 시집 《호영송 제1시집》의 사본이 그것이다.

보름쯤 전에 모 행사 때문에 강원도 화천에 갔다가 하창수 선생님을 처음 뵈었는데, 선생님에 대한 내 흠모의 정이 류근 시인을 통해 미리 전달이 되었던 모양인지, 선생님은 나를 퍽이나 살갑게 대해주셨다. 선생님은 최근에 시 작업을 겸하는 내 처지를 살피면서 소설과 시를 함께 썼던 선배 문인들 이야기를 들려주셨다. 그 중에서 호영송 선생님의 시편들이 (잘 알려지지 않은, 혹은 숨어 있는) 주옥이며 절창이니 꼭 찾아보라는 당부를 하셨다. 그러면서 차제에 당신이 가지고 있는 호영송 선생님의 시집을 복사해서 보내주겠노라고 하셨다.

그런데 그런 이야기를 나눈 자리라는 것이 이틀째 이어지는 술판이었고, 주변은 웃음소리와 노랫소리로 왁자하고 부산해서, 나는 선생님이 당신의 약속을 곧 잊어버리겠거니 하고 있었다. 그런데 정확하게 우편물이 도착한 것이다. 우편물 속에는 빛바랜 세로 활자판의 호영송 시집과 함께 고맙게도 근년에 나온 선생님의 소설집이 한 권 들어 있었다. 이 소설집은 장편작업에 매진하셨던 선생님으로서는 물경 17년 만에 펴내신 것이어서 나는 책이 나오자마자 구입을 해서 읽었던 적이 있다. 외람된 표현이지만 '하창수표'라고 할 수 있는 지적 통찰과 알레고리의 활용, 빈 틈 없는 구조와 드라이한 문체 등 선생님 특유의 소설적 개성이 선명하게 살아 있어서 들였던 논과 시간이 아깝지 않았던, 흐뭇한 기억이 지금도 선명하다. 작가의 이름은 비록 세월의 분진에 묻혀도 작품은 어떤 이들의 가슴속에서 오히려 더 힘이 세진다. 하창수 선생님의 소설이 분명 그러하다.

 주제가를 만들고 불렀다. 역시 영국답다. 곡을 들어보니 뮤즈의 색깔이 전혀 훼손되지 않고 잘 살아 있다. 평소보다는 코러스나 피처링 등 극적인 요소들이 더 가미된 듯싶다. 살짝 퀸 느낌도 들고 말이다. 피를 토하듯 부르는 매튜 벨라미의 보컬은 여전히 압권. 어쨌거나 역대 올림픽 주제가 중 가장 섹시한 곡이 아닐까. 한국의 어떤 도시에서 올림픽이 다시 열린다면 국카스텐이나 자우림, 아니면 게이트플라워즈가 주제가를 만들었으면 좋겠다.

단비가 내려준 어젯밤에는 시인이자 출판사 '마음의숲' 대표인 권대웅 선생님을 만났다. 권대웅 선생님을 가까이에서 뵙는 것은 두 번째였는데, 첫 번째 자리는 사람들이 많이 모인 부산한 시상식 술자리여서, 사실상 어제가 정식으로 인사를 드리는 자리였다. 선생님은 시단 선배로서 그리고 출판계 선배로서 조언을 많이 해주셨다. 우리는 내라는 비를 충분히 감상하기 위해, 술집의 개방된 문 앞쪽에 자리를 잡고 앉아 빗줄기를 바라보며 술을 마셨다. 술을 마시는 것인지 비를 마시는 것인지 사실상 분간이 안 되었다. 함께 자리한 박후기 시인이 자신의 휴대폰에 저장되어 있던 한영애의 노래들을 틀어주었다. 그 여운이 지금도 길게 남아 있다.

5월의 딜레마

요즘 말로 '불금'이던 어제, 그 신조어가 뜻하는 바와 무관하게, 퇴근 후 영인문학관에 들렀다. 가서 강연을 듣고 전시도 보고 술 한 잔 입에 안 대고 집에 들어왔다. 그리고는 그동안 썼던 시들을 차분하게 찾아보았다. 소설로 등단해 줄곧 소설을 쓰던 내가 시를 쓰게 된 데에는, 요란하지 않게나마 시인이라는 이름을 갖게 된 데에는 여러 가지 행운이 작용했다. 우선은 나를 자극하는 위대한 시인들이 근거리에 존재하고 있었고, 그들 중엔 내 시에 따뜻하게 혹은 날카롭게 품평을 해주는 사람도 있었다. 나는 시인들의 술자리에서 입을 닫고 그들이 나누는 이야기를 듣는 게 좋았다. 그리고 집에 돌아와서는 술자리에서 어떤 이야기를 했던 시인의 시를 찾아서 읽는 것이다. 그러면 불과 몇 시간 전 시인의 얼굴이 시를 통해 다시 되살아나곤 했다. 그의 정신과 역사가, 그의 열등감과 그의 순정과 관능이. 그걸 확인했을 때, 가까이 있던 몇 시간 전의 얼굴을 쓰다듬어주지 못한 것이 후회되는 것이었다. 역설적으로 말하자면 내가 소설에서 방향을 돌리는 데 가장 혁혁한 공을 세운 사람들은, 동료 소설가들이다. 그들은 내가 생각할 때 너무 대단하거나 혹은 너무 형편없었다. 어떤 의미에서든 소설에 대하여 나로 하여금 질리게, 정 떨어지게 만든 것이다. 농반진반이다.

점심으로 나 홀로 멸치국수를 가볍게 먹고 사무실에 들어와 마지막 남은 여름호 원고를 보냈다. 이번 여름에는 세 군데의 시전문지에 모두 일곱 편의 신작시를 발표하게 된다. (시로의 전향 운운했더니 소설 쪽에서는 청탁이 전혀 안 온다.) 일곱 편이라는 숫자가 중요한 게 아니고 시가 품고 있는 진실이 중요하겠지. 나는 과연 시가 불러낸 문장의 정신(정신의 문장이 아니다)을 감당할 자격이 있는가라는 물음. 이를 테면

"연어의 살색이 'salmon pink'인 건 그만큼 격류와 부딪쳤기 때문"

이라는 시적 진술이 있다고 할 때, 그 진술을 할 자격이 있는지 없는지는 그 시인만이 아는 것일 텐데 내 경우는 어떤가 하는 것. 이번 주 내내 격렬하게 출렁였다. 무언가가 들어왔다가 쑤욱 나갔다. 그리고 또 무엇이 어떻게 내게 들어올 것인가, 나는 누구에게 어떻게 들어갈 것인가.

오전에 중요한 문제에 대해 사장님과 면담을 했고, 지금 C선생님 측의 답변을 기다리는 중이다. 오늘 저녁에는 약속이 두 건. D일보 H기자 집들이와 내가 추천사를 썼던 K작가의 신작 장편소설 출간 축하 술자리가 겹쳤다. 집들이에 먼저 갔다가 일찍 나오는 게 올바른 순서겠다.

동피랑에서 바라본 통영 앞바다의 불빛이 흔들리고
바람이 흔들리고 사람이 흔들린다.
온통 흔들려서 서로에게 달라붙고 번지더니 마침내 사무친다. 사무치고 만다.
독한 풍경은 멀리서 볼수록 아름답다.
거리를 셈할 입장이 아니어서 늘 안타깝지만.

 체질상 그러하시다. 어머니와 함께 살던 시절, 한여름이면 우리 집에는 모두 다섯 대의 선풍기가 어머니의 동선을 중심으로 쉴 새 없이 돌았다. 그것은 매우 인상적이고 전위적인 풍경으로 내 인상 속에 깊이 각인되어 있다. 지금 내가 살고 있는 은평구의 이 단독주택은 앞뒤로 숲과 산이 있어 여름에도 매우 선선하다. 그래서 거실에 놓여 있던 에어컨을 몇 년 전부터는 아예 철거해 창고에 넣어두었다. 이 에어컨을 오늘 어머니에게 보내드리기로 했다. 승합차를 가지고 있는 외삼촌이, 이 에어컨을 싣고 가기 위해 지금 대전에서 서울로 올라오고 있다. 손연재인가 김연아인가가 광고하는 새 에어컨 하나 달아드리면 참 좋을 텐데, 나나 어머니나 쑥스럽고 어색해서 이마저 못한다. 이 어색한 것이 우리 모자에겐 상식 비슷한 것이 돼버렸다. 나의 경우, 타인에게 호의를 표시하는 것이 언제인가부터 매우 불편해졌다. 호감의 표현이 어떤 관계의 신호 같은 게 되어 지극히 객관적이었던 감정 선에 변화를 일으킬까 두려운 것이다. 이것은 부모와 형제 같은 육친도 예외는 아니다. 나는 다만 관습으로서의 예의만 잘 지키려고 노력한다. 아무도 주의 깊게 받아들이지 않지만 나는 여전히 메마르고 무정한 사막주의자이며 권태주의자다. 이건 자랑도 아니고 다만 장애일 뿐. 기적적으로 전폭적인 대상이 나타난다면 상황이 달라질 것인가. 모쪼록 이 중고 에어컨이 어머니의 더위(난 이것을 일종의 어머니의 정신적인 지병이라고 생각한다)를 제대로 잡아주었으면 좋겠다.

밤늦은 시간, 갑작스레 종로구 사직동 부근의 술집(오징어순대 등을 파는)에서 시인 류근 형과 박혜숙 푸른역사 대표 등을 만났다. 박 대표님은 처음 뵙는 자리였는데 한눈에도 기품과 카리스마가 넘쳤다. 가운데 가르마를 한 웨이브 머리칼 사이로 희끗희끗한 새치가 보였고 그것은 그분의 연륜과 지혜를 그대로 표상하는 듯했다. 박 대표님은 그 자리의 호스트였는데, 좌중의 자연스러운 화제가 그대로 유지되게끔 노련하게 추임새를 넣으면서 겸손하게 경청하는 자세가 매우 인상적이었다. 그것은 어떤 스타일이라기보다는, 그의 정신이 빚어낸 풍속처럼 보였다. 류근 형의 통속과 초월을 넘나드는 신파조 연애담은 밤이 깊어 더욱 구성졌다. 그를 보면 왜 매번 불면 스러질 호롱불처럼 안타깝다는 생각이 드는 건지. 눈앞에서 언제라도 없어질 존재의 위태로움을 보고하는 것이 그의 문학이다. 시간이 늦어 이 매력적인 사람들을 더 주의 깊게 관찰할 수 없는 것이 아쉬웠다면 아쉬웠달까. 하나의 봄밤은 또 그렇게 가는데, 밤의 택시는 게으름을 피우고.

《플로베르의 앵무새》의 작가 줄리안 반즈는, 문예 편집자로 일했던 경력이 좋은 소설을 쓸 수 있는 원동력이 되었다고 말한 적이 있다. 그는 옥스퍼드 영어사전 편찬에 에디터로 관여했던 경력을 사랑스럽게 밝힌다. 우리나라의 작가나 시인들 중에도 편집자로 일했던 사람들이 꽤나 많다. 하지만 내가 그들로부터 받은 인상은, 편집자로서 일했던 자신의 경력이 밝혀지기를 대부분 꺼려한다는 것이었다. 사정이 이렇게 된 데에는 여러 가지 추정이 가능하지만, 무엇보다 작가와 편집자의 관계를 어떤 주종의 관계로 간주해온 출판계와 문단의 왜곡된 분위기와 깊은 관련이 있을 것이다.

프랑스 소설가 플로베르의 소설을 둘러싼 지식세계의 풍경을 묘사한 《플로베르의 앵무새》에서 줄리안 반즈는 실명으로 존재하는 어떤 평론가가 플로베르의 대표작 《보바리 부인》에 대해, '여주인공의 눈동자 색깔이 작품 안에서 일치되어 있지 않음을 지적하면서 작품을 비판하는 장면'을 인용한다. 그러면서 줄리안 반즈는 말한다.

평론가가 여자주인공의 눈동자 색깔이 다르다는 것을 찾아내느라 작품을 즐기지 못하는 사이, 오히려 독자들은 작품에 더욱 즐겁게 몰입하면서 작품이 전해주는 감동과 카타르시스를 느낄 것이다.

이 지점에서 문학작품과 새는 조금도 다르지 않다. 조롱에 가두지 말고 공중에 자유롭게 풀어놓아야 그 생동하는 존재감의 비밀이 비로소 드러난다는 점에서.

잠시 후 길고 빠른 산책을 하려고 한다. 생각이 못 쫓아오도록.

밤이 꽤 깊었다. '위더스푼'이라는 이름을 가진 외국인 친구가 한 사람 있으면 좋겠다는 생각을 했다. 위더스푼이라면 '숟갈과 더불어'라는 뜻이 되겠군. 숟갈과 더불어라는 친구가 하나 있으면

늘 재밌게 살 수도 있을 것이다. 그는, 아직 사람들은 잘 모르지만, 아주 행복하고 황홀한 기분을 안겨주는 어떤 벤치를 알고 있을지도 모른다. 앉기만 하면 기분이 좋아지는 벤치. 그는 나를 그 벤치가 있는 곳으로 데려간다. 위더스푼과 함께 그 벤치에 앉아서 가급적이면 시집은 읽지 않고, 주인과 불화하는 어떤 자전거에 대한 이야기나 나르시시즘에 빠진 시내버스 이야기, 혹은 우회할 줄 모르는 구두 이야기를 해도 좋겠다. 위더스푼, 너는 어디에 있느냐, 숟갈과 더불어 내가 보내야 하는 시간들은 언제쯤 당도하는 것이냐.

연휴 끝나고 첫 출근. 역시 죽을 맛이다. 급한 일들 처리하고, 보낼 것 보내고 겨우 한숨 돌린다. 지난주에 시인 김요일 형이 질마재문학상을 받는 자리가 있어서, 축하해주러 갔었다. 그 자리엔 무척 많은 시인들이 와 있었는데, 내가 아는 시인은 시상식 VIP석을 차지하고 있는 원로 선생들을 제외하면 정병근, 채풍묵, 이준규, 박후기, 조현석, 한우진, 황병승, 고영, 전윤호, 류근, 박찬세, 조병완, 이재훈, 전영관 등이 전부였다. 시상식이 끝나고 맥줏집에서 뒤풀이가 이어졌는데, 사람들이 분주히 자리를 오가면서 인사와 정담을 나누었다. 아는 사람이 많지 않은 나는, 소설 쓰는 신승철 형이랑 한자리에만 계속 앉아 있었는데, 가끔 사람들이 내가 앉아 있는 자리에 와서 먼저 인사를 건네고는 했다. 가령 이런 식이었다. 손을 내밀면서 "나는 시 쓰는 아무

개인데, 누구?"라는 식으로 눈빛을 보내는 것. 그런데 당혹스러운 건 그 순간, 시를 쓰는 사람이라고 대답을 해야 할지 소설을 쓰는 사람이라고 대답을 해야 할지 매우 고민이 되었다는 사실이다. 이 고민은 뭐라고 대답해도 둘 다 진실이 아닐지도 모른다는 두려움으로부터 나오는 것이었다. 시의 경우 등단하고 이제 한 계절도 안 지난 데다 예닐곱 편 발표한 게 전부인데 어찌 나 자신을 시를 쓰는 사람이라고 소개할 수 있겠으며, 소설의 경우라면 시를 쓰기로 마음먹으면서 내 안에서 숱하게 부정했던 장르인데 어떻게 버젓이 소설을 쓰는 사람이라고 소개를 할 수 있겠느냐 말이다. 그렇다고 해서 소설도 쓰고 시도 쓰는 사람이라고 소개를 하는 것도 영 염치없는 짓이고. 이런 딜레마는 앞으로도 상당 기간 동안 계속 될 것 같다. 아무래도 시집을 한 권 내기 전까지는 말이다. 잠시 후에는 경희대 국문과 여학생들이 나를 인터뷰하러 온단다. 이 인터뷰는 소설가 자격으로 갖는 인터뷰다.

아직 한 번도 시작되지 않은 미지의 것들을 상상한다. 행복하기를 바라는 게 아니고 고통스럽지 않기만을 바랄 뿐이라고 내가 말했을 때, 새끼를 낳던 개가 죽는다면 세금은 얼마나 더 오를까. 더러워진 늑골을 닦아내는 동안 굽혀진 팔꿈치가 우스워 죽는 줄 알았다. 내 손바닥에서 탈출한 약속들이 기억을 향해 줄행랑을 치는 화요일 오후!

미친다는 것은, 때로, 죽지 못한다는 것

월요일 아침. 잠에서 깨어 움직이려 할 때 날카로운 송곳 같은 것으로 왼쪽 허리를 꿰는 듯한 통증이 엄습했다. 1년에 한두 번씩 나를 찾아오는 게릴라 같은 요통이다. 내근직 사무원에게 있는 직업병이다. 잘못된 근무자세, 운동부족, 스트레스 등이 복합적인 원인이란다. 약을 타 와서 먹고 있다. 하지만 상태는 그다지 나아지지 않았다. 허리가 아플 때는 허리가 세상의 중심인 것 같고, 머리가 아플 때는 머리가 세상의 중심인 것 같고, 어금니가 아플 때는 어금니가 세상의 중심인 것 같다. 심장이 아플 때는 심장이 세상의 중심이겠지. 그래서 사랑을 앓는 자는 좋든 싫든 세계를 지배하는가. 몸이 아프니 좀처럼 좋은 생각을 못하고 있다. 오늘 모 일간지 기자와의 점심약속도 못 지켰고, 어제 저녁에 보기로 한 J와의 약속도 지키지 못했다. 언제쯤 허리에 꽂힌 송곳날이 빠져나가려나. 지금 이곳엔 진눈깨비가 내리고 있다. 4월의 진눈깨비도 봄의 영토에 꽂히는 송곳 같다.

　　책을 보다가 창문 밖을 내다보았다. 거기엔 아무도 없고, 누가 소리를 지르다가 멈춘 흔적도 없다. 소리의 흔적은 개의 심장을 파고드는 사상충처럼 철저하게 개별적으로 분포한다. 그것은 집계되지 않기에 적용할 수 있는 사료의 자격마저 상실한다. 소리는 왜 그토록 자신을 망각하고 학대하는가. 역대의 소리는 어디에 모여 살고 있나. 오래 전에 나온 황지우의 산문집을 읽었고, 오에 겐자부로의 소설도 읽었다. 그가 외계를 소재로 한 미래소설을 썼다는 것을 알고 있는 이가 얼마나 될지 모르겠다. 우리나라처럼 소설이 다루는 소재에 대한 품계를 엄격하게 구분하는 나라가 또 있을까. 이는 우리의 근대문학이 일본으로부터 이식된 서양의 문학을 재이식하는 과정에서, 다양성에 대한 궁구가 진지하지 못했던 사정과 상당한 연관이 있을 것이다. 개를 안고 책을 읽는 지금 나는 조금 덜 불행하다.

이외수를 위한 아폴로기아Apologia[*]

　　나는 지금 소설가 이외수 선생에 대해 이야기하려고 합니다. 그는 19대 총선 이틀 전인 4월 9일, 자신의 트위터에 집권여당인 새누리당 후보를 지지하는 글을 올리면서 숱한 비난에 직면했지요. 공교롭게도 강

---

[*] 2012년 4월 11일에 열린 19대 국회의원 총선 당시, 이외수 선생은 여당 후보를 지지하는 글을 자신의 트위터에 올렸다가 트위터리안들의 호된 비난에 직면한다. 당시 그가 받고 있는 비난의 수위를 고려했을 때, 이것이 이성의 수위를 넘어섰다는 판단이 들어, 나의 페이스북에 이외수의 입장을 변호하는 글을 썼다.

마당에 내놓은 야외
테이블에 앉아 때로는 차를 마시
거나 고기를 굽고 막걸리를 마신다.
집에 찾아온 손님들에게는 담배 한 대의
여유를 제공하는 쉼터가 되기도 한다.
빨래건조대에 걸린 옷들이 휴식과
일상의 무른 듯 단단한 관계를
스스로 증명해 보인다.

원도에 할당된 의석수를 여당이 모두 가져가면서 그에 대한 비난과 공세의 수위는 더욱 드세졌습니다. 트위터와 관련 보도를 보니 가관도 아닌 것이 이외수 선생은 흡사 집단 린치를 당하는 듯한 형국입니다. 이런 마당에 나까지 나서서 한마디 더 보태려는 건, 이 비상식적인 사태야말로 평소 생각해왔던 예술가의 자율성과 정치적 표현에 대한 생각을 정리해볼 기회가 아닌가 싶은 때문입니다. 물론 그 과정에서 내 주관적 의견이 덧대어질 가능성은 농후하겠지요. 미리 밝혀두자면, 제목에 붙인 '아폴로기아'라는 말이 이미 전제했듯, 나는 이외수 선생을 변호하는 편에 서서 글을 써보려고 합니다. 제 의도대로 될지 안 될지는 모르지만 아무튼 그것이 이 글의 입장이라면 입장입니다.

먼저 나는 이외수 선생을 잘 모른다는 고백부터 하고 싶습니다. 만나본 적은 물론이고 전화통화 한번 한 적이 없습니다. 나도 당신들처럼 그저 그를 텍스트로, 미디어로 만나보았을 뿐입니다. 제 성향을 아는 사람들은 짐작하겠지만, 사실 나는 평소 그에 대해 호감보다는 비호감을 가지고 있었던 편이에요. 무엇보다 내가 지향하는 대로라면 나는 그의 문학에 결코 동의할 수가 없었습니다. 대중의 호기심을 자극하거나 충족시키는 기인의 행색과 메스미디어를 적절히 이용해 자본에 밀착해가는 듯 보이는 그의 상업적인 포지션도 이해하기 어려웠지요. 그런데 그를 직접 겪은, 내가 신뢰하는 어떤 시인으로부터 그에 대한 이야기를 들은 후부터, 이외수 선생에 대해 내가 가지고 있던 선입견에 상당 부분 균열이 일어났습니다.

시인이 이십대 중반 대학에 다니던 시절, 그러니까 그가 시인이 되기 전의 일이었습니다. 당시 가세가 기울어 몹시도 가난한 나머지 친척집에서 기식하고 있던 시인은 어느 날, 춘천에서 대학에 다니고 있던 친구한테 놀러 갔다고 하네요. 시인의 춘천 친구 역시 가난하기는 마찬가지여서 당시 과외 아르바이트를 하고 있었는데, 자기를 보러 온 친구를 자신이 과외를 하는 학생의 집으로 데려갔답니다. 춘천 친구는 그 집 아들을 데리고 내실에서 과외를 하고 시인한테는 거실에서 과외가 끝날 때까지 기다리라고 했답니다. 거실에서 가만히 앉아 있는데 어디서 많이 보던 사람이 2층에서 내려오더니, 거실 한쪽에 앉아 익숙한 자세로 한지 위에 그림을 그리더랍니다. 그를 유심히 살핀 시인은 마침내 그가 이외수였다는 걸 알게 되었다네요. 당시 이외수 선생이 막 인기작가로 떠오르며 대중에게 노출되기 시작한 시점이었습니다. 얼마 후 과외를 마치고 거실로 나온 친구가 이외수 선생에게 시인을 소개했답니다.

"이 친구는 서울에서 대학에 다니는데, 형편이 너무 어려워서 학교 다니는 것도 힘듭니다. 시인이 되는 것이 꿈이고요."

그러자 이외수 선생이 시인에게 대뜸 시를 한 편 보자고 했답니다. 시인은 마침 품에 품고 다니던 꼬깃꼬깃한 한 장의 자필 시를 보여주었다네요. 그 시를 읽은 이외수 선생은 이렇게 한마디 했답니다.

"아이고, 돈도 안 될 것이 뻔한 시를 쓰려 한다니, 내 마음이 다 아프네."

그러곤 자기 집 거실 한쪽과 술 몇 병을 내어주며 놀라고 하고는 자신은 원래대로 거실 한 구석으로 가서 계속 그림을 그리더랍니다. 이외수 선생은 그날 파지를 여러 장 내며 밤새 그림을 그렸답니다. 그리고 다음 날 아침, 시인이 서울로 돌아오기 위해 그 집을 나서려고 할 때, 조용히 시인을 부르더니 이렇게 말했다더군요.

"저기, 내 그림이 변변치는 않지만 듣자 하니 요즘 서울 장안동 화랑가에서 장당 30만 원씩에 팔리고 있다네. 저기 내가 밤새 그려놓은 그림 두 점이 있으니 가지고 가게. 그림 팔아 등록금에 보태게."

그러니까 이외수 선생은, 오로지 이 극심한 가치혼돈의 시대에 미련하게 시인이 되기를 꿈꾸는, 참으로 딱하기 이를 데 없는 가난한 대학생을 돕기 위해 밤을 새워 그림을 그린 것이지요. 그날 직전까지 '작가 이외수'에 대해서 지독한 냉소와 반감을 가지고 있던 시인의 마음에 변화가 일어난 것은 두말할 나위가 없지요. 여기까지가 내가 시인에게서 들은 이야기입니다.

올해, 만으로 예순여섯 세 되는 이외수 선생은 많은 분들이 알다시피 우리나라의 대표적인 베스트셀러 작가이고 132만 명의 팔로어를 가지고 있는 파워 트위터리안입니다. 그는 TV 방송과 광고에도 수차례 출연해 샐러브리티로서 전국적인 지명도와 영향력을 확인시키기도 했지요. 남부러울 것 없는 부와 명예, 그리고 대중적 인기와 영향력까지 그는 너무 많은 것을 가지고 있어 선망의 대상인 동시에 시샘의 대상이 되기도 합니다. 자신이 원하건 원하지 않건 말도 많고 탈도 많은 위치에 있는 셈입니다.

그를 싫어하는 사람들은, 대체적으로 그의 작품이 보여준 대중영합적인 경향과 상업주의와의 근거리 행보를 문제 삼는 것 같습니다. 특히 본격문학 진영에서 이와 같은 논리로 그를 공격하지요. 대중적인 성공과는 별개로 그가 한국의 정통 문학판에서 거의 언급이 안 되고 있는 것은, 우리 시대 문학의 역할과 기능에 대해 많은 질문과 암시를 던져주는 대표적 아이러니Irony 모델이라고 할 수 있습니다. 그의 문학은 대중문학일 뿐이어서 문학적 논의의 대상이 될 수 없다는 것인데, 타고난 예인으로서의 자존심이 강한 이외수 선생 입장에서 이는 대단히 억울한 일일 수밖에 없었습니다. 그래서 그는 더더욱 대중과의 소통에 열중할 수밖에 없었을 겁니다. 그가 작가로서 일찍이 온라인 공간에 소통의 창구를 만들어두고 독자와의 접속을 모색했던 것, 최근의 트위터 등 SNS 세상에서의 의욕적인 활동, 그리고 대중매체의 빈번한 출연까지는 이와 같은 맥락에서 이해될 수 있습니다. 이와 같은 배경을 모르고서 그를 대중성이나 상업성이라는 단어를 들어 비판하는 것은, 실제로 그러했던 저를 포함해, 많은 이들이 성찰할 부분이 아닌가 합니다.

그런데 서두에서 말한 것처럼, 이외수 선생은 초박빙으로 치러진 이번 총선 정국에서 트위터에 올린 한 줄의 글 때문에, 자신을 그토록 지지해왔던 네티즌들로부터 테러 수준의 공격을 받았습니다. 무엇보다 소통을 중요시했고 소통에서 존재의 위안을 받았던 것을 떠올리면 그의 상심이 얼마나 컸을지는 짐작하기 어렵지 않겠지요. 물론 그가 올린 모든 글이 공감되어야 하고 칭송되어야 할 이유는 없습니다. 완전무결한 인격이 어디 있겠습니까. 그 역시 이와 같은 생각에 동의할 것입니다.

내 방 커튼은 양귀비 무늬. 커튼을 치거나 여는 행위로 양귀비는 크고 선한 눈을 깜빡이고 일상의 배경은 뒤흔들린다. 내가 아는 사람들은 어떤 커튼을 가지고 있을까. 내기 모르는 사람들은 커튼 뒤에 무엇을 숨겨놓고 있을까. 내가 알고 내가 모르는 커튼들은 왜 늘 주름진 얼굴을 하고 있을까.

그런데, 당신들도 그렇듯 이외수 선생 입장에서도 자신이 감당하고 수 긍할 수 있는 합리적 비판에 대한 나름의 기준이 있을 것이고, 그 기준을 넘어선 비판까지 감수할 의무는 없습니다. 4월 9일 오전 두 시경 이외수 선생은 자신의 지역구인 강원도 화천·철원·양구·인제에 출마한 모 후보를 지지한다고 밝혔습니다. 그 후보는 새누리당 소속이었고 개표 결과는 그의 당선으로 나왔습니다.

이외수 선생이 그날 트위터를 통해 지지의사를 밝힌 후보는 사실 문제의 그 후보를 포함한 10명이었고 새누리당 소속은 그 후보 한 명뿐이었습니다. 이외수 선생은 사전에 트위터를 통해 정책과 공약과 인물 됨됨이 등을 보고 소신껏 지지의사를 밝히겠다고 공지한 바 있습니다. 영향력이 막강한 파워 트위터리안으로 자신의 역할을 스스로 경계하고 삼갔던 셈이지요. 그는 나름대로 섬세하게 배려를 했던 것입니다. 그리고 그는 자신이 고지한 대로 소신 발언을 했습니다. 그는 사람(실질, 본질)을 본 것이지, 결코 그의 소속정당(명목)을 보지 않았습니다. 나는 그것을 진실이라고 믿습니다. 내가 앞서 인용한, 시인으로부터 들은 일화에서 확인한 그의 순정함과 우직함을 감안할 때 그것은 의심의 여지가 없다고 생각합니다. 이건 내 주관적 소신입니다. 그 순정함과 우직함에 대한 자기확신이 있기에 이외수 선생은 서울시장 보궐선거에서 나경원이 아닌 박원순을 밀었고, 평소 민주당 정동영 의원을 후원했던 것입니다. 만약 그가 정말로 계산적이고 정략적으로 사고하는 영악한 인물이라면, 무엇 때문에 민감한 총선을 앞두고 트위터에 새누리당소속 후보 지지

발언을 올리는 일을 하겠습니까. 그에겐 이미 사적인 이익이나 불이익에 대해 감별하고자 하는 의식 자체가 존재하지 않았던 셈입니다. 나는 그렇게 생각합니다. 그는 자신의 행위를 자율적인 정치의사 표현 행위 그 이상도 이하도 아니라고 간주했던 것입니다. 스스로 돌아보아도 아무런 잘못을 한 것이 없고 욕먹을 일을 한 것이 없다고 생각한 것이지요. 네티즌의 비난에 대한 그의 다소 격앙되어 보였던 초기 반응은 그래서 나왔던 것일 터입니다. 그런데 네티즌과 트위터리안들은 그에게 더욱 더 독하고 무차별한 비난의 십자포화를 퍼부었습니다. 그 결과 이외수 선생의 예술가로서의 자율성은 유린되었고 그의 인권은 거의 살해되었습니다. 그를 공격한 네티즌과 트위터리안들을 나는 감히, 정치적 표현의 자율성을 스스로 파괴한 괴물연합체라고 표현하고 싶습니다.

한나 아렌트는 《인간의 조건The Human Condition》에서 현대인이 직면한 근본악에 대해서 이야기한 적 있습니다. 아렌트에게 있어 인간의 가장 보편적인 행위는 정치적 행위인데, 과학과 기술의 혁신을 가져온 자본의 도그마에 의해 정치적 행위의 자율성이 파괴된 현대에 이르러 인간은 정치적 행위 능력을 상실했고, 이것이 도덕을 교란시켜 근본악을 촉발시켰다고 주장합니다. 그녀는 인간의 정치적 행위가 보편적 이상으로 작동된 모델로 고대의 폴리스를 예로 들지요. 아닌 게 아니라, 인간의 보편적 정치 행위들이 다양하게 작동돼 삶의 구성 원리가 자율적으로 만들어졌던 고대 폴리스야말로 현대 사회보다 훨씬 세련된 공간이 아니었나 하는 생각이 듭니다. 그리고 재미있는 상상이지만 어쩌면 이외수 선생에게는 트위터가 바로, 정치적 자율의 이상이 구현되는 고대 폴리스 같은 것이었는지도 모르겠다는 생각이 듭니다. 그리고 그는, 자신이 지지하고 검증한 몇 사람의 후보를 트위터를 통해 알리는 것으로, 문화 예술인으로서의 보편적인 정치 행위를 실천했습니다. 그 실천적 표현은 전적으로 자기 소신과 자율적인 양심에 입각해 있었던 것이지요.

그런데 데마고그의 언술과 마타도어 등이 총동원된 도그마에 현혹되어 근본악으로 형질이 전환된 온라인 공간과 SNS의 일부 세력이, 자기들이 원하지 않게 나타난 총선의 결과에 따른 응분의 보상으로, 마치 이외수 선생이 제물이라도 되는 양 집단 폭력을 가한 것입니다. 그들은 한나 아렌트 식으로 말하면, 이미 자율적인 정치적 행위 능력을 상실한 괴물들입니다. 정치적 행위 능력의 상실이란 바꾸어 말하면 자율성의 상실, 자율성의 파괴를 의미합니다. 스스로 자율성을 파괴한 사람들은 필연적으로 타인의 자율성마저 억압하려 들지요. 그들은 자기들이 옳다고 믿는 것이 아니면 더 이상 그것에 대해 알기를 포기합니다. 그들의 무의식은 오히려 무지를 선택하지요. 무지는 억지로 이어집니다. 이 괴물 같은 신념의 고집은 도대체 어떻게 만들어졌기에 한 예술가의 소신과 자율성마저 이토록 모독하는 걸까요. 도대체 그것은 어떤 폭력의 만용이 종용한 것일까요. 저는 이외수 선생이 당한 것이 남의 일 같지 않아 아직도 소름이 끼칠 정도로 오싹합니다.

내 경우를 말하자면, 이번 총선에서도 야당과 야권 후보를 지지했습니다. 현 정권의 실정에 실망했고, 여당의 몇몇 정책기조가 마음에 들지 않았기 때문이지요. 총선 결과 야권이 사실상 패배한 것으로 나오자 무척 실망한 것도 사실입니다. 가끔 내 스스로의 정치적 성향을 자문하는 경우가 있는데, 그때마다 저는 좌도 아니고 우도 아니라고 대답합니다. 어떤 포지션을 특정하지 않습니다. 왜냐하면 정치적 성향 혹은 신념은 DNA나 혈액형처럼 고정불변의 것이 아니라고 생각하기 때문이지요. 내 정치적 신념은 언제나 가변적입니다. 나는 세상의 모든 일을 매우 유동적인 '사태'로 파악합니다. 이것은 예술가로서 저의 자율성을 지켜나가는 일과 매우 밀접하게 연관되어 있습니다.

　사실 저뿐만 아니라 모든 작가, 문화예술인들은 어떤 고정적인 가치나 신념에 독한 회의를 품는 존재들입니다. 이외수 선생 역시, 이와 같은 입장에서 당신의 의사를 정정당당하게 아무런 부끄러움 없이 표현한 것입니다. 그의 의사는 수천 번의 의심과 회의를 거쳐서 나온 것이지요. 그런데 그걸 자기가 원하는 의사와 다르다고 해서 어떻게 함부로 비난하고 욕할 수 있을까요. 나의 신념이 중요하다면 타자의 신념도 중요한 것 아니겠습니까. 선거 때 유권자들은 저마다의 가치관이나 신념에 따라, 그것에 가장 부합하는 후보와 당에게 표를 던집니다. 그리고 결과가 나오면 승복하지요. 정치석 위기 때마다 김영삼에게 힘을 실어줬던 부산 사람들이, 김영삼이 집권한 후 실징을 거듭하는 걸 보고 자조적으로 (김영삼을 찍었던) '자신들의 손가락을 자르고 싶다'고 말하는 것을 보고, 이것 참 건강한 자기부정이구나 생각한 적이 있었습니다. 자신이 지지한 사람이라도 잘못하면 돌아서는 것이고, 내가 지지하지 않은 사람이라도 잘하면 박수쳐주는 것. 그것이 정치적 행위의 건강한 자율성 아닐까요. 그러니까 자율성이란 정부는 회의, 의심, 자기부정이라는 감사기관을 두는 것입니다.

나는 이외수 선생의 정치적 의사표현에 오히려 박수를 보내고 싶습니다. 이외수 선생에게 박수를 보내는 똑같은 심정으로 호남에 출마한 새누리당 후보에게 표를 던진 유권자와, 영남에 출마한 야권 후보들에게 표를 던진 유권자에게 열렬한 박수를 보내고 싶습니다. 아니, 소속정당이 아닌, 인물을 보고 그 인물에 표를 던진 모든 유권자들에게 박수를 보내고 싶습니다. 그 빛나는 존재의 전위, 정치적 자율성을 소신껏 행사한 당신들을 내 최고의 언어로 칭송하고 싶습니다.

사유의 침잠하는 속도, 속도가 표현하는 부재, 부재가 갖지 못한 농담, 농담이 키운 불멸의 날씨, 날씨로는 읽을 수 없는 공포, 공포에 짓눌린 기억, 기억을 구성하는 사유, 사유의 침잠하는 속도, 속도가 표현하는 부재, 부재가 갖지 못한 농담…… 도돌이표.

나이는 어리지만 진심으로 존경하는 박진성 시인과 20분 넘게 시에 대해 채팅을 나누었다. 우리는 봄에 함께 미치고 있다는 것에 동의하고, 11월에 다시 미칠 것을 믿는다. 문법을 창조한 자

들이 죽을 때, 그 죽음은 어떤 말의 법을 통과하면서 다음 생에 관여하
는가. 조문의 법과 축문의 법은 어떤 생과 사를 관장하면서 여기까지 당
도해 있나. 숲의 커뮤니티에 참여하지 못한 나무들의 긴요한 질문을 생
각한다. 박진성 시인과 나는 문학을 한다는 것의 불가피한 자괴감과 요
설, 조롱으로서의 실험에 대한 이야기를 나누었다. 미친다는 것, 그것은
아주 짧은 어느 순간에는, 죽지 못한다는 것과 동의어가 될 수 있다.

시인의 공화국에서 암중모색

시인 박진성과 밤새워 술을 마시고, 점심 때 또 만나 밥을 먹었다. 그를 보면, 아프게 건강하다는 느낌이 든다. 아프게 건강하다는, 이 말 같지 않은 역설이 무슨 뜻인지 궁금하다면, 그냥 그가 쓰는 글들을 읽어보면 된다. 열림원에서 그의 산문집을 만들기로 했다. 7, 8월이면 나올 거다. 시인들이 꾸는 아픈 꿈과 함께 꿈틀꿈틀 봄은 온다. 뭉클뭉클 봄은 온다. 진성이는 서울 온 김에 경복궁이나 서울타워에 한번 가봐야겠다며 손을 흔들었다. 그의 의뭉이 나는 서럽다. 그의 충청도식 농담이 나는 아프다.

축구 천재 리오넬 메시는 축구도 핸드볼처럼 할 수 있다는 걸 리얼 스페이스에서 보여주고 있고, 나는 시인의 공화국 입구에서 암중모색중이다. 나는 드레스코드를 미리 통보받지 못한 우울한 초대자의 입장에서 시인공화국 사람들을 관찰하고 있다. 어울리되 동화

선운사 붉은 동백이 돌탑 속에 툭, 떨어졌다.
동백꽃이 오래토록 돌탑을 사랑했다.
서럽게 극적이라 사랑이다.

되지 않는 화이부동, 외투를 풀어헤치면 나오는, 내 가슴에 푸르게 새겨진 뜻이다.

아침 기온이 어서 영상으로 올라왔으면 좋겠다. 몸이 약한 여자들과 노인들이 봄 햇살로부터 위로를 받았으면 좋겠다. 제도와 시스템을 진심으로 비웃는 글쟁이들이 더 많아져야 하는데 갈수록 젊은 소설가 시인들은 영악해져가는 것 같다. 등단하고 석사로, 박사로 착착 단계를 밟아 올라간다. 그들 중에는 불행하게도 문학을 입신의 수단으로 여기는 이들이 있는 것 같다. 난 그들이 드라이한 직업의 세계를 능동적으로 경험하기를, 노동의 기회를 피하지 않기를 바란다. 정신과 육체를 저 모멸의 현장에서 혹사시키지 않고서는 진정으로 정신의 힘과 육체의 권위를 알아낼 수 없다.

우리 회사의 편집자와 디자이너들을 보면, 그들이 진정한 생활의 예술가 아닐까 하는 생각이 든다. 이들은 충분하지 않은 보수와 장시간의 근무시간, 그리고 합리적이지만은 않은 위계질서 등 어려운 여건에서도 책임감을 가지고 열정적으로 일한다. 노동과 열정이라는 자본을 투여해서 자신들이 먹을 밥을 버는 것이다. 눈물겹고 고마운 일이다. 이와 같은 측면에서 이들은 정직한 자본가라고 할 수 있다. 제 몸과 정신을 깎아내는 자본을 투자한 이들에게도 마땅히 이익은 균점되어야 한다.

여러 선생님들 앞으로 편지를 쓰고 있다. 그리고 좋은 책을 만들기 위해서 많은 글들을 읽고 있다. 좋은 아이디어를 구체화시킬 절대적인 시간이 필요한데, 현재의 사이클에서 생각이 증폭되기는 쉽지 않다. 좋은 생각들이 나오다가 끊기고 나오다가 끊기기를 반복한다. 일주일간 휴가를 내고, 책과 속옷 등속을 넣은 가벼운 배낭 하나 짊어지고 남해안의 고도 같은 데서 숨만 쉬다가 오고 싶다. 하지만 그건 불가능한 일이다. 내 정신의 승리는 언제나 불가능한 가능이다.

이어령 선생님의 따님, 이민아 목사님 빈소에 다녀왔다. 목사님 책 두 권을 만드는 동안 정이 많이 들어선지 영정 속의 사진을 보고 있자니 눈가가 시큰해졌다. 더군다나 영정사진은 작년 8월 목사님 첫 책이 나왔을 때 내가 직접 찍은 것이다. 목사님의 신앙은 범종교적인 사랑을 중심에 놓는 것이어서 많은 사람들을 감화시켰다. 과학적 합리주의와 무신론으로 일관한 이어령 선생님의 회심을 이끌어낸 이야기는 유명하다. 순수하기가 아이 같은 분이었는데, 작고 세세한 것에도 마음을 쓰시는 분이었는데, 그래서 더욱 애통하다. 소천, 하늘의 부르심을 당해 하늘나라에서 그토록 사랑했던, 먼저 보낸 첫째 아들과 행복하게 해후하셨을 것을 믿는다. 그가 믿는 신이 있어, 이어령 선생님이 겪으셨을 참척의 고통도 어루만져주시기를.

일요일 새벽에 세상을 등진 김충규 시인의 빈소에 다녀왔다. 경기도 부천 순천향병원 장례식장 5호실. 빈소에 다녀오고부

터 생각이 많았다. 그리고 SNS에서 조의를 표명하는 사람들의 반응을
보면서도 생각이 많았다. 그래, 깜냥도 안 되면서 나서는 것인지 모르지
만 한마디만 하고 싶다. 4일장 절차에 따라 내일 아침 발인하는 김충규
시인은 살아 있을 때 무명이었고 이제 죽어서는 희미한 기억에서조차
무서운 속도로 지워지는 이름이 될 것이다. 그는 고등학교 1학년과 중
학교 2학년, 어찌될지 모를 미래가 두려운 두 아이와 당장 생계를 짊어
져야 하는 젊은 미망인을 남겼다. 그의 장례식장에는 주로 50세 전후
의, 망자와 교분이 있던 시인들과 지인들이 찾아와 유족을 위로하고 형
편껏 부의를 했다. 그 가운데에서 김안, 이이체 같은 2, 30대 젊은 시인
의 얼굴을 발견하고 조금, 아니 몹시 감동했다. 그 젊은 친구들의 인정
과 의리가 눈부시다는 생각이 들었다.

내가 하고 싶은 말은 이 시인의 죽음에 대해 침묵하는, 그러니까 아무
런 조의 표명도 하지 않는 다수의 소위 '잘 나가는' 시인들에 대해서다.
망자는 혼자서 시전문지를 꾸리다가 과로로 사망했다. 시전문지를 꾸리
면서 망자에게 돌아온 것은 스트레스와 건강악화, 경제적 손실, 마침내
죽음이었다. 그러므로 우리 모두는, 고인을 한 번도 본 적 없는 나조차
그의 죽음에 책임이 있다. 망자는 자신이 발행하던 시전문지에 시인들
의 시를 정성껏 섬기고 모셨다. 망자가 발행하던 시전문지의 위상이나
권위가 어떠한 것이었는지는 이야기하지 말자. 그런데 왜 잘나간다는
시인, 그러니까 당신들은 이 성실한 시인의 죽음 앞에서 그렇게 오만한
가. 망자와 일면식이 없기 때문에? 친분과 교류가 없었기 때문에? 나온

학교가 다르고 노는 물이 다르기 때문에? 차원이 다르고 레벨이 다르기 때문에? 그렇다면 당신은 권위 있는 문예지의 편집위원 집 개가 죽으면 문상을 가고 부의를 할 텐가? 그 개와 당신은 무슨 상관이 있나?

문상을 가고 안 가고는 중요한 문제가 아니다. 진정으로 내가 궁금한 것은 고적하고 빈한한 삶을 마친 한 시인에 대해 동시대인으로서의 부채감을 예의로 표현하는 것이 왜 이토록 어렵고 힘드냐는 것이다. 행여 그 뻣뻣함과 고고함이 시가 절대적으로 요구하는 윤리의 한 형태라면, 난 시 따위는 당장 버리겠다. 시인으로 등단하고 한 달밖에 안 돼 물정 모르고 떠들었다면, 잘난 당신들이 너그럽게 이해하길 바란다. 하지만 나는 우리 시인들이 장사치나 속물들처럼 이익이나 불이익에 민감하기보다 여전히 인간적인 예의에 섬세했으면 좋겠다. 미칠 땐 미치더라도.

홍대의 꽤 유명한 냉면 전문집에서 점심식사 시간에만 파는 김치찌개를 사먹었다. 김치찌개가 나오기 전, 나트륨과 MSG 맛이 농후한 그 집의 냉면육수를 청해서 두 컵 마셨다. 김치찌개는 언제나처럼 역시 지나치게 달고 지나치게 매웠다. 빨간 국물에 정제되지 않은 고춧가루와 양념들이 떠다녔다. 그걸 하얀 밥과 함께 꾸역꾸역 먹었다. 내 몸 안에 들어간 이 짜고 맵고 달고 화학적인 음식들이 나중에 암세포를 격려할지도 몰라. 이런 생각이 두어 번 떠올랐지만, 아랑곳하지 않고 부지런히 입안으로 떠 넣었다. 이것이 내가 매일 반복하는 어떤 비

애다. 엄살 부리지 마라, 굶지 않는 것만 해도 어디냐, 라고 누가 말한다
면 나는 그에게 선생님 말씀이 맞습니다, 라고 대답할 것이다. 이런 식
의 삶에 대한 우울한 감상은 사실상 피하기도 귀찮고, 피할 수도 없는
일이다. 봄비가 오니까 더욱 더 그렇다.

나는 잘 웃지 않는 소년이었다

지난 달 지아비와 함께 지은 집을 화재로 잃은 이후 노구를 외삼촌댁에 의탁하고 계신 어머니와 20여분 동안 통화를 나누었다. 어머니는 죄지은 사람처럼 하소연과 사정을 하신다. 명치에서부터 울컥 치밀어 오르는 이 뜨겁고 묵지근한 덩어리.

일요일. 아내가 성당에 간 사이 출판사에서 나올 신간의 보도자료를 썼다. 보도자료를 다 쓴 다음에는 강아지들의 발을 닦아주었다. 그리고, 이것이 제일 중요한 사실일 텐데, 모 시전문지에서 보내어 온 원고청탁서를 확인했다. 지방에서 발간되는 시전문지인데, 내게 제일 먼저 청탁을 해왔다는 이유만으로도 우리나라에서 가상 훌륭한 시전문지로 격상되었다. 류근 형처럼 단 한 편도 발표하지 않고 전작 시집을 멋지게 짝, 내는 것도 멋진 일일 텐데, 그렇게 하긴 내 강기가 너무 약하다.

 좋다. 이럴 때 오히려 조심해야 하는데, 친절하고 상냥한 것처럼 무서운 것도 없는 거다. 애들처럼 앙앙거리지도 말아야 한다. 어딜 가나 조숙하고 어른스럽다는 이야길 들으며 자랐다. 그런 소릴 듣는 비결은 간단하다. 웃지 않으니까 그런 말들을 하더라. 나는 정말 잘 웃지 않는 아이였고 소년이었다. 웃을 일이 좀체 없었던 거다. 나는 그래서 일찌감치, 행복하길 바라는 꿈일랑 꾸지 말고, 덜 불행하기만을 바라자, 고 생각했다. 나는 당신들의 행복을 빼앗지 않는다. 그럴 능력도 욕심도 없다. 그러니, 내 앞에선 그냥 마음 놓고 무장해제하시라. 긴장도 하지 마시라. 긴장은 내가 하겠다.

아이들은 왜 아프다고 말하나, 손톱을 자르면

그림자가 고향을 찾지 못해 울었다

새해 아침은 시집을 읽는 것으로 시작한다. 한 번도 만나본 적이 없는 이이체 시인의 시집 《죽은 눈을 위한 송가》. 1988년생 젊은 시인의 패기가 고스란히 시에 들어와 있다. 시인은 자신 바깥에 자신의 내부를 건축하는 일을 하기도 하지만, 자신의 내부에 그 바깥을 들여놓기도 한다. 나는 이런 상태를 '의식의 복막염'이라는 말로 표현하고 싶다. 시인의 첫 시집 《죽은 눈을 위한 송가》는 삶의 본질을 에워싼 수사학을 종종 문제 삼는데, 이것의 긴장은 내부와 외부의 대위라는 길항과 모순을 통해 탄생된다. 그는 확실히 의식의 복막염을 앓고 있는 것처럼 보인다. "그림자가 고향을 찾지 못해 울었다"(〈낭만주의〉)라는 진술은 그래서 가능하다. 시집 전반에 걸쳐 따뜻하고 느린 우울의 정조가 넘쳐흐른다. 시인만큼이나 섬세한 평론가 허윤진의 해설은 이 시집의 이해를 효과적으로 돕는다. 조만간 이 시집에 대해 다시 언급할 기회가 있을 것이다. 작년에는 젊은 시인들의 인상적인 첫 번째 시집이 많이 나왔다. 얼마 전 출간된 김산의 시집 《키키》도 그렇고 최정진의 《동경》

도 그렇다. 김안의 《오빠생각》과 이혜미의 《보라의 바깥》, 그리고 사실상 첫 시집인 김요일의 《애초의 당신》도 내 기억에 남아 있는 시집이다.

작년에는 여러 가지로 운이 좋았던 한 해였다. 내가 원하지 않은 만남과 이별도 있었지만, 내가 원하는 글을 썼고, 내가 원하는 침묵과 고독을 원 없이 만져볼 수 있었다. 교통사고를 당하지도 않았고, 위염을 앓지도 않았다. 험한 세상에 그렇게나 노출되어 있었지만 손가락 하나 부러지지 않았다. 일곱 번째 책을 펴냈고 일곱 번째 냉담을 당했다. 창문을 열어두고 옅은 잠을 자다가 희미한 꿈을 꾸기도 했다. 이 모두가 축복이다. 나는 당신들의 문학이 아니라 나의 문학을 한 것이다. 내가 나의 삶을 살지 않고는 단 하루도 살 수 없다. 그러니 당신들도 당신들의 삶을 살기 바란다.

점점 더 침묵과 고독에게 가까이 다가가는 모든 사람들에게 연대의 인사를!

신의 자비와 축복을!

일수일 전 늦은 밤에 외삼촌으로부터 한 통의 전화가 걸려왔다. 고향집에 화새가 일어나 건물과 세간이 전소됐다는 것이다. 그 말을 듣는 순간 정신이 멍하고 어지러웠다. 고향집은 내 유년과 소년, 그리고 사춘기와 학창시절의 추억이 집적된 곳이다. 그런 집이 전소가 되다니. 외삼촌은, 어머니가 충격을 받아서 지금은 심신이 쇠약

누군가 앉았던 의자.
누군가 다시 돌아올 때까지 의자는 저렇게 있다.
저 혼자 몰래 앉은 채로,
의자도 앉는다는 것을, 사람은 모른다.

하니 다음 날 전화를 드리고 수습책을 상의하라 일렀다. 뜬 눈으로 밤을 지새우고 다음 날 어머니께 전화를 드렸다. 나는 당장 월차를 내고 내려가겠다고 했다. 그러자 어머니가 극구 만류했다. 사람이 안 다친 것만 해도 다행이니, 미리 내려오지 말고 설 연휴 때나 내려오라는 것이었다. 나는 그날 저녁 아무 일 없는 사람처럼 회사 직원들과 회식을 하고 술을 마셨다.

설 명절 연휴가 시작된 어제, 고향에 내려가서 화재가 난 현장을 확인했다. 나의 고향은 대전에서 남쪽으로 30킬로미터 정도 떨어져 있는 금산이다. 고향집은 폐허였다. 며칠 동안 철거 작업을 진행했던 모양인지 기사 없는 포크레인만이 잔해 더미와 함께 서 있었다. 고향집의 처참한 폐허를 확인한 어제는 내 마흔 번째 생일이기도 했다. 뭐라 표현하기 힘든 망실감과 비탄, 알 수 없는 대상을 향한 원망과 분노로 가슴이 속수무책 물들었다. 어머니는 교회에서 마련해준 거처에 계시다가, 내가 내려갔을 때에는 외삼촌댁에 의탁하고 있었다.

아버지와 어머니가 집을 지은 건 내가 초등학교 2학년 때였다. 서까래가 올라가는 상량식 날, 동네 사람들을 초대해 떡과 술을 돌리던 아버지와 어머니의 얼굴이 떠오른다. 그때 아버지는 마흔둘, 어머니는 서른아홉이었다. 지금 나와 내 아내의 나이와 거의 비슷하다.

나의 가계와 가족에 얽힌 이야기는 몇 편의 소설에서 단편적으로 쓴 적이 있다. 그건 지나치게 구차하고 우울한 이야기기도 하다. 내가 가족과 불화한 지는 이미 오래되었다. 아버지의 산소를 찾지 않은 것도 벌써

수년이다. 이유는 단 하나다. 부끄럽고 불편하고 두렵기 때문에. 이 말의 뜻을 헤아려달라고 말하고 싶지도 않다. 그것 역시 민망한 일밖에는 안 될 것이다. 어머니에겐 형제들이 갹출해서 작은 아파트를 얻어드리기로 했다. 일견 매우 깔끔한 수습 같아 보이지만, 석유난로가 엎어져 고향집에 불이 붙고, 119에 전화를 하고, 소방차 다섯 대가 윙윙거리며 출동하는 모습을 보며 가슴속에 피멍이 들었을 어머니의 마음을 위로해드릴 방법을 모르기에, 수습은 영영 요원하다. 이 상처를 어쩔 것인가. 이런 사고를 당했을 때 어떤 표정을 짓고 어떤 말을 해야 하는지 훈련받은 적 없기에 이 가족은 늘 아프다. 나에겐 이제 고향집이 없다. 백 번을 양보해도 어머니가 새로 구해서 들어갈 아파트를 고향집이라고 할 수는 없다. 나는 그녀가 믿는 신에게 단 한 번도 머리를 조아리며 갈구한 적이 없다. 잘나지도 않고, 따로 믿는 것도 없으면서 그랬다. 이것이 나의 우매함이며 나의 가련함이다.

다시 말하거니와 나는 이제 고향집이 없다. 고향집은 불에 타서 없어졌다. 나는 그것을 정확히 태어난 지 40년 된 생일날 확인했다. 이 고약한 우연에 특별한 의미를 부여하고 싶지는 않다. 그것은 망측한 짓이다. 하지만 집이 불에 타서 없어졌다는 것, 나는 이것이 내게 주는 메시지에 주목할 것이다. 그것은 지긋지긋하고 나약한 가족력을 일거에 척결하는 순정한 불의 의식일지 모른다는 것. 또한 그것은 옹졸하며 매사에 침묵하고 숨어드는 문약한 이 집안의 DNA에 대한 적나라하고 노골적인 불의 정화라는 것. 농민들은 추수가 끝나고 다시 씨를 뿌리기 선 들과 밭에 불을 지른다. 그것이 곧 화전이다. 화전은 잡스러운 땅의 기운을 죽이는 정화의식이다. 그것은 또한 새로운 삶의 영토를 개간하는 창조와 신생의 작업이다. 나도 이제, 우울을 털고 내 영육에 큰불을 지펴 모든 것을 태우고, 다시 태어나야 하리라는 생각을 한다. 이렇게라도 받아들이지 않는다면, 오늘의 이 불은 한갓 가혹한 재앙일 뿐일 테니까.

처음 불을 만진 순간을 기억하는 당신

오래 전 《조선일보》 김광일 논설위원이 쓴 책을 읽다가, 기자들이 자신들을 자조적으로 승냥이나 하이에나에 비유하고 있다는 걸 알게 되었다. 기자는 사자 같아도 안 되고 사슴 같아도 곤란하다는 것이다. 사자처럼 용맹하고 사나울 경우, 적(취재원들)은 그 기세에 질려 입을 싹 다물고 사슴 같을 경우엔 얕잡아보고 어물쩍 넘어가려 한다는 거다. 승냥이나 하이에나처럼 교활하고 영리하게 접근해야 취재원들을 장악하고 원하는 정보를 끄집어낼 수 있다는 것이 그의 설명이었다. 소설가로 책을 내고 출판사에서 에디터로 일하는 동안 숱한 기자들을 만났다. 내가 만난 기자들은 거개가 노동의 볼모, 직업의 포로가 된 자들이었다. 상상을 초월하는 노동량에 영혼을 헌납한, 다시 말해 이 세상에서 가장 억압된 영혼의 소유자들이 기자라는 직업을 가진 이들 아닌가 싶을 정도였다. 특히 일간지의 경우, 기자들의 사유 난위는 정확히 하루치뿐이다. 나는 그래서 저 하루밖에 못 내다보는 인간의 협잡을 안타까운 눈으로 바라보곤 했다. 기자들을 비난하려는 게 아니고, 그 환경이나 생태를 좀 비판적으로 바라보자는 거다. 이와 같은 몇 가지 이유에 개인적인 경험과 인상까지 겹쳐 나는 대체로 기자들의 인격을 신뢰하지 않는다. 기자에 대한 우리 사회의 부정적인 이미지는 일정 부분 우리나라 신문사들이 공히 실시하고 있는 수습제도며 도제 시스템에서 연유하는 게 아닌가 한다. 신문사의 수습제도며 도제 시스템은 마치 운동부 선배들이 후배들 군기 잡는다고 굴리듯이 굴리는 거다. 그리고 그것은 귀한 전통처럼 대물림된다. 그러면서 신문사 특유의 선후배간 끈끈한 애증이 생긴다나 어쩐다나. (그래서 문화관광부 신재민 전 차관은 신문사 선배인 박래부 전 한국언론재단 이사장을 짤랐나?)

　　최근에 동갑내기인 모 신문사의 기자 한 사람과 교유하게 되었는데, 그의 따뜻한 인품과 윤리감각, 그리고 사태를 바라보는 균형감에 매료됐다. 그 친구는 승냥이나 하이에나로 미리 자처하고 운신을 꾀하는 기자가 아니라, 정신의 모험을 즐겨 사자 같을 땐 사자 같고 사슴 같을 땐 사슴 같아야 하는 걸 아는 기자인 듯싶다. 이 친구의 모험과 기지가 직업적 이익에만 소용되지 않고 공공의 이익을 위해 쓰인다는 걸 나는 몇 차례 확인했다. 아울러 이 친구는, 억압적인 영혼이 아니라 자유로운 영혼을 가질 때 기자가 얼마나 멋있는 직업일 수 있는지 보여주기도 했다. 이 친구와 같은 기자가 많이 나와야 한다고 나는 확신한다. 나만의 즐거움이겠지만 이 친구를 보면서 우리 사회가 기대하는 바람직한 언론인상을 머릿속에서 그려보기도 했다. 권력 혹은 권위의 그림자를 짙게 깔고 오만하게 깐죽대면서 늘 대접만 받으려 하거나, 공부도 하지 않고 거저 정보를 빌려 쓰려는 기자들만 보다가 이 친구를 보니 거참, 신기할 정도다.

미세하지만 질긴 감기 기운 때문에 집에서만 두문불출하고 있다가, 신동옥 시인으로부터 김산 시인이 와 있다는 이야기를 듣고 잠시 그의 방에 내려가 이야기를 나누었다. 신동옥 시인의 작은 방 탁자 위에는 개봉한 지 오래돼 보이는 소주병과 갓김치와 귤과 과자 봉지 따위가 놓여 있었다. 그걸 앞에 두고 두 명의 시인은 무박2일째 술을 마시고 있는 모양이었다. 나는 그 틈에 관찰자의 눈을 숨기지 않고 앉았다. 추위가 사납고 깊어지는 절기에 그들은 붉은 얼굴을 하고 수줍지만 강렬한 눈빛으로 시를 말하고 있던 모양이었다. 나는 닥치고 그들 이야기를 들었다.

4년 전 첫 시집을 낸 신동옥 시인과 최근에 첫 시집을 낸 김산 시인. 한 살 터울인 이들은 시 말고는 자신들을 설명할 줄도 모르고, 자신을 둘러싼 세계를 설득할 줄도 모르는 것 같다. 이것은 순정을 넘어서는 일종의 도착 상태. 그러니까 그들은 시가 아닌, 다른 세계의 제도와 내용에 대해서는 무관심하다. 아는 것 또한 없다. 그들은 시 바깥에서 철저히 백치다. 그들에게 이 세계는 오로지 시로 구성되고 시로 다스려지는 절대적 외경의 세계다. 시는 이 두 명의 젊은 시인에겐 피도 눈물도 없는 독재정부인 셈이다. 그들은 시의 독재 앞에 민낯으로 투항하고 그 제도에 순응한다. 그리고 마침내 중독된다. 닥치고 듣던 내가 잠시 능을 치며 분위기를 환기하자 그제야 신동옥 시인은 한숨을 쉬며 미국으로 망명하고 싶어 하는 여동생 걱정을, 김산 시인은 닭집을 하다 망한 아버지 이야기를 한다. 이것은 시에 도착된 자로서 가져야 하는 숙명적인 비애다. 무시무시한 현실에 대한 공포다. 백치에서 천치로 한 단계 승격. 이 두 시인의 욕망은 주도면밀하지 않아서, 다시 말해 자신들의 욕망이 어디로 어떻게 흘러가는지 알지 못해서 자유롭다. 그들은 문학을, 시를 할 뿐이지 문단 또는 시단활동을 하는 게 아니다. (문단활동을 하면서 문학을 하고 있다고 착각하는 시인과 소설가들이 얼마나 많은가.) 정복자인 시의 신민으로서 기꺼이 자유로운 신동옥, 김산 시인. 이들이 이 겨울 꼭 살아남기를. 부디 얼어 죽지 말기를.

김정일이 죽었다는 이야기가 누가 누구와 잤다는 이야기보다 심드렁하게 들린다. 우주적 존재인 우리들에게, 누가 먼지로 돌아갔다는 소식보다 누가 누구와 도킹했다는 소식이 훨씬 극적이어야 하지 않은가. 처음 불을 만진 순간을 기억하는 당신.

누구인지 모르고 너에게 간다

열림원 문학창작교실 시 강좌 화요반 첫 수업이 있는 날이었다. 강사인 신동옥 시인은 수업 자료를 두툼하게 뽑아가지고 와서 복사를 부탁했다. 나는 졸지에 복사실 알바가 된 기분이었다. 신동옥 시인은 긴장을 풀기 위해 술을 조금 마셨다고 했다. 그 말을 듣고, 어떤 술은 최선을 다하기 위해서 마시는 거라는 걸 알았다.

수강생들은 시간을 맞춰서 왔다. 그들에게 잠깐 인사를 한 후, 나는 약속이 있어서 먼저 회사를 나왔다. 외부 약속이 정해지기 전에 옵저버 자격으로 수업을 참관하고 싶은 마음도 있었으나 그건 강사에 대한 예의가 아닌 것 같았다.

밤 아홉 시가 조금 넘은 시간, 수업을 마친 신동옥 시인이 나의 술자리에 합류했다. 그는 수강생들에게 나를 믿고 따라오지 않을 기면 그만두리고 말했다고 했다. 수강료도 다 돌려줄 거라고. 그 호기가 열정에 육박하는 것임을 알기에 나는 그가 마뜩했다.

그리고 오늘, 수강생들에게 어제의 첫 수업이 어땠는지를 문지로 물었다. 문학창작교실의 기획자 및 운영자로서 수업의 질에 대한 책임은 강사에게만이 아니라 나에게도 있다. 수강생들의 요구를 강사에게 전달해야 하는 역할도 나의 것이다.

수강생들이 차례로 답 문자를 보내왔다. 그 내용은 '좋다' '괜찮다'였다. 강사의 열정적인 태도가 마음에 든다는 것이다. '벌써부터 다음 주 수업이 기대된다'는 수강생도 있었다. 어떤 수강생의 답문자를 그대로 옮기면 이렇다.

네, 아주 좋았습니다. 신동옥 시인의 진지한 모습에서 수업도 시처럼 진행이 가능하다는 것을 처음 경험했습니다. 첫 시간이라 서로가 아직은 어색했지만 지식을 얻는 것보다 서로에게 시적인 감성을 얻을 것 같아 많이 기대됩니다.

금요일엔 이재훈 시인의 금요반 첫 수업이 있다. 해박한 이론과 실전 감각, 따뜻한 열정과 선한 의지를 갖춘 이재훈 시인의 수업도 명품 수업이 되리라 믿어 의심치 않는다.

<hr>

로맹 가리의 《유럽의 교육》을 두 번째로 읽고 있다. 열다섯 살 나이로 인간의 비극적 본질을 경험해야 했던 어린 빨치산 야네크의 공포와 수심을 다시 생각한다. 개인의 의지와는 무관하게 전쟁을 통해 세계가 어떻게 구성되는지, 실존적 진실이 어떤 위협적 상황과 직면하는지를 깨닫게 되는 유럽의 어떤 세대들의 정치적 환경에 대

한 이야기. 작가는 이 같은 정치적 환경에 놓이면서 어떤 운명적 각성으로 이어지는 무작위의 시스템을 '유럽의 교육'이라고 명명하는 것 같다.

이와 같은 레토릭을 접하고 있으니 자연스레 한국의 1950년대 작가들과 그들이 남긴 작품들이 떠오른다. 장용학, 선우휘, 손창섭, 남정현 등. 전쟁의 원체험으로부터 자유롭지 못했던 그들의 운명적 환경, 세계를 바라보는 그들의 태도나 감수성을 만든 것은 한국전쟁이다. 그것은 로맹 가리식으로 이야기하면 곧 교육적 환경이기도 하다. 시인과 작가를 교육시키는 건 무엇인가. 이건 골똘히 생각하면 할수록 좋은 일이다. 지금 우리 세대의 문학은 지나치게 왜소하고 파편화된 것처럼 느껴진다. 운명적 환경이라고 말할 수 있는 실체를 만나기도 어렵고 찾을 수도 없기 때문인가.

공교롭게도 지금 내 책상 위에는 쥘리앙 그라크와 로베르트 무질의 책도 놓여 있다. 이들은 모두 유럽적 자의식으로부터 철저하게 고무 받은 작가들처럼 보인다. 로맹 가리도 그렇다. 로베르트 무질 1880년생. 쥘리앙 그라크 1910년생. 로맹 가리 1914년생.

저녁 7시부터 열림원 문학창작교실 시 강좌 금요반 수입이 있었다. 강사인 이새훈 시인은 30분 선에 도착했는데, 수강생들에게 줄 선물로 자신이 부 주간으로 일하고 있는 《현대시》 11월호를 기지고 왔디. 11월호엔 신인 등단직가 특집이 있있다.

　　수강생들은 대체로 수업에 만족해했다. 이재훈 시인도 스스로 흡족한 것처럼 보였다. 수강생 중 서른 살 동갑내기인 두 명의 C가 비교적 늦게까지 남아서 이야기를 나누었는데, 문학을 향한 그들의 순정한 열정을 눈동자와 입술에서 읽어내고 있자니 나도 모르게 그만 가슴에 푸른 물이 드는 것 같았다.

　　수원에 산다는 수강생 C를 가장 마지막으로 보내고 이재훈, 신동옥 시인과 포차에서 한잔을 더 했다. 그 자리에서 가장 많이 나온 단어는 '가능성'이었던 것 같다. 이재훈은 돌아가는 택시 안에서 내게 문자를 보냈는데, 그 문자 중에 이런 말이 끼어 있다.

"죽진 않겠지."

　　우리가 말한 가능성은 누구의, 무엇을 향한, 어떤 가능성이었을까? 가능성 중에서 가장 진화한 가능성은 불가능의 가능성이겠지.

　　우리는 네가 누구인지도 모르고 너에게 계속 간다. 죽진 않겠지.

　　　　　　　L선생님께서, 6개월 동안 무던히도 나의 애를 태웠던 원고를 보내주시겠다고 약속하셨다. 이건 좋은 일. 하지만 나쁜 소식도 있다. 절실한 마음으로 또 다른 L선생님께 보낸 이메일이 반려된 것. 충심을 담아 보냈건만. 입맛도 없는데 점심으로 볶음밥을 사먹었다. 볶음밥을 먹으면서 TV를 통해 토크쇼에 나온 장기하를 봤는데 그는 올해 초 직접 봤을 때보다 살이 약간 더 찐 것 같았다.

좋지도 않고 나쁘지도 않고, 다만 다행스러운 일이 있다. 어젯밤 늦게까지 작업한 끝에 서른다섯 번째 단편소설을 탈고한 것. 200자 원고지 120매. 제목은 〈홍대에서의 바람직한 태도〉이고 《현대문학》 1월호에 발표한다. 이 소설을 나중에 장편으로 늘려도 괜찮을 것 같은 생각이 드는데, 주변 사람들에게 모니터를 해봐야겠다.

넓은 초원이 펼쳐진, 햇볕 없는 시골길을 걷고 싶다. 안개에 흠뻑 머리칼이 젖어서 동경과 연민을 지우는 산책.

대통령에 당선된 이명박이 성장우선론자로서의 본색을 드러내며 야심차게 추진했던 4대강 사업. 이는 청계천 사업의 자기표절인 동시에 확대재생산이다. 하지만 청계천 복원과 4대강 사업에는 근본적인 차이가 있다. 4대강 사업은, 이미 인공화된 시스템에 의해서 유지되는 도시라는 요새에서 지류를 덮은 콘크리트를 걷어내는 작업이 아니다. 그것은 살아 숨 쉬는 자연과 생명을 운용하는 거대한 순리로서의 지축을 바꾸는 사업이다. 지축을 바꿀 때, 다시 말해 순리를 거스를 때 거기에 딸려 살아온 수백 수천만의 생명의 좌표는 엉클어질 수밖에 없다. 자연과 생명의 약속인 지축과 좌표, 이건 그 무엇을 담보로 하건 건드리지 말아야 한다.

풍문에 의하면, 이명박 정부에서 4대강 사업의 문화적 홍보와 계도를 위해 유력한 중진소설가 4인에게 각각 4대강을 주제로 한 작품 집필을

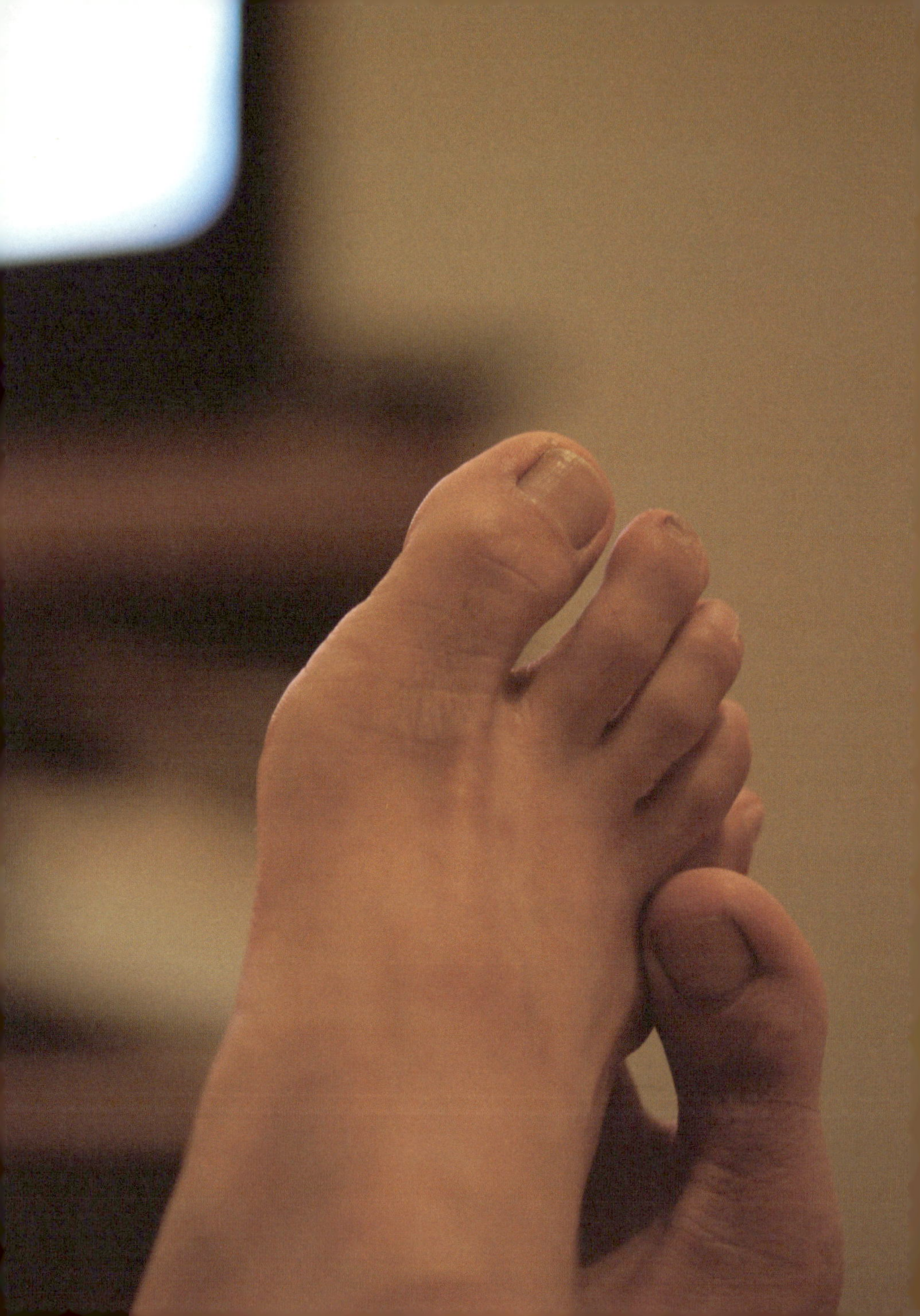

거실 탁자.
맨발.
TV.
저녁.
의지가 필요 없는 시간.

제안했다고 한다. 공교롭게도 4인의 소설가 중에는 평소 내가 그의 작품이나 인격 등을 흠모해마지 않는 분도 계시다. 나는 그래서 그것이 단순히 풍문으로만 그치길 바라고 있다. 이명박 정부의 의도의 불순함을 탓할 것도 없이, 만약 선배 작가들이 그 청탁을 받아들인다면, 그래서 소설이 출간되고 문학이 정치적 데마고그의 도구로 전락된다면, 나는 소설을 쓰는 내 직업에 심한 자괴감을 갖게 될 것 같다. 밥값을 못 벌긴 했어도 참 자랑스러운 직업이었는데 말이다.

다시금 바라건대, 그것이 곧 생명과 삶의 메타포일 문학의 지축과 좌표가 어떻게 하면 지켜질 수 있는지, 선배들이 올바른 판단으로 보여주길 바란다. 아니 그 무엇보다도, 내 귀에 들려온 심란하고 어지러운 풍문들이 모조리 누군가의 위악적인 소설이었으면 좋겠다.

퇴근 후, 연희문학창작촌에 가서 소설가 지망생들을 만났다. 연희문학창작촌에서 소설 수업을 진행하고 있는 소설가 원종국이 나를 특별강사로 초청했기 때문이다. 그가 요구한 것은 강의였으나, 나는 상호 대화를 나누는 쪽으로 수업의 성격을 바꾸면 안 되겠느냐고 제안했다. 원종국이 그걸 수용했고 그래서 '소설을 둘러싼 모든 가능한 대화들'이라는 제목 아래 두 시간 가까이 수강생들과 격의 없는 대화를 나눴다. 이야기를 하는 동안 시종일관 내가 강조한 것은 소설 쓰는 것을 두려워하지 말라는 것이었다. 소설에 대한 고정관념을 버리고 쉽게 생각하고 즐겼으면 좋겠다는 것. 물론 그것이 말처럼 쉬운 것은 아닐 테지만, 나는 자유로운 고도의 창작행위 속에서만 느낄 수 있는, 무엇과도 비교할 수 없는 희열을 그들에게 전달하고 싶었다. 한 번 알면 헤어나지 못할 정도로 그 희열이 얼마나 강렬한 것인지를.

수업 후에는 근처 실내포차에 들어가서 함께 술을 마셨다. 그 자리에서도 문학 이야기는 이어졌다. 문학을 대하는 수강생들의 태도가 하나같이 진지하고 순정해서 그들을 위해 단 한 마디라도 더 건네고 싶은 마음이 간절했다. 원종국은 그 많은 술값을 혼자 치렀다.

술자리가 끝나고 원종국과 단 둘이 맥주 한잔을 더 마셨다. '소설'이라는 바에서였다. 그 자리에서 원종국은 소설가의 사회적 책무에 대해 이야기했고, 그것을 연대라는 방식을 통해 실천하고 싶은 의지를 이야기했다. 올여름 오랜 직장생활을 그만두고 전업소설가의 길에 들어선 그로서는, 직장에 다니는 동안에는 감히 엄두도 내지 못했던 많은 일들에 대한 계획으로 머릿속이 몹시 분주한 듯했다.

집으로 돌아오는 길. 택시기사는 '개발축구'를 한 끝에 레바논에 패한 한국대표팀에 대한 이야기를 하고, 나는 좀처럼 풀리지 않은 피로 같은 꿈에 바쳐진 몇몇 밤들을 떠올렸다.

동인문학상 시상식이 있었다. 뒤늦게 뒤풀이 술자리가 열리고 있는 맥줏집에 갔다. 내로라하는, 현재 한국문단의 중심이랄 수 있는 작가 평론가 40여 명이 술을 마시고 있었다. 유수 출판사의 대표와 편집장들, 그리고 주최측인 조선일보의 기자도 와 있었다. 나는 수상자인 편혜영 씨에게 축하 인사와 악수를 건네고, 비어 있는 자리에 앉아 맥주를 마셨다. 주로 김인숙 선배와 평론가 정홍수 선생 옆에 앉아서 술을 마셨다. 김인숙 선배를 가까이에서 보는 건 처음이었는데, 내게 무척이나 친절하고 상냥하게 대해주셨다. 그래서 마음이 편안해졌다.

술자리의 분위기는 화기애애했다. 수상자와 친한 동료 선후배들이 모여서 덕담들을 주고받았다. 나도 그 대화에 끼어서 듣고 말했다. 그런데 어느 순간부터 알 수 없게도 마음이 좀 쓸쓸해지고 말았다. 그러면서 떠오른 것은 문단에서 빈번하게 열리는 이와 같은 술자리에 오래도록 모습을 드러내지 않고 있는, 변변치 못한 작가와 시인들의 얼굴이었다. 이 자리에 없는 그들은 지금 무엇을 하고 있을까. 이 자리에 초대받지 못한 이들은 지금 어떤 골목을 배회하고 있을까. 나는 그들 하나하나의 얼굴을 떠올리며 그 이름들을 가만히 불러보았다. 그리고 속으로 주문을 외기 시작했다. 그 자리에 있던, 명망과 권세가 있는 평론가와 작가들에게 이렇게 말하기 시작했다. 그것은 다만 입안으로만 삼키는 비겁한 목소리였다.

지금 당신 앞에서 환하게 웃으며 술을 따르고, 친절하고 상냥하게 고개를 끄덕거리는 작가들의 이름을 당신이 기억하는 건 좋다. 그건 당신 자유다. 그런데 혹여 당신의 기억의 용량에 여유가 있다면, 당신이 술자리에서 오래도록 만나지 못한, 당신의 잔에 술 한잔 따른 적 없는 작가들의 이름을 떠올려 달라. 그리고 그에게 전화를 걸어, 혹시 요즘 무슨 생각을 하고 있느냐고, 어떤 글을 쓰고 있느냐고 물어봐 달라.

문학은 모여서 하는 것이 아니다. 그 사실을 모르는 작가는 없을 것이다. 그러나 모이고 싶어도 모일 수 없는 소외되고 유리된 작가들의 이름을, 그 변방의 상상력을 우리는 최대한 존중해야 한다. 가급적 환한 곳과 등을 질 때, 그의 정신과 문장은 홀로 영험해진다.

 신동옥 시인이 거들어주었다. 마당이 훨씬 훤해졌다. 이제 햇볕과 대추나무는 서로 다투지 않아도 될 것이다. 이 집에 처음 이사 왔을 때 내 키보다 조금 더 컸을 뿐인 대추나무, 해마다 쭉쭉 커서 대추알을 주렁주렁 매달더니, 올해 병이 들어 죽고 말았다. 요절한 천재처럼 굵고 짧게 살다 간 대추나무. 베어낸 잔가지는 뒷산으로 끌고 가 버리고 큰 가지는 화목재로 쓰기 위해 양지에 눕혀 놓았다. 잘 마르면 장작을 만들어 난로에 넣고, 그 불로 동태탕이나 끓여먹어야겠다. 그런 계절이 온 거다. 파블로 카잘스의 첼로가 잘 어울리는, 펄펄 끓는 탕에 독한 술이 어울리는.

12월은 11월을 장사지내는 달. 11월을 염하면서 보내는 달. 나는 허리가 아프고, 아픈 허리 때문에 손가락만 민첩하다.

목요일엔 나무들이 일제히 합창을

창군 63주년 국군의 날 기념식을 무성영화를 보듯 덤덤히 시청했다. 국군 통수권자가 군대의 사열을 받았다. 나도 한때는 군인이었던 적이 있다. 내가 군인이었던 시절엔 순수와 모독만이 내 몸을 휘감았던 것 같다. 젊은 육체가 자유를 차압당하고 폭력에 무방비 상태로 노출된 채 복종만을 강요당하는 건 분명 모독인데, 그 모독도 사실 그것이 가해지는 대상이 순수하지 않으면 유효하지 않은 것이다. 그러니까 순수와 모독은 같은 컨텍스트 안에서 존재하는 쌍생아라는 것이다.

비유를 해보겠다. 창녀를 겁탈하는 것과 수녀를 겁탈하는 것은 형사적인 측면에선 같을지 모르지만 민사적인 측면에서, 그리고 정서적인 측면과 무의식적인 측면에서 크게 다르다. 창녀는 (육체가) 순수하지 않다는 관습적 정보를 우리 사회가 공유하고 있다. 따라서 모독의 타자적 개념을 적용하기가 인색해진다. 하지만 수녀는 그 반대다. 따라서 이런 아포리즘도 가능할 것이다.

모독은 순수를 지향하고 순수는 모독을 유인한다.

동해 수온이 올라가며 급격하게 늘어나
는 해파리 떼의 폐해. 이제는 저것들이
낙엽으로 변장해서 풀밭 위로 밀려들었
다. 단풍의 명령을 받은 해파리가 바람
이라는 파도를 타고 풀밭을 점거한다.
그리고 온몸으로 증거한다. 지구와 세
계의 순환을. 그 안의 섭리와 조응을.

 행사의 콘티를 짜고 있다. 일종의 대본 같은 것이다. 점심을 먹기 위해 간 백반집에서는 제육볶음을 내놓았다. 15분 만에 식사 끝. 후식으로 바람을 마신다.

스티브 잡스가 결국 병마와의 싸움에서 패배하며 삶을 마감했다. 그는 전자제품이라는 하드웨어를 판 게 아니라 영혼을 팔았다. 나는 종종 그의 도전정신과 창의성을 앤디 워홀의 그것과 비교해서 생각해보곤 했다. 그런데, 아무리 좋게 생각해도 앤디 워홀은 잡스에 비하면 사기꾼이다. 둘 다 천부적인 마케팅 능력을 보여준 사람들이지만 잡스에겐 공익에 부합하는 아이디어라도 있었지. '예술은 사기다'라는 말을 가장 잘 적용할 수 있는 인물이 앤디 워홀인 듯. 아무튼 스티브 잡스의 부음 소식을 접하니, 그가 한국에서 태어났더라면 사과 문양의 스티커를 수집하는 히키코모리(은둔형 외톨이)가 되었을 거라는 유머마저 서글프게 다가온다. 나는 애플 제품을 하나도 갖고 있지 않다. 궁극적으로는 다운시프트의 삶을 살고자 하는 나에게 애플 제품은 꽤 복잡한 생각을 요구한다. 부러우면 지는 거야, 라는 말도 더불어.

목요일이다. 목요일엔 나무들이 일제히 합창을 하게 하고 수요일엔 기억 속에 물이 흐르게 하리라.

조선일보와 한국일보에서 올해 아쿠다카와 상을 수상한 일본작가 니시무라 겐타의 인터뷰를 읽었다. 불우한 가정에서 태어나 중학교까지만 학교를 다닌 그는 생계를 위해 안 해본 일이 없는 사람이다. 폭력으로 두 번이나 유치장에 수감된 적도 있다. 그는 인터뷰에서 이렇게 말했다.

일본 최고의 문학상을 받았지만 나는 여전히 친구도 애인도 희망도 없다.

그 순간 그가 몹시 마음에 들었다. 미혼인 그는 가정을 꾸릴 생각이 없고 자기 생활에 맞춰 살다가 돈이 제로인 상황에서 죽음을 맞고 싶다고도 했다. 그가 변하지 않고 이대로 쭉 갈 수만 있다면 나는 오래도록 이 작가를 응원할 것이다. 먼저 그의 당선작부터 읽어야겠지. 제목이 《고역 열차》다.

작고한 문인의 장례식에 가보면 그가 얼마나 문인다운 삶을 살았는지 알 수 있다. 사람이 오지 않는 쓸쓸한 빈소를 가진 시인과 소설가, 나는 그들이 진짜라고 믿는다. 반면에 조문객이 넘치고, 조화가 내걸리고, 문인장을 치르는 문인에 대해서 나는 순수한 추념을 하는 것이 불가능하다. 내가 전해 듣기로 소설가 하근찬과 계용묵의 장례식이 쓸쓸했다고 들었다. 작가는 혹은 시인은 많은 친구를 두기 위해, 사람들에게 인기가 있기 위해, 그리고 다정하기 위해 최대한 노력하지 않아야 한다. 이 문장이 문법상 맞는지 모르겠다. 틀리면 좀 어때.

김승옥 선생님이 사무실에 오셨다가 가셨다. 선생님의 잘 빗은 머릿결에 보이는 새치들. 그것이 호령하듯 전시하는 기억들. 나는 선생님께 인스턴트커피 한 잔밖에 드릴 게 없었다. 선생님은 우리 출판사에서 나오게 될 일본문학 시리즈 중에서 다자이 오사무 전집 기획에 관여하고 계시다. 그와 관련, 몇 가지 조언의 말씀을 해주셨다. 2003년 뇌졸중으로 쓰러지신 이후 언어장애를 겪고 계시는 선생님의 말씀은 필담으로 전달된다. 올해 노벨문학상을 받은 스웨덴 시인 토마스 트란스트뢰메르도 1990년에 발병한 뇌졸중으로 언어장애가 있다는 소식이다. 작가와 시인에게 언어장애는 어떤 궁지로 다가오는 것인지 문득 궁금해진다. 감각과 기억이 몸을 바꾸는 교란의 황홀이라 할 수 있을까.

김승옥 선생님이 다녀가시고 30분쯤 지나 H, K 선생님이 사무실에 오셨다. 우리 출판사에서 론칭하기로 한 시인선의 원고들을 검토하시기 위해서다. 또 한 분의 기획위원 K 선생님은 중요한 선약이 있으셔서 오늘은 못 오신단다.

엊그제 사망한 스티브 잡스의 삶은 사람들에게 정신적인 유산을 많이 남겼다. 8조원이 넘는 치사량의 부를 축적하고도 그는 여전히 갈망한다(stay hungry)고 말했다. 그는 변화하지 않는 것은 이미 죽은 것이라고 생각했다. IT 분야의 싱크탱크인 미국의 엔드포인트 테크놀로지 로저 케이 소장은 스티브 잡스를 토마스 에디슨이나 그레이엄 벨에게 비견될 만하다고 했다. 잡스가 펩시콜라 부사장이었던 존 스컬리를 애플에 영입할 때 했다는 말도 재미있다.

"남은 삶을 설탕물을 팔면서 보낼 거요? 아니면 세상을 바꿔놓을 기회를 가질 거요?"

어쨌거나, 가을은 시간의 이름이 아니라 공간의 이름이어도 무방하다.

 토마스 베른하르트의 《소멸》. 나는 이 괴로운 소설을 좋아한다. 이 소설은 왜 괴로운가. 자신의 존재적 근원, 정체성에 대한 독한 회의를 집요하고 생생하게 묘사하고 있기 때문이다. 작가의 태도는 빈틈이 없을 만큼, 여백이 없을 만큼 진중하고 날카롭다.

가족이나 부모, 조국이나 고향에 대해 아무렇지 않게, 그러니까 진지하지 않게, 싱겁게 농담하는 자들을 신뢰하지 않는다. 나의 경우 가족과 고향에 대해서라면 혹독한 부정 아니면 자폐적인 집착밖에 할 게 없으니까. 이 모두는 매우 진지하게 수행되어야 하는 것.

어제는 박장호 시인을 잠깐 만났다. 이 시인은 여전히 말이 없는데, 적게 하는 말 중에는, 자신이 쓴 시들이 마음에 들지 않는다는 내용이 들어 있다. 초식성 공룡을 연상시키는 이 시인을 어찌 해야 하는가.

《소멸》은 한 번도 만난 적이 없는 어떤 시인이 내게 선물로 준 책이다. 이 책을 다 읽으면 니시무라 겐타의 《고역열차》를 읽을 생각이다. 최근에 나온 베른하르트의 《몰락하는 자》도 읽어볼 생각이다. 이혜미 시인의 첫 시집 《보라의 바깥》도 읽고 싶다.

아내가 슬픈 아리아를 듣고 있다

시인의 입술과 손을 가졌으나 시인이 아닌 여자와, 연극배우의 눈과 이마를 갖지 못했으나 연극배우인 여자 중 누가 더 비극적인가? 어디에도 쓸데없는 이런 아지랑이 같은 생각이 떠오르는 걸 보니 오늘이 금요일인 게 맞다.

토요일 밤 자정 무렵 아내와 동네 골목을 산책하다가 도둑고양이가 쓰레기봉투를 뒤지는 것을 보았다. 아내가 먼저 보았는지 내가 먼저 보았는지는 확실하지 않다. 고양이는 한눈에도 배가 고파보였다. 편의점에 가서 고양이가 먹을 만한 것을 찾아보다가, 참치 캔 하나를 사서 고양이 앞에 놓아주었다. 고양이가 맛있게 먹는 것을 3분여 동안 지켜보았다. 캔 참치는 염분이 많아서 고양이에게 그다지 좋은 음식이 아닐 터지만, 당장 고양이의 허기를 외면할 자신이 없었다. 집을 나가서 돌아오지 않은 우리 얼룩고양이 '장자' 생각이 났다. 도둑고양이와 헤어져 다시 골목을 돌고 돌았다. 그러다가 두 번째 고양이를 만났다. 녀석도 어지간히 배가 고파보였다. 아내와 난 다시 편의점으로 갔다. 참치 캔을 샀던 편의점과는 다른 편의점이었는데, 거기서는 애완동물용 사료를 팔고 있었다. 사료를 뜯어서 고양이 앞에 놓아주었다. 고양이가 눈치를 보며 다가와 사료를 먹었다. 시간은 새벽 두 시가 넘어 있었다. 어떤 가수가 노래를 시작한 시간일 수도 있고, 어떤 군인이 총구를 자신의 입 속에 넣었다가 슬그머니 뺐을 시간일 수도 있다. 내 머릿속에 들어 있는 세계를 우주로 내보내기 위해서는 잠을 자기 위해 노력해야 한다.

동네 아이들이 어느 순간 고양이들과 함께 모두 사라졌다. 좋은 일이다.

나는 침묵의 순도를 부분적으로만 인정하는 사람이다. 어젯밤에는 공중을 향해 두 팔을 들고 입을 열어 큰소리로 기도를 하는 사람들의 무리를 보았다. 인간을 가장 타락시키는 건 표현되는 신념이다. "나를 믿는 자는 죽어도 살겠고 살아서 믿는 자는 영원히 죽지 않으리라."라고 말했던 신에게 정중하게 "살면 뭐하는데요?"라고 묻거나 "사는 것엔 별 관심 없습니다."라고 말하고 싶던 시절이 있었다. 지금의 나는 그 시절로부터 그리 멀리 벗어나 있지 않다.

토요일 아침, 깃을 세운 긴팔 티셔츠를 입고 한강에서 저 건너편을 바

2009년 미국에 체류
할 당시 묵었던 아파트의
거실. 대각선으로 잘리면서
만들어진 직삼각형 내각의 합
은 180도다. 어떤 삶은 도형처럼
나눠지기도 하지만 그건 무척 드문 경
우. 삶이란 대체로 명료하지 않다. 명료
하지 않은 것들의 합이 360도를 완성시킨다.

라보며, 깊은 수심 속에 잠겨 둥둥 떠다닐 피살 사체들을 상상하며 독한 술을 마시는 것. 더할 나위 없이 완벽한 복장을 한 자전거 동호회 회원들이 페달을 밟으며 한강 자전거 도로를 지나갈 때, 그 중 한 사람이 화살을 맞아 쓰러지고 그것을 본 어떤 시인이 '얼룩말 한 마리가 잡혔다'라고 말하는 것.

비관으로 사는 것. 화이부동하는 것. 덜 불행하기를 바라는 것.

내 윤리의 비틀어진 욕망이다.

세련된 언어는 세련된 정치를 수반한다. 눈부신 더러운 말들의 탑. 작은 짐승들의 눈을 바라보는 시간은 언제나 3할 정도 부족하다. 뒤늦게 알코올로 눈알을 씻는다. 고향에 모인 형제들은 올해에도 내려오지 않은 막내에 대해 이야기했을 것이다.

그는 좀 그렇지요?

응, 그는 좀 그렇지.

이해를 해야겠지요.

응, 이해를 해야겠지만, 이해를 바라지 않는 사람을 이해하는 것도 고역이지.

해바라기와 기린 중에서 어떤 것을 내가 마지막으로 사랑했었는지 생각한다. 해바라기와 기린은 흔하지만 잘 볼 수 없다는 공통점을 가지고 있다. 그러니 그것은 내 발바닥이나 겨드랑이와 같은 것이다. 나는 여전히 당신이 모르는 최후의 사람. 오늘까지 원고지 5매의 글을 모처에 보내야 한다. 아내가 슬픈 아리아를 듣고 있다.

<hr>

무명의 젊은 만화작가 한 사람이 어젯밤 세상을 떠났다. 그의 이름은 마정원. 오늘 점심 때 그의 형이 내게 문자로 그 사실을 알려왔다. 대학에서 만화를 전공한 그는 기성작가의 문하생 수업을 거쳐 2004년 경향신문 신춘문예 만화부문에 당선되면서 작가생활을 시작하게 되었다. (그해 경향신문은 대중문화에서 만화가 차지하는 위상을 인정해 만화부문을 신설했다.)

당시 샘터사에서 출판기획 업무를 맡고 있던 나는 신문에 발표된 그의 당선작과 모 매체에 나온 그의 인터뷰 기사를 눈여겨보았다. 그로테스크 리얼리즘을 표방한 그의 그림과 서사는 나를 전율시키기에 충분한 것이었다. 그는 인터뷰에서 덤덤하게 말했다.

"이희재 선생님의 그림에서 기교보다는 정신을 배우게 되었습니다. 어렵고 힘든 사람들을 따뜻하게 묘사한 그림을 그리고 싶어요."

나는 그에게 연락을 했고 단행본 출간을 제안했다. 그리고 그가 제안을 받아들였다. 그렇게 해서 나온 책이 만화창작집 《나른한 오후》(샘터, 2004)다. 그 책에 묶인 작품은 사회구조에 대한 섬세한 이해와 서정적인 우수가 조화를 이룬, 다시 말해 사회성과 문학성을 두루 갖춘 수준 높은 작품들이었다. 하지만 책은 크게 성공하지 못했다. 이후 그는 프리랜서로 여러 책의 표지와 본문에 그림을 그리면서 살았다. 그 무렵 그와 나는 이틀이 멀다 하고 만나 술도 마시고 이야기도 나누었다. 그는 나를 친형처럼 따랐다. 나는 그에게 돈벌이도 좋지만 의식이 있는 작가주의 작품을 만들어보라고 충고 비슷한 것을 여러 번 했다. 그럴 때면 그는 자신이 구상하고 있는 이야기와 습작 스케치들을 내게 보여주며 걱정 말라는 듯 씩 웃고는 했다. 하지만 그는 좀처럼 자신의 작품을 완성하지 못했다. 신산한 삶을 짊어지고 있던 그가 생계를 외면할 순 없었을 것이다. 20대 초반에 부모를 모두 여읜 그는 혼자 살면서도 늘 밝았고 구김살이 없는 친구였다. 어쨌거나 그는 생계를 스스로 해결해야 하는 가장이었다.

그러다가 어느 순간부터인가, 별 이유도 없이 그와 나는 서로 연락하고 만나는 일을 줄였다. 이유가 무엇이었을까. 만나는 일은 줄었지만 그래도 수시로 문자를 주고받고 통화도 했다. 하지만 얼굴은 볼 수 없었다. 그래, 몸이 바쁘니까. 정신이 어지러우니까. 삶이 피곤하니까. 우리는 아마도 서로 그런 핑계들을 대며 서로에게 짠, 하고 나타날 어떤 기회를 엿보았는지 모른다. 내가 그를 마지막으로 본 건 2009년 여름 대학로가 아닌가 싶다.

그런데 그가 홀연 죽다니. 그의 형에게 물으니 지병 때문이라고 한다. 유전성 간질환. 간수치가 높다는 이야기를 들은 적이 있었기에 늘 그에게 절주를 궈했었다. 하지만 그는 작품이 잘 풀리지 않거나 외로울 때마다 폭음을 하는 듯했다. 그는 결국 자신의 자취방에서 피를 토하고 죽었단다. 그는 자신의 운명과 재능을 관리할 만큼 영악하지 못했던 것이다. 아까운 젊은 예술가가 이렇게 또 세상을 등졌다. 1979년생이니, 이제 겨우 만 서른둘이다. 그에게 오랫동안 연락을 하지 못한 내 아둔한 촉기가 한없이 저주스럽기만 하다.

그의 죽음 위에, 올해 초 자신의 방에서 아무도 모른 채 아사한 시나리오 작가 최고은 씨 생각이 겹친다. 예술을 보호하지 않는 국가와 정부, 싸구려 자극과 충격만 소비하는 대중들, 타인의 불이익엔 철저히 함구하고 자신의 이익 앞에서만 결사적으로 담합하는 일부 예술 생산자와 유통업자들. 그들의 한심하고 그악스러운 무지와 욕망에 상처받은, 너무도 순정하여 자신을 방어할 의지마저 상실한 젊은 예술가들이 이렇게 하나씩 죽어나간다. 우리가, 그들을, 쫓아냈고, 우리가, 그들을, 죽였다.

자책 때문에 허기도 입맛도 없다.

여름에 쓰지 못한 휴가를 오늘부터 쓰고 있다. 알레르기성 비염이 심해졌다. 회사에서 세 번 전화가 왔다. 여름옷을 개어 서랍장에 집어넣고, 가을 옷들을 꺼내 정리했다. 코트 호주머니에서 800원이 나왔다. 어떤 사람의 명함도 함께 나왔다. 허만하 선생님과 통화했다.

스프레이형 비염 약을 7,500원에 샀다. 저녁은 김치볶음밥과 만두를 먹었다. 낮에는 김진석의 《기우뚱한 균형》을 읽었고, 이승만 대통령의 부인이었던 프란체스카 여사가 쓴 《6·25와 이승만─프란체스카 여사의 난중일기》를 읽었다.

2위를 다투고 있는 롯데와 SK의 야구가 점입가경이다. 야구가 독서와 문학을 방해하는 건 부인할 수 없는 사실이다.

새벽 3시 20분에 일어나 집을 나섰다. 서초동 사랑의교회 특별새벽부흥회에 참석하기 위해서였다. 출판사의 편집장 자격으로, 사랑의교회에서 열리는 이민아 목사님의 간증집회를 보좌하는 것이 내 역할이었다. 이민아 목사님은 우리 출판사 입장에서 매우 중요한 필자다.

새벽에 내리는 가을비를 택시 차창을 통해 바라보았다. 어둡고 요요한 한강을 건넜다. 사랑의교회는 서울에서 가장 번화한 강남역과 지근거리에 있다. 길에서 흔들리는 취객들과 클럽에서 흘러나오는 시끄러운 음악 사이, 성경책을 손에 든 사람들이 미끄러지듯 사랑의교회로 들어서고 있었다. 그들의 뒷모습은 어떤 의미에서 유령 같았다.

아버지의 배꼽 위나 법정에 서본 적이 없는 것처럼 새벽의 교회에도 (오늘 이전까지는) 한 번도 서본 적이 없었다. 교회는 내게 유년의 상처를 안긴 애증의 장소다. 그런데 이날 새벽집회에서 나는 매우 인상적인 감명을 받았다. 성령의 은사나 은혜 같은 것이 내게 임재했음을 말하려는 것은 아니다. 나는 여전히 가련하고 꽉 막힌 무신론자에 불과하다.

나는 다만, 만 명이 넘는 많은 사람들이 손을 가슴에 얹고 신을 향해, 절대자를 향해 기도하고 찬양하는 이 새벽의 풍경 속에서, 내가 전에는 알지 못했던 인간의 어떤 본질을 발견한 듯한 느낌을 고백하려는 것이다.

이 많은 사람들이 이 신성한 새벽의 기도와 찬양을 통해 무엇을 구하고자 했건, 나는 이들의 이 절박하게 단순화된 신념과 자기통어 능력에 경탄했다. 이들 역시 거개의 사람들처럼 새벽이 오기 전에는 동료와 다투고, 자기에게 없는 것을 욕망하고, 좋은 것만을 선망하고, 풍요로움을 탐했을 것이다. 술에 취하고 침도 뱉고 나쁜 상상 같은 것도 했을 것이다.

그런데 이렇게 한 공간에 모여 찬양하고 기도하고 있다. 바로 옆 클럽에서는 이성을 자극하는 교태적인 춤이 넘쳐나는 강남에서. 성도들은 목소리를 높여 찬송을 부르고 급기야는 눈물까지 흘린다. 언뜻언뜻 이들이 외국인처럼 보였던 이유를, 어쩌면 나 자신에게 설명할 수 없을지도 모른다. '새벽에 존재하는 것은 살의와 욕정과 자기부정에 대한 욕망뿐'이라는 내 위악적인 편견을 수정해야 한다는 요구에 직면한 것이다.

김규동 시인이 죽었고, 미국 메이저리그에서는 보스턴 레드삭스가 와일드카드 획득에 실패했다.

아이들은 왜 아프다고 말하나, 손톱을 자르면

자기의 말을 쓰지 못하는 사이에 저녁이 지나간다. 지나간, 흔들리는 손들도 있다. 내가 읽은 건 태양보다 한숨. 형제들은 상을 펴고 밥을 먹고, 담쟁이넝쿨은 담벼락에서 자란다. 잎이 파란 담쟁이넝쿨은 가슴에서 매일매일 자란다. 새로 나온 백가흠의 소설집을 읽었다. "개, 개, 개였으면" 하는 어떤 시인의 시도 읽었다.

아이들은 왜 손톱을 자르면 아프다고 말하나.

헤르타 뮐러의 장편 《마음 짐승》에는 이런 노래가 나온다.

아이들아 어서 집으로 오려무나, 어머니가 어느새 불을 끄신다.

아이들은 왜 아프다고 말하나, 손톱을 자르면.

나는 좀 더 많이 생각을 해봐야겠다.

밤하늘에 선을 긋는 별똥별을 보며 이탈한 자가 문득 자유롭다는 것을 깨달았다. 지지난 주말, 어머니 생신을 맞아 고향

으로 내려가던 때였다. 한꺼번에 몰린 휴가 차량 때문에 경부고속도로
에서 옴짝달싹 못하고 있던 중, 도저히 저녁 예약 시간을 댈 수 없을 것
같기에 무리에서 이탈해 버스전용차로로 진입했다. 막히는 도로에서의
자유를 느끼며 겨우겨우 가족이 기다리는 장소에 도착할 수 있었다. 그
자유의 대가가 어제 날아왔다. 범칙금 고지서 9만원.

조카가 엊그제 군 입대를 했다. 그가 군대에 가기
며칠 전 나는 그와 함께 재즈클럽에 갔었다. 그는 마티니를, 나는 레모
네이드를 마셨다.
　어떤 사람을 보았다. 허기를 느끼지 못한 상태로 중얼거렸다.
　"오늘부터 당신과 내가 함께 살게 되는 기적은 일어나지 못하는 반신불
수 환자의 누추한 식욕이다."
　청량한 입김을 토하다가 영영 종적을 감춰버린 몇몇 시인들이 사무치
게 그리운 날이다. 나는 점점 힘을 잃고 있다.

불광천변, 을지로골뱅이집

새벽 세 시 반까지 도심의 유흥가에서 술을 마셨다. 밤을 새우는 편의점에서 라면을 먹는 청년들과 '빈차' 등을 켜고 길게 늘어선 택시들을 오랫동안 바라보았다. 그것들의 숨소리를 들었다. 책에서는 읽어낼 수 없는 이 푸르고, 요요하고, 권태롭고, 황홀하지만 피로하고, 눅진하고, 애틋한, 사무치는 감각은 무엇이었나. 그 순간, 모든 오해는 잠들어라. 깨어도 좋다고 할 때까지.

오전 일찍 평창동에 가서 L선생님의 인문학 강좌를 듣고, 그 자리에 참석했던 시인 K와 키미카페에서 커피를 마셨다. 시인 K가 들려준 이야기는 고딕풍 로망소설의 한 대목을 구성할 만했다. 그러나 아무에게도 말하지 않아도 충분히 읽혀졌다고 상상할 수 있는, 다시 말해 종종 그것이 불가능하지 않다는 것을 아는 사람들 사이에서만 암묵적으로 거래되는, 수상한 진실의 풍속을 위해 그 이후를 상상하지 않기로 했다. 홍대 쪽으로 나와서 점심을 먹기로 했다. 열무냉국수를 주문했더니 식당에서 일하시는 분이 그건 지금 안 된다고 말했다. 열무냉국수는 메뉴판뿐 아니라 식당 입구의 입간판에도 분명 적혀 있는 메뉴였다. 한여름에 냉국수를 하지 않으면 도대체 언제 한다는 것이지? 시인 K를 따라 해물된장찌개를 주문했다. 고딕 맛이 나는 된장찌개.

일요일 새벽에는 폭우가 쏟아지는 경부고속도로를 달렸다. 아내와 개들이 옆에서 곤히 자고 있었다. 그때 겨드랑이로부터 슬금슬금 기어 올라오던 황홀감의 정체는 무엇이었을까?

한국일보에서 문학과 학술면을 맡고 있는 송용창 기자와 마셨다. 마침 사무실을 방문한 소설가 한차현과 출판사 직원 네 명이 동석했다. 송 기자가 자신의 페이스북 담벼락에 '칼뱅의 책을 읽고 있다'고 썼던 것이 기억난 나는 그에게 '왜 칼뱅을 읽고 있느냐'고 물었다. (우리가 자리 잡은 술집 이름도 담벼락이었다.) 기자라는 직업상 인터뷰어로서 늘 질문을 던지는 처지가 뒤바뀌어 질문을 받자 그는 말문이 터졌다. 어렸을 때부터 몸이 약해서 자연스럽게 죽음에 대한 생각을 많이 하게 되었는데, 아마 그것이 종교적 관심의 계기가 된 것 같다고 그는 말했다. 그리고 한국 근대화를 이해하기 위해 서양의 철학과 문화를 공부하는 와중에 서구 문명의 뿌리인 기독교에 대한 관심이 더욱 커졌다고 했다. 그는 이스라엘, 특히 시나이산에 가보고 깊은 감명을 받았다는 말도 했다.

기독교에 대한 최근까지의 생각을 스스로 정리할 수 있는 기회라고 생각했던지, 그는 '회심'에 대한 이야기를 시작했다. (회심이라는 말은 대체적으로 기독교나 가톨릭에서, 사람이 하나님의 신성하고 고유한 창조물이라는 사실을 인정하고 그것을 실천하려는 마음, 나아가 신을 자신의 구주로 영접하는 마음이라는 뜻으로 쓰고 있다.) '자신의 분류에 의하면 종교의 회심에는 네 가지가 있다'고 송 기자는 말했다. 첫째가 생물학적 회심으로 생물학적 객체로서의 몸의 물리적인 요구에 따라 신의 존재를 긍정하게 되는 것이다. 쉬운 비유를 들면 위중한 병이 들었을 때 자신의 운명을 신에게 의탁하는 것을 말한다. 생물학적 회심은 비단 기독교에만 국한되지는 않을 것이다. 유불선, 샤먼이나 토템까지도 이런 양상은 있을 테니까.

두 번째 회심은 정치적 회심이다. 이것은 신에 대한 태도를 결정할 때 정치적 고려를 하는 것으로, 주로 전체주의 시대에 기독교 전파가 진행되는 과정에서 종교 지도자들에게서 주로 발견될 수 있는 것이다. 이밖에도 삶의 형편을 개선하기 위한 사회적 수단으로 종교적 권위 혹은 편의를 빌려오는 것이 보편적인 의미에서의 정치적 회심일 것이다. 종교의 세 번째 회심은 철학적 회심인데 여기에는 인간의 기원과 실존에 대해 궁구하고자 하는 인간의 본능적인 욕망이 개입한다고 했다. 이 독한 회의와 고민의 과정에서 우연히 신과 조우하게 되는 것이 바로 철학적 회심이라는 것이다. 네 번째 회심은, 그의 표현을 빌면 가장 고차원적이

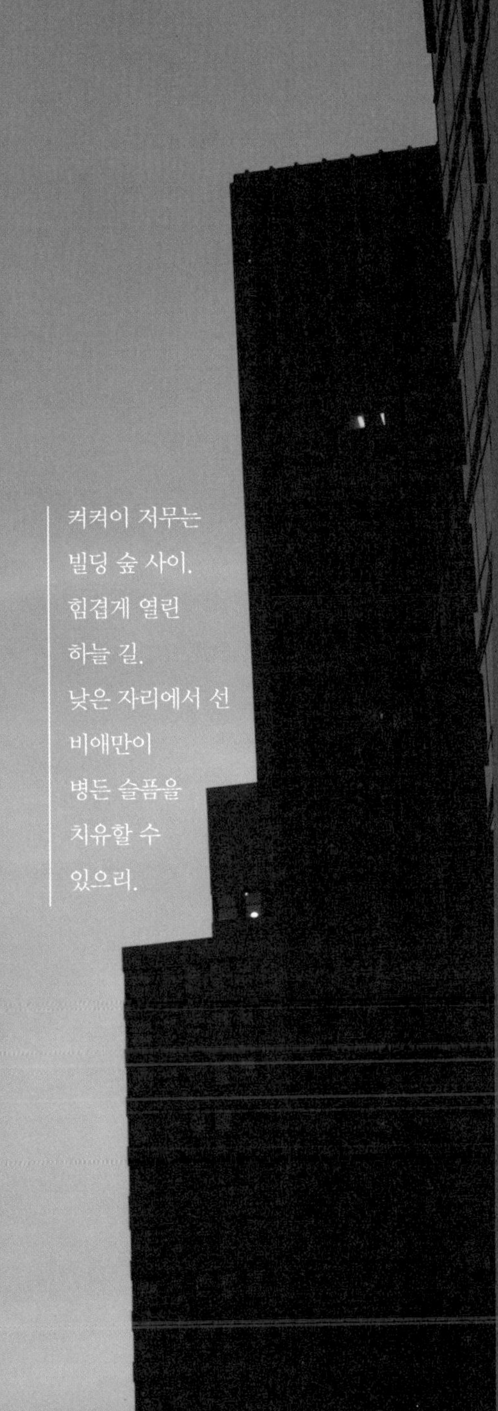

켜켜이 저무는
빌딩 숲 사이.
힘겹게 열린
하늘 길.
낮은 자리에서 선
비애만이
병든 슬픔을
치유할 수
있으리.

고 복잡한 것으로, 윤리적 회심이다. 이는 세속적 쾌락에 지속적으로 노출된 개인이 자신의 타락을 자각했을 때, 신에 의지하면서 회개하고 도덕적 자존감의 회복을 꾀하는 것이다. (자신이 읽고 있는 칼뱅이 바로 이런 경우라고 그는 말했다.) 윤리적 회심이야말로 문학적 주제와 밀접한 관련이 있을 것이라고, 나는 속으로 생각했다. 도스토예프스키를 생각하면 이해가 보다 분명해질 것이다.

송용창 기자는 소주와 맥주를 번갈아 마시며, 흐느적거리는 목소리로 말을 이어갔는데, 묘한 설득력이 있었다. 기억력이 형편없는 내가 이 정도로 어젯밤의 이야기를 정리할 수 있는 것도 그의 말이 지닌 호소력 덕분일 것이다. 어쨌거나 어제의 이야기는 내게 개인의 실존방식에 대한 영감을 주었다. 그 영감은 대략 이런 것이다. 사실 종교적 태도는 삶이 구성하는 숱한 사건, 혹은 사물들과 마주칠 때 개인이 즉자적으로 갖는 비자발적인 반응에 가깝다. 종교적 태도는 이미 충분히 학습되거나 관습화된 자아의 의지적 표현이랄 수 있는 사회적 태도와는 다르니까 말이다. 생존하고자 하는 개인은 누구나 외부환경에 적응해야 한다. 이 적응의 다양한 방식이 곧 개인적 진실의 양상이다. 이 모두를 학습이나 교육이나 제도를 통해 규범화하는 건 불가능하다. 샴쌍둥이로 태어나지 않는 한 모든 개인은 개인의 대표로서 존재한다. 회심은 개인이 단자적인 한계에 직면해 대체재로서의 또 다른 자아를 본능적으로 찾는 것이다. 그것은 개인의 미성숙함을 보완한다. 모든 종교 활동은 그것이 정말 영적인 작용에 의한 것이라면 의지에 반한다는 측면에서 비자발적이다.

송용창 기자를 본 건 세 번 정도였지만 개인적으로 많은 이야기를 나눈 건 어제가 처음이었다. 그는 좋은 기자 같았다. 물론 어제 그의 모습 전부를 본 것은 아니지만, 그는 기자라는 자신의 직업에 대한 사명감과 자존심이 돌올하고 그것을 호위하는 열정을 갖추고 있는 사람 같았다. 길고 긴 회심론이 끝나고 두서없이 언론과 출판의 역할, 문학판에 대한 이야기를 나누는 와중에서 그의 사회적인 성향을 어렴풋이 짐작할 수 있었다. 이를테면 극단과 극단 사이에서의 길 찾기. 그것은 그와 그가 속해 있는 신문사의 고민이 아닐까 생각했다. 그와 나는 나이가 같은데, 학번은 그가 나보다 한 학번 아래다. 그는 몸이 아파서 중학교 때 1년을 꿇었다고 했다.

2차를 마치고 술을 좀 더 하자는 그를 겨우겨우 말리고 귀가했다. 장맛비가 오던 어젯밤 그가 어떤 풍경 속으로 걸어 들어갔는지를 좀 더 오래 관찰하지 못한 것이, 지금 이 순간 나의 미련이다. 그에게는, 그가 허락하기만 한다면, 내가 성실한 인터뷰어가 되어 주리라 생각하고 있다. 그도 좀 더 질문을 받아봐야 인터뷰이들의 입장을 이해할 것이다. 다음엔 그에게 좀 더 곤혹스러운 질문을 던지리라.

아내가 성당에 갔다. 한낮이다. 갑자기 술 생각이 간절하다. 독한 술을 천천히 아주 천천히 마시면서, 아무도 몰래 독살되는 자의 슬픈 표정으로 잠깐 비 그친 하늘을 올려다보아도 좋으리라. 대

낮의 환각. 그리고 어두워지는 저녁 무렵 스르르 취기를 털고 부활하는
것이다. 그러곤 아무 일 없었다는 듯 '개콘' 같은 걸 보는 거다.

<hr>

장마가 예년보다 기간도 길고 강우량도 서너 배
많다고 하는데, 잘 모르겠다. 물은 형상이 없고 지향도 없다. 물은 끓어
넘치지 않는다. 아래로만 흐를 뿐이다. 범람하는 건 물이 아니라 지상의
천박한 깊이, 물을 보는 시선의 높이다.

시인 허만하 선생님과 통화를 했다. 허만하 선생님과 이야기를 나누
다 보면 어떤 거대한 고전의 관념과 이야기를 하고 있다는 느낌을 받는
다. 좀 더 쉬운 비유를 하자면, 선생님은 마치 19세기인 같다는 느낌이
다. 선생님의 시론을 모아놓은 《시의 근원을 찾아서》를 다시 읽고 있다.
어떤 페이지는 수십 번 읽었고 어떤 페이지는 두세 번 읽었다. 프랑스
상징주의, 초현실주의부터 러시아 형식주의까지. 하이데거와 T. E. 흄과
김춘수까지. 선생님은 당신이 지향하는 근원에 닿기 위해 감각의 너비
와 사유의 깊이를 자유자재로, 하지만 삼엄하게 운용한다. 감히 말한다
면 그는 좋은 의미에서의 고전주의자인 것 같다. 선생님께 '곧 부산에
내려가 뵙겠다'는 인사를 드렸다.

회사에서 벌여놓은 여러 가지 일로 마음이 바쁘다. 다자이 오사무 전
집과 열림원 포에지 론칭 같은 장기적인 아이템부터, 시기를 정하고 전
략적으로 출시해야 하는 단행본까지. 요즘은 하루가 서른 시간 정도 되

면 좋겠다는 생각이 든다. 시간은 턱없이 부족한데 개인적인 일정까지 자꾸 끼어든다. 얼마 전에는 중견소설가 L선생님이 전화를 하셔서 직접 작가론을 써달라는 부탁을 하셨다. 그분한테 받은 것이 많은 나로서는 거절하는 것이 예의가 아니었다. 50매 분량의 글이다. 작가론이란 매우 부담스러운 글쓰기일 수밖에 없다. 내가 읽은 선생님의 소설, 내가 겪은 선생님의 인간적인 모습들을 이제부터 하나하나 기억하고 확인하고 편집해야 한다. 오는 20일에는 우리 회사에서 나오는 테마소설집 《사랑해, 눈》의 프로모션을 위해 네 명의 여성작가들과 북 콘서트를 가진다. 이 자리에서 어쩌다가 사회 비슷한 것을 보게 되었다. 주위에 가까운 미래를 의논할 사람도, 도움을 청할 사람도 없다.

어젯밤 놀라운 일이 일어났다. 페이스북에 접속해 있는데, 외국인이 채팅으로 말을 걸어온 것이다. 그는 튀니지에 사는 젊은 여자였고 놀랍게도 나의 신춘문예 등단작인 〈소년, 소녀를 만나다〉를 영어로 읽었다고 했다. 소설을 읽은 후 나의 영문 이름-Kim Do Eon을 페이스북에서 검색한 후 이웃신청을 했고, 마침 내가 접속해 있는 걸 보고 채팅으로 말을 걸었다는 거다.

수년 전 젊은 번역가인 L이 원어민인 Janet Thomson과 함께 한국문학번역원에서 진행하는 한국문학번역지원사업에 신청을 하기 위해 〈소년, 소녀를 만나다〉를 영역했던 적이 있었다. 이 텍스트가 어찌어찌해서 외국의 독자들에게까지 전달된 모양이었다. 그녀는 내 소설을 무지 좋아한다고 말했고(I love reading it) 소년의 꿈이 나오는 장면이 재미있었다고 말했다.(the part of the boy's dream made me laughing!)

나는 짧은 영어로 그녀와 떠듬떠듬 한 시간 정도 대화를 나눴다. 그녀가 주로 묻고 나는 답을 했다. 소설의 영감을 사회생활 속에서 얻는지, 한국 소설가들의 주된 관심은 무엇인지, 그리고 소설은 주로 언제 쓰고 지금까지 몇 권의 소설책을 냈는지, 그녀는 끊임없이 질문을 던졌고 나는 나름대로 성실하게 대답을 했다. 신경숙 선생의 책《엄마를 부탁해》가 아마존 종합순위 상위권에 오르는 등 한국문학의 위상이 예전과는 달라졌다고 하는데, 외국인이 내 소설을 읽고 말을 걸어오는 것이 여전히 내게는 무지무지하게 비현실적이다. 한마디로 unbelievable!

후배의 블로그에 들어가서 Tom Waits의 〈Christmas Card From A Hooker In Minneapolis〉를 들었다. 후배는 맥주를 마시면서 그 곡을 들었다고 써놓았는데, 노래를 듣고 있자니 나는 진한 위스키 같은 것이 마시고 싶어졌다. 노랫말 중에도 위스키가 나오긴 한다. 쓸쓸하고 헛되고 기약 없는 삶의 연약함을 껴안고 있는 것 같은 노래다. 내 짐작이 맞는다면, 후배는 오지 않는 고도를 이해할 수 있는 사람일 것이다.

저녁은 소설가 S선배님과 동네에서 먹었다. S선배님은 강원도 산골에서 칩거하다시피 사시다가 오랜만에 서울에 오셨는데, 책 출간 문제를 상의하고 싶다면서 차를 끌고 우리 동네까지 오신 거다. 일요일인데 불러내서 미안하다는 선배님과 함흥냉면집에 가서 물냉면을 먹었다. 그는 다시 예전처럼 왕성하게 소설을 쓰고 싶다고 말했다. 생각을 풀어놓는 그의 말을 경청했다.

인터넷에 뜬 한대수 인터뷰 기사를 읽었다. 그는 여전히 히피의 정신을 열렬히 옹호하고 있었다. 그러면서 자연주의를 실천하고 있었는데, 그가 말하는 여섯 가지 원칙은 이렇다. 하나, 자연에 복종할 것. 둘, 테크놀로지를 최소화할 것. 셋, 자기 교육을 최대화할 것. 넷, 결혼하지 말 것 또는 이혼하지 말 것. 다섯, 별을 바라볼 것. 여섯, 집에서 죽을 것. 내게 인상적인 것은 자기 교육을 최대화할 것이었는데, 그가 말하는 자기 교육이 과연 무엇을 의미하는 것인지 곰곰 생각해보았다. 그것은 끊임없이 세계나 타자와의 관계 속에서 개인의 실존을 고민하고 삶의 방식을 궁구하라는 메시지 아닐까.

두 달 전쯤 또래 소설가와 온라인상에서 사소한 일로 언쟁을 벌인 적이 있는데, 그가 나를 위선자라고 비난했다. 위선은 내가 받아들이기로는 분열의 다른 이름일 텐데, 그것이 맞는다면 세계와 불화하고 다투는 동안 자신의 성체성을 획인할 기회를 갖는 나 같은 사람은 영영 위선자를 면할 수 없을 것이다. 내 의지와 세계의 질서가 일치한다면 나는 글 따위는 단 한 줄도 쓰지 않았을 것이다. 그러니 나의 분열은 전적으로 나의 책임만은 아니다.

내일 오전에는 매우매우 중요한 미팅이 잡혀 있다. 오늘 밤 숙면을 취할 수 있으면 좋겠다.

나는 이해할 수 없도록 슬픈 시간을 지금 막 떠났다. 어렵고 무서운 밤을 드디어 내 뒤에 놓은 것이다. 이제 열차처럼 달리기만 하면 되는 거지. 그런데 정말 그러기만 하면 되는 건가. 나를 나약하게 하는 것들이 나를 그리워할 때, 나는 성난 표정을 보이며 뒤돌아보아야 할까. 아니면 무릎을 망치로 때리며 주저앉아야 할까.

토요일, 낮 기온이 조금 떨어지고 달아올랐던 지열이 식던 오후 다섯 시경, 참고 있던 갈증을 풀고자 소설가 구경미, 김숨과 동네에서 시원한 맥주를 마셨다. 구경미가 사는 집은 우리 집에서 5분 거리. 우리는 반바지와 슬리퍼 차림으로 응암동 이마트 맞은편에 있는 치킨 집에 가 월남고추를 넣어서 튀긴, 매콤한 치킨과 생맥주를 마시기 시작했다. 맥줏집을 나와서는 이마트에 들어가서 어슬렁거리며 진열된 상품들을 구경하다가, 각자 티셔츠 한 벌씩을 사가지고 나왔다. 그러고는 불광천변에 있는 '을지로골뱅이집'에 들어가서 소주를 마셨다. 골뱅이를, 얇게 썬 대파와 대구포와 함께 매콤하게 무쳐서 내오는 그 집의 대표 메뉴는 소주 안주로 거의 최상급이다. 우리는 도시에서의 삶과 소설가들의 취미와 무심히 흘러가는 불광천과 큰소리로 떠드는 아저씨들에 대해 이야기했다. 그러면서 여름밤은 깊어갔는데, 마지막 차수로 편의점 파라솔 아래서 맥주를 하나씩 마실 때에는 어지간히 달이 이울어져 있었고 이 생도 조금은 살 만하다고 느꼈다.

고등학교 1학년 때 담임선생님은 독일어 과목을 맡으신 여자 분이었다. 선생님은 사범대학을 졸업하고 그해 처음 교직에 부임한 처지여서 남자고등학교의 얄궂고 억센 아이들을 다루는 데 아무래도 서툰 부분이 많았다. 나는 아이들 때문에 힘들어하는 선생님께 간혹 쪽지와 편지를 보냈다. 선생님을 진심으로 위로하고 응원하고 싶었기 때문이다. 선생님도 그게 고마웠는지 내가 참 잘해주셨다. 그해 교내 시화전을 할 때, 내 작품 앞에 카드가 한 장 놓여 있었는데, 선생님께서 직접 감상을 적어주신 것이었다. 선생님은 내 최초의 성숙한 독자였던 셈이다. 선생님과 나 사이에는 묘한 동지애 같은 게 있었다.

그렇게 1년이 지나고 선생님은 갑자기 다른 학교로 전근을 가시게 되었다. 들리는 말로는 선생님의 어머님이 많이 편찮으셔서 고향 부근의 학교로 옮긴다는 것이었다. 많이 섭섭했지만 내가 할 수 있는 일은 아무것도 없었다.

세월이 흘렀다. 20년이 훌쩍 넘는 세월이. 나는 가끔 선생님의 소식이 궁금했고 그리웠지만 하루하루 악전고투를 치르느라 선생님을 찾아볼 엄두를 내지 못했다. 그러다가 지난 3월, 충청남도 교육청 홈페이지 스승 찾기 프로그램을 통해 수소문한 끝에 선생님이 현재 천안의 모 고등학교에 재직 중이라는 사실을 알게 되었다. 그리고 그 학교에 전화를 해서 선생님과 통화를 할 수 있었다. 선생님의 목소리가 전혀 변하지 않은 것이 놀라웠고 나를 정확히 기억하고 계신 것이 또 놀라웠다. 나는 선생님의 나이를 정확히 알지 못한다. 아마도 첫 부임하던 해에 선생님을 만났고 그해에 내가 열일곱이었으므로 지금의 나보다 일곱 살 정도 많은 나이가 아닐까 생각한다.

며칠 전 선생님 앞으로 긴 편지와 함께 내 소설책 두 권, 내가 일하고 있는 출판사에서 나온 책 몇 권을 소포로 보내드렸다. 그랬더니 오늘 아침에 전화가 걸려왔다. 다소 상기된 목소리로 '보내준 책과 편지 잘 받았고 고맙다'는 말씀을 하셨다. 선생님께 보내는 편지의 마지막에 아마도 이렇게 썼을 것이다.

보내드리는 제 책은 선생님이 길러주신 제자가 이 사회에서 치열하게 존재증명을 하고 있는 증물인 셈입니다. 부끄럽지만 받아주십시오.

더 세월이 지나기 전에 선생님을 꼭 찾아뵙고 싶다.

"비가 제법 내리지요?"
"슬프지 않을 도리가 없잖아요."

연휴 3일째, 집에서만 뒹굴뒹굴하고 있다. 이것저 것 손에 잡히는 대로 책도 보고, 개들과 놀아주고, 창밖을 흘끔거리기도 한다. 마당에는 푸른 잎이 무성한 단풍나무가 하나 서 있다. 창문을 열 면 그 푸른 잎들이 코앞에 와 닿을 듯 가깝다. 50대 중반의 옆집 아저씨 는 내가 이 집에 입주할 때부터 끊임없이 이 단풍나무를 잘라내라고 요 구해왔다. 가을이면 낙엽이 자기네 집 마당까지 날린다는 이유였다. 나 는 그의 말을 무시했으나, 지난 봄 그의 요구가 심해져 하는 수 없이 그 집 마당 쪽으로 뻗은 잔가지 몇 개를 잘라냈다. 마음이 얼마나 아프던 지. 이제 더 이상 나무를 해치는 일은 하지 않을 것이다. 상상과 가정을 조금씩 섞어서 어떤 이상을 만들어보는 시절이다. 이상은 현실에서 불 가능하기 때문에 오로지 이상이다. 나는 18세기 혹은 19세기에 태어났 어야 하는 사람이다.

OR HELP!
I DON'T CARE!
I'D RATHER SINK --
THAN CALL BRAD
FOR HELP!

뉴욕현대미술관에 걸려 있는
로이 리히텐슈타인의
〈행복한 눈물〉 연작 중 하나.
격랑의 물속에서 죽어가면서도
여자는 이렇게 말하고 있다.
"난 괜찮아. 브래드에게 도와달라고
연락하느니 차라리 가라앉는 게 나아!"
브래드라면 눈물의 그녀가
어지간히 사랑했던 남자의 이름이겠다.
그림 밖의 여성 관객.
지금 무엇을 생각하고 있을까.

 맞는 토요일이다.
그래서인지 지금의 여유가 한결 달콤하다. 지난 한 주 여러 가지 일이 있었다. 그중에 가장 인상적인 것은 내 장편소설《꺼져라 비둘기》를 주제로 한 북 콘서트였다.

평소 문학의 상업주의에 비판적인 태도를 갖고 있는 나는, 당연히 작가나 시인들의 홍보성 이벤트나 프로모션 행사에 대해 부정적이었다. 뿐만 아니라, 사실은 이것이 더 근본적인 이유인데, 많은 사람들 앞에 앉아서 그들의 시선을 한 데 받는 것을 기질적으로 견디지 못하는 편이다. 그런 이유로 지금까지 이런저런 행사 제안을 매번 거절하곤 했다. 그런데 이번 북 콘서트는 '작은 도서관을 만드는 사람들'이라는 곳에서 조그맣게 벌이는 행사였다. 나름 문화운동을 하는 곳의 소박한 요구인지라 대놓고 거절하기가 좀 그랬다. 어쨌거나 북 콘서트라는 건 난생 첫 체험이었다. 무작정 부딪쳐 보자는 생각으로, 내 책이 나온 출판사에는 알리지도 않았다.

다행히 결과는 나쁘지 않았다. 주최 측의 준비는 성실했고 사회자가 준비한 질문의 수준도 훌륭했다. 나도 나름대로 무난하게 대응했던 것 같다. 가수의 노래와 연주도 감동적이었다. 무엇보다 바깥 세상에 넘쳐나는 자극적이고 재미있는 일들을 제쳐두고 그 자리에 참석해서 내 이야기에 귀를 기울인 관객들의 진지한 자세가 고마웠다.

그런데, 이것이 결국엔 나의 결론인데, 또 다른 곳에서 다시 이런 제안이 온다면, 5초 정도 생각하는 척하다가 조심스럽게 거절을 할 것 같다. 아무리 좋은 취지나 의도에 의한 것일지라도 문학에 대해서 입으로 말하는 것은, 내겐 언제나 예외 없이 민망한 일이니까.

'진짜 시인'이라는 이데아적인 관념이 실재한다면, 시집을 내기 전의 시인이 시집을 낸 시인보다 진짜 시인에 더 가까울 것 같다는 생각을 해보았다. 시집을 펴내는 순간 시인에게는 어떤 불가항력적인 시험이 오는 것 아닐까. 작가와 시인에게 오만함은 어떤 부분에서는 필요한 것인데, 그것은 당당함과 의젓함의 표현이어야 한다. 자신을 타자와 구별 짓기 위한 방편으로서의, 다른 이에 대한 업신여김의 표현이어서는 안 될 것이다. 작가나 시인은 걸인보다 낮을 수 있고 황후보다도 높을 수 있는 존재다. 그런데 다들 황후보다 높은 쪽만 되려고 하지는 않는가.

책을 내기 전과 후, 상을 받기 전과 후, 혹은 편집위원 같은 영향력 있는 자리를 맡기 전과 후가 늘 다름없는 소설가와 시인. 나는 이런 사람들에게서 문학의 희망을 발견한다. 내가 지지하는 문학은 낮아서 높아지는 문학, 세상의 그 누구도 억압하지 않는 문학이다. 이게 불가능한 것이리면, 아마도 내가 마시는 술이 조금 더 늘겠지?

지난달부터 매주 월요일 오전 10시면 평창동 Y문학관에서 L선생님의 '생활 속의 인문학' 강좌를 듣고 있다. 이 일정에는 사적인 필요와 공적인 명분이 두루 관여하고 있다. 고정적으로 참석하는 청강생은 스무 명 정도. 연구원, 교수, 문화기획자, 학생, 기자 등등 각양각색의 사람들이다.

열 시에 강의가 시작되기 때문에 사람들은 보통 2~30분 전에 강의실에 도착한다. 주최 측에서는 아침을 못 먹고 온 사람들을 위해 강의실 바깥 로비에 빵과 주스 등을 준비해둔다. 사람들은 그 성의가 고마워 보통 한두 개씩 빵을 먹는다. 그런데 몇 주가 지나며 나는 특이한 장면을 목격하게 되었다. 청강생 중 한 분이 그 빵에 병적인 욕심을 내는 모습이었다. 이 청강생은 사람들 모르게, 빵을 입에 가져가는 척하다가 자신의 가방 안에 집어넣고는 했다. 이런 행동은 하루에 대여섯 번 반복되었고, 나중에는 두세 개씩을 한 번에 집어서 가방 안에 넣기도 했다. 작은 키에 마른 체형, 50대 후반으로 보이는 여자 분이었다. 외적인 이미지가 매우 교양 있고 점잖아서 오히려 더욱 기괴하게 보였다.

어제는 강의를 마치고 청강생 몇 사람과 함께 점심을 먹었다. L선생님이 사는 점심이었다. 문제의 청강생도 따라왔다. 나는 이 청강생의 볼록한 가방에 계속 눈길이 갔다. 식당에서는 우연히 이 청강생과 나란히 앉게 되었는데, 식탐이 사뭇 놀라울 정도였다. 코스 형식으로 한정식 요리가 차례로 나오면 제일 먼저, 그리고 가장 많은 음식을 자기 그릇에 담는 것이었다. 식사를 하기 전에 각자 자기소개를 하는 순서가 있었다.

그래서 나는 이 청강생이 어떤 일을 하는 사람인지 알 수 있었다. 그녀는 영자신문 모 일간지의 전직 문화부장이라고 자신을 밝혔다. 아닌 게 아니라 이 청강생은 대화중에 영어를 적잖이 섞어서 사용했다. 내가 이미 어떤 부정적인 편견을 가지고 봐서 그런 것일까. 이 청강생은 호스트인 L선생님의 시선을 받을 때나 선생님의 대화에 끼어들 때, 더욱 뻔지르르한 교양으로 자신의 겉을 꾸몄다.

교양, 욕망, 양식, 스타일, 남세스러움, 허영, 누추함 등이 범벅으로 섞인 이 분의 분열된 불구의식을 목도하는 내내 머릿속이 얽히고설킨 칡덩굴처럼 난삽해지고 말았다. 매주 월요일마다 계속 마주쳐야 하는데, 어쩌면 좋을 것인가.

J는 핸드폰도 이메일도 없는 무인도에서 살고 싶다고 말했다. "나도요. 무인도 너무 좋아"라고 맞장구를 쳤다. 나도요라는 도요새가 있으면 좋겠다. 나도요! 나도요! 무인도에는 무인도라는 이름만 남고 모두 없어져야겠다. 시인이 무인도에 가면 세상의 처음 시를 쓸 가능성도 있겠다. 세상의 처음 시, 처음 노래, 처음 구름, 처음의 마음과 처음의 상상.

"비가 제법 내리지요?"

"네 그렇지요?"

"네 비가 말이에요."

"네네, 비가 좀 그렇죠?"

잠수교가 잠겼다는 소식이 있다. 서울엔 하루 종일 굵은 비가 내렸다. 저녁의 약속을 다음 주로 미루었다. 오늘 만나기로 했던 시인의 카카오톡 대화명은 '오므라이스 협주곡'이다. 어느 새벽에 문득 떠오른 말이란다. 어느 새벽에 문득 떠오른 새벽이라는 말을 중얼거린다. 새벽에 떠오른 새벽. 송어에게는 있고 숭어에게는 없는 것. L은 오늘밤 한국에 도착한다.

"비가 제법 내리지요?"

"네 슬프지 않을 도리가 없잖아요."

묻고 있다. 우리는 어디인가. 가끔 나는 반성중독자가 된다. 회의실에서 Y팀장에게 20분 정도 충고 비슷한 것을 했다. 제목을 붙이라면 '조직생활에서 처신하는 법' 정도가 되겠다. 미쳤지, 날씨와 나 둘 다 미친 거다.

"비가 지금도 내리지요?"

"비가 내일도 내렸나요?"

"네에, 비가 좀 그렇지요?"

내가 볼 수 있는 가장 먼 곳과 내가 만질 수 있는 가장 차가운 곳, 오늘 퇴근길에는 지하철 대신 버스를 타리라. 그리고 생각하겠다, 먼 곳과 차가운 곳.

　　여섯 시쯤 빗소리에 잠이 깼다. 날씨 때문인지 이번 주가 꽤 길게 느껴진다. 이제 목요일이라니. 어제오늘의 비는, 마음에 쏙 드는 비다. 내가 기다렸던 비다운 비라고 할까. 내가 좋아하는 비는, 바람 따위에 흩날리지 않고 곧고 우직하게 직선으로 떨어지는 굵은 비다.

　누구나 살다 보면 수많은 선택의 순간을 만나게 되는데, 신중하면 신중할수록 좋은 선택의 순간은 세 가지라고 쓴 적이 있다. 배우자, 첫 직업, 칫솔이라고. 어디 이 세 가지뿐이겠는가. 모든 선택은 다 어렵고 그래서 신중해야 한다. 그런데 우리 삶에 매우 중요하고 절대적이고 직접적인 영향을 미치는 어떤 요소들에 대해서 우린 선택의 기회조차 가질 수 없는 경우도 있다. 부모가 그렇고, 형제가 그렇고, 직장의 상사나 동료가 그렇다. 심지어는 사는 도시나 동네조차 우리 맘대로 결정하기 힘들다. 내 쌍둥이 형만 해도 회사의 명령에 따라 근무 도시를 다섯 번이나 옮겨야 했다. 나는 그 도시들의 이름을 간혹 중얼거리곤 한다.

　선택의 기회가 주어지지 않는 것들의 내역에는 시와 소설도 포함시키고 싶다. 시와 소설은 매순간 마주치거나 쏟아지는 언어, 사고, 상상력을 분별하고 선택하는 작업이다. 남길 것과 버릴 것을 선택하는 동안의 집중과 긴장을 쾌감으로 받아들이지 않는 한, 시와 소설을 쓰면서 행복하기는 어려울 것이다. 그런데 이 선택이란 사실상 시인과 소설가가 하는 것이 아니라는 생각이 자꾸 든다. 그것은 그냥 시와 소설이 하는 것이다. 작품과 작가를 분리해서 생각하자는 구조주의자들의 아이디어도 이런 생각에서 나왔을 것이다. 순간을 평가하거나 기록하지 말고 영원을 보자는 것이 J의 조언이다. 그 조언은 입김으로 만든 글씨 같아서 마음에 든다. 고마운 말이다.

소설가 이순원과 나

지난 세기의 마지막 일 년이 시작된 1999년 1월 중순쯤으로 기억한다. 한국일보 신춘문예로 등단한 직후, 엉겁결에 당선 통지를 받고 작가로서의 삶에 대한 두려움과 설렘 등을 가늠 수 없어 한없이 달뜬 마음으로 정초의 시간을 보내고 있을 즈음이었다. 내 자취방으로 한 통의 전화가 걸려왔다. 휴대폰도 없던 시절이었다. 송수화기 건너편에서 낭랑하면서도 활력 넘치는 남자의 목소리가 들려왔는데, 그 첫마디가 이랬다.

"나 소설 쓰는 이순원인데요."

이순원이라니, 그럴 리가 없잖은가. 그 잠깐 동안의 시간에 머릿속에서는 이순원이라는 고유명사가 환기하는 수십 가지의 휘황한 이미지들이 바쁘게 나타났다가 사라져갔다. 당선 통지 전화를 받기 전까지, 충분히 불우하고 외롭다고 믿었던 문청의 시절을 지나는 동안 이순원이라는 이름은, 내게 닿을 수 없는 절대적인 흠모와 동경의 대상이었다. 그런데, 그 고유명사가 직접 사람의 목소리를 내면서 내게 말하고 있는 것이

었다. 내가 "누구라고요?" 경황없이 반문했던 것은 아마도 그 때문이었
다. 그러자 이순원 선생님은 나직하게 그리고 소박하게 말을 이었다. 정
말이지 더 이상 그럴 수 없을 만큼 아무렇지 않게, 아무런 셈속도 없이.

"나 소설 쓰는 이순원이에요. 한국일보에 발표된 올해 신춘문예 당선소
설을 읽고 너무 좋아서 이렇게 전화를 한 거예요. 신인작가의 목소리라도
들어보려고요."

나중에 알게 된 사실인데, 선생님은 매년 1월 1일 아침이면 그해의
신춘문예 당선작들을 읽기 위해 예닐곱 개나 되는 중앙일간지를 일일이
사서 보신다고 했다. 그러곤 당신 마음에 드는 작품을 점찍고 그 작가의
이름을 오래 기억해두신다고 했다. 그렇긴 하더라도 이렇게 직접 전화
까지 거는 경우는 거의 없으셨다고 했는데, 선생님은 나와의 통화를 위
해 일부러 한국일보 담당 기자에게 내 전화번호를 묻는 수고로움을 마
다하지 않았다고 했다.

그날 전화통화에서 어떤 말들이 오갔는지 구체적으로 기억하지는 못
한다. 아마도 나는 처음부터 끝까지 전화 통화의 대상을 현실로 받아들
이지 못한 황망감에 사로잡힌 채 말을 더듬었을 테고, 선생님은 또 그런
신인작가를 어떻게 하면 배려할 수 있을까 노심초사하셨을 테니까.

선생님과의 인연은 그렇게 시작됐다. 그것은 그렇게 일방적이고 전폭
적인 것이었다. 소설을 스승이나 선배 없이 독학으로 습작했던 나는 소
위 문단에 존재한다고 여겨지는, 특정한 인맥이나 섹트, 네트워크와는
닿으려 해야 닿을 수도 없는 생래적 조건을 가지고 있었는데, 이후 선생

오즈 야스지로의 영화를 보는 동안 정종을 탐미하게 됐다. 영화 속의 인물들이 늘 정종을 마셔대었던 것이다. 추운 겨울, 정종을 끼고 살았다. 안주는 꽁치찌개나 두부가 들어간 간단한 요리가 대부분. 모든 술이 다 그렇지만 정종은, 어떤 은근한 슬픔의 성서를 환기시키는 마력이 있다. 마실 때마다 눈앞이 시큰하다. 정종.

님은 어느 자리에 가서든 내 이름을 언급하고 다니셨다. 이런 식으로 말이다.

"올해 등단한 김도언이라는 작가의 등단작 정말 좋더라. 그 작가 계속 지켜봐야 하는 작가야."

나는 그런 사실을 나중에, 현장에서 직접 그 이야기를 들은 사람들로부터 전해 듣고 나서야 알 수 있었다. 그리고 먹먹한 감동을 느꼈다. 선생님이 그렇게 고평을 하고 칭찬을 하고 다닌 대상이 나 자신이라는 이유 때문만은 아니다. 스승이나 동학이 없는 외로운 독학생에 불과했던, 가난하고 고독하고 궁상맞기까지 한, 이를테면 천둥벌거숭이 같은 존재에 대한 선생님의 이 뜬금없고 하염없는 애정과 믿음이 대가 없는 순정처럼 느껴졌기 때문이다. 그러니까 이것은 일종의 시혜였다.

이와 관련해 추가로 두어 가지 곁들이고 싶은 일화가 있다. 2000년도에 나를 포함해서 등단한 지 1~2년 된, 시쳇말로 '탄생과 함께 추락을 선고' 받아 주목 받지 못한 신진작가 11명이 모여 '작업'이라는 동인을 결성했을 때, 그 결성 모임에 흔쾌히 참석하셔서 손수 가지고 오신 귀한 술을 따라주고 격려해주신 분도 다름 아닌 선생님이셨다. 그리고 선생님은 은어 철이 되면 고향 부근의 남대천에서 공수해온, 돈 주고도 먹을 수 없을 만큼 귀한 은어를 튀겨서는 후배 작가들을 초청해 잊을 수 없는 파티를 마련해주시기도 하셨다. 아, 그 은빛의 황홀한 은총이라니. 그 초청을 당한 후배 작가들을 가만히 보고 있으면, 내가 꼭 그렇게 보려고만 해서 그런 게 아니라, 하나같이 문단 중심에서 어느 정도 소외된, 겸

사로서가 아니라 실제로 문단 말석을 겨우 차지하고 있는 기운 빠지고 맥 풀린 작가들이라는 공통점이 있었다. 선생님은 일부러 그런 작가들만을 초청해서 격려하고 기를 불어 넣어주셨던 것이다.

간혹 메이저 출판사가 마련한 술자리에서 선생님을 뵌 적도 있었는데, 선생님은 당신이 중진이라는 걸 당신만 모르는 것처럼, 중진 작가나 어른들이 앉는 상석이 아닌, 예의 이름 없고 존재감 없는 작가들이 옹송그리며 앉아 있는 탁자에 앉아 그들과 술잔을 부딪치기를 마다하지 않으셨다. 이와 같은 행동들은 대가를 바랄 수도 없는 것이었고, 어떤 셈 속의 명령을 받을 수도 없는 것이어서 순정한 것이었다. 무엇 때문에 그토록 잘 나가는 작가가 자기와는 아무런 연고도 없고 엮일 수도 없는 신인작가들의 어깨를 이토록 두드리고 등을 쓰다듬었단 말인가. 그건 결단코 이순원 선생님이 가지고 있는, 인간에 대한 가없는 연민과 애틋한 심사 때문이었다.

문단에 나오고 한참이 지나서야 나도 어렴풋이 느낀 것인데, 문단에는 선생님 위치쯤 되는 작가라면, 누구 편도 들지 않는 게 좋은 것이라는 일종의 불문율 같은 게 있다. 어떤 자리에서든 속내를 드러내지 않고 포커페이스를 유지해야 오히려 후배 작가들이 당신을 어렵게 생각하고 깍듯한 대접을 한다는 것이다. 하지만 선생님은 그런 것 따위를 계산하는 분이 아니다. 선생님은 눈앞의 이익과 손해를 셈하는 분이 아니고, 단지 이 우주와 이 지상의 세계가 수없는 윤회와 자전을 반복하는 동안 어둔 곳에서 치열하게 삶과 맞서고 있는 작은 존재들의 의미 있는 소여

맬콤 X의 사진. 워싱턴 허쉬혼 미술관에서 찍은
것인지 뉴욕의 Mama에서 찍은 것인지는 확실하
지 않다. 지난 2004년 맬콤 X의 평전을 쓰느라
그에게 푹 빠져 살았던 적이 있다. 지나친 열정이
그를 죽였지만, 그 열정이 인류의 보편적 가치를
확산시켰음은 분명하다. 그런 의미에서 그는 성
스러운 희생자다. 성스러운 희생자가 나오지 않
는 시대를 우리는 너무 오랫동안 목도하고 있는
것 아닐지.

를 주목하는 분이었던 것이다. 나 자신 등단 10년을 훌쩍 넘기면서 선생님처럼 하는 것이 얼마나 어려운 일인지를 직접 실감으로 느끼고 있는데, 그래서 선생님의 가없는 애정이 더 귀하게 와닿곤 하는 것이다.

세상에는 작가 이순원을 설명하는 레토릭이 많다. 선생님과 진심으로 교유하고 가깝게 지낸 문단의 선후배, 동료, 그리고 문단 밖의 지인들이 한둘 아닐 테니까 말이다. 그들 모두, 자신들이 겪은 선생님에 대해서 한두 개 정도의 독자적이면서도 고유한 인상을 가지고 있을 텐데, 그 인상으로 만들어진 레토릭은 다양할지언정, 이순원 선생님의 문학적 바탕이 인간을 신뢰하며 가난하고 바른 것을 연민하는 애정을 기반으로 만들어졌다는 인식의 공통점을 비켜가지는 못할 것이다. 내 관점에서 선생님을 설명하는 가장 강렬한 키워드를 꼽자면, 그것은 단연코 '문학적 자존심' 아닐까 싶다. 작가치고 문학적 자존심이 없는 사람이 어디 있겠냐만 선생님의 문학적 자존심은 돌올하기가 유별난 것이다.

이 유난한 문학적 자존심을 지키기 위해 선생님이 엄정하게 지켜오고 있는 원칙이 네 가지 정도 있는 듯하다. 지금부터 말하고자 하는 이 네 가지 원칙은 단 한 번도 선생님 당신의 입으로 공언하신 적이 없는, 오로지 내 경험과 육감으로 짚어낸 것이다. 사실 선생님은 당신 자신을 설명하는 것에 매우 서툰 사람이다. 또한 선생님은 다른 누군가가 선생님 앞에서 선생님을 향해 상찬이라도 늘어놓을라치면 인정사정없이 그 말머리를 자르는 분이기도 하다. 자기 자신에 대한 그런 엄격함이 아마도 그의 문학적 자존심과 등가적 가치를 이루는 것이리라.

　선생님이 문학적 자존심을 위해 지키고 있다고 느껴지는 첫 번째 원칙은, 작가로서 선생님은 언제나 당신의 작품에 최선을 다한다는 것이다.

　작품에 최선을 다한다는 말은 일견 매우 당연한 것처럼 보인다. 하지만 이것을 실천하기란 말처럼 쉽지 않다. 실제로 적지 않은 작가들이 자신의 재능이나 열정의 그릇을 과대평가하고 책임지지 못할 과욕을 부린 나머지 부실하기 그지없는 작품을 양산해내기도 하니까. 하지만 이순원 선생님은 다르다. 그의 작품에는 태작이 거의 없다. 매 작품에 최선을 다하는 선생님의 태도는 그의 작품세계를 일별하면 금방 확인할 수 있다. 선생님은 쉽고 편한 길을 피해 늘 새로운 길을 모색했다. 이를테면 선생님이《그 여름의 꽃게》《얼굴》《압구정동에는 비상구가 없다》같은 초기작들을 통해 빈곤이나 분단문제 등 강한 사회적 문제의식을 과감히 형상화해 평단으로부터 비상한 호평을 받았을 때, 웬만한 작가들은 그 달콤한 자장 안에 안주했을 테지만 선생님은 그러지 않으셨다. 선생님은 미련 없이 다른 세계로 뛰쳐나가신 것이다. 나는 이와 같은 태도, 다시 말해 이미 주어진 익숙한 것과 결별하고 새로운 세계를 탐험하는 것이야말로 소설가로서 최선을 다하는 태도의 진수라고 믿고 있다. 토속적인 서정을 자전적인 기억 속에 투영시키면서 상처를 공유하고 내면화하는 데 탁월한 성취를 거둔 것으로 평가받은《말을 찾아서》,《아들과 함께 걷는 길》,《은비령》같은 작품을 보라. 도저히 초기작을 쓴 선생님이 쓴 소설이라고 보기 어려울 정도다. 작품에 최선을 다하는 선생님의 태도는 또한 다음과 같은 경우를 통해서도 드러난다. 선생님은 원고료 같은 작가의 사회적 대우에 매우 민감하게 대응하시는데, 단 한 번도 허투루 타협하신 적이 없다. 보통 작가들은 원고료를 가지고 청탁 주체와 논쟁하는 걸 꺼린다. 체면이 깎이는 일이라고 생각하기 때문이고, 자칫 관계가 불편해지면 더 이상 발표의 기회가 주어지지 않을까 염려하는 까닭이다. 하지만 선생님은 당신이 합리적이라고 생각하는 원고료가 아니면 원고 청탁에 일절 응하지 않는다. 이런 배짱은 역설적으로 언제나 작품에 최선을 다하기 때문에 가능한 것이다. 언젠가 선생님은 이런 말씀을 하신 적이 있다.

"내가 기준을 제대로 정해놓아야 후배 작가들이 홀대를 받지 않는다."

나는 그 말씀을 듣고, 선생님이 당신 자신의 손에 흙을 묻히면서 씨를 뿌리는 존재라는 걸 깨달았다. 그 얼마나 든든하던지.

내가 생각하는, 문학적 자존심을 위해 선생님이 지켜가는 두 번째 원칙은 작가로서 허위의식이나 겉멋을 부리지 않는다는 것이다.

사실 문사 우대 전통이 강한 우리나라에서 소설가는 웬만큼만 이름을 내면 참으로 대접받기 좋은 계급이다. 어디서건 선생님 소리를 들으니까 말이다. 남들의 대접을 익숙한 것으로 받아들이는 순간, 바로 그때 소설가에게 허위와 겉멋이 생기는 법이다. 그리고 그것을 가지고 사회적 자리를 염탐하거나 세속적 지위를 꾀한다. 하지만 나는 선생님을 뵙는 동안 선생님이 소설가연하면서 대접을 받으려고 하시는 걸 본 적이 없다. 선생님은 언제 뵈어도 소탈하고 소박하다. 이웃이나 서민들에게 겸손하고 예의 바르다. 작가들에게 으레 있는 딜레탕트로서의 취향 같은 것도 선생님은 거의 갖고 있지 않다. 소설가로서 선생님이 지키고 있는 현장은 언제나 사람의 어깨가 부딪치는 저잣거리인 것이다. 그런 선생님을 보고 있노라면, 소설가는 결코 신분증으로 증명되는 신분적 존재가 아니라, 소설을 쓸 때만 그 신분이 인정되는 행위적 존재라는 말이 자연스레 떠오른다.

내가 몸으로 부딪치고 두 눈으로 확인한 선생님의 세 번째 원칙은 억강부약의 정신을 실천하는 것, 다시 말해 강한 것을 누르고 약한 것을 돕는 것이다.

몇 해 전 그의 고향 강원도의 부당한 인사행정 때문에 민원이 발생했던 적이 있다. 부당한 인사 때문에 성실하게 일해 온 직원이 불이익을 받게 된 것이 발단이었다. 그 소식을 접한 선생님은 발끈해서 두 팔을 걷어붙이고 그 민원에 개입, 부당한 행정조치를 원래대로 돌려놓으셨다. 나는 그 과정을 지켜보면서 혀를 내두를 수밖에 없었다. 도대체 왜 저렇게까지 공연한 노역을 하시나. 하지만 그것이 선생님께는 결코 괜한 노역이 아니라는 것이 속속들이 밝혀졌다. 그런 일이 한두 번이 아니고 이후에도 계속 이어졌기 때문이다. 가장 비근한 일은 선생님이 근년에 심혈을 기울이고 있는 '바우길' 개척과 관련해, 사익을 도모하려 했던 토호세력과 결연히 맞섰던 일이다. 선생님은 고향 강원도에 산책코스인 바우길을 개척하고 홍보하는 일을 열심히 해오고 있는데, 그것은 다른 지자체의 경우와는 달리 순전히 민간자본을 들여서 벌이고 있는 것이다. 말하기 좋아하는 사람들의 말처럼 콩고물이고 리베이트고 이런 게

홍대의 어느 밤.

묘한 구도로 대칭을 이룬 두 남자.

저들은 누구를 기다리고 있을까. 어떤 밤을 저들은 기다리는 것일까.

있을 수가 없는 것이다. 그런데, 바우길을 한 코스 한 코스 개척하는 와
중에 불량한 의도를 가진 세력들이 자기들 잇속을 차리기 위해 딴죽을
걸어왔던 모양이다. 선생님은 이들 앞에서 서부의 건맨처럼 한 발의 타
협이나 양보 없이 꿋꿋하게 맞섰다. 심지어는 강릉시장 앞으로 기명의
투서까지 쓰시기도 하셨다. 그 결과 바우길은 순수한 본래의 뜻을 지켜
내며 현재 제1코스인 선자령 풍차길부터 16코스 울트라 바우길까지 탐
사 및 복원을 마쳤다. 약한 자 앞에서 약하고 강한 자 앞에서 강한 것,
나는 그것이 문학의 은밀한 속성을 가장 잘 드러내는 표현이라고 생각
한다. 강한 것, 권력, 부귀 따위를 좇는 행태는 응당 문학이 나서서 척결
해야 할 대상 아니겠는가. 문학적 자존심으로 똘똘 뭉친 선생님이 억강
부약의 정신을 지켜나가는 것은 그러므로 매우 당연한 이치인 셈이다.

선생님이 문학적 자존심을 위해 지키고 있는 네 번째 원칙은 문학 안
에서 속리와 무관한 자유로움을 좇는다는 것이다.

단언컨대 선생님은 소설가로서 한 줄의 문장을 얻기 위해 밤을 밝히
며 가슴을 쥐어뜯은 적은 있을지언정, 어떤 편견이나 증오나 집착 같은
것에 사로잡혀 마음을 헛되이 소모하신 적이 없다. 나는 선생님을 뵐 때
마나 항상 선생님이 세상에 대해 한없이 열려 있는 분이란 걸 느끼곤 한
다. 태풍의 눈 속이 오히려 고요하다고 하지 않았나. 유수의 문학상을
휩쓸며 작가로서 정점에 계셨을 때나, 잠시 문학적 호흡을 고르고 계시
는 지금이나 선생님의 모습은 변함이 없다. 선생님은 자기에게 유리한
어떤 조건을 영구적으로 유지시키려고 노심초사하지 않는다. 선생님은

당신에게 오는 것과 가는 것, 지나치는 것, 흘러가는 것을 가리지 않는다. 그냥 내버려두는 것이다. 인간의 마음을 시험하는 세속의 온갖 희롱 속에서 선생님은 단단하게 속을 벼리며 조금도 일희일비하거나 좌고우면하지 않는 것이다. 그것은 저 노장(老莊)의 어떤 가르침을 연상시키기까지 한다. 그 같은 태도가 내 눈에는 경이롭게조차 비쳐진다. 허허로움과 자유로움을 빼고 어떻게 문학을 이야기할 수 있나. 물질이건, 사람이건, 아니면 신앙이나 허무처럼 눈에 보이지 않는 무엇이건, 그것에 붙들리는 순간 문학은 얼어붙고 마는 게 아니겠는가. 그런 점에서 선생님의 자유로움은 선생님의 문학적 자존심을 설명하는 데 빼놓아서는 안 될 키워드다.

2003년에 펴낸 선생님의 소설집 《그가 걸음을 멈추었을 때》의 작가의 말을 통해 선생님은 소박한 목소리로 말씀했다.

소설들이 누구의 가슴엔가 따뜻하게 다가갔으면 좋겠다. 산도 골짜기도 푸른 나무가 아니더라도 누군가의 가슴을 아련하게 덮을 따뜻한 삶에 대한 그리움의 노래였으면 좋겠다.

그때의 바람대로 지금까지 선생님의 소설들은 신산한 삶의 다양한 국면들을 효과적으로 형상화해 오면서도 독자와의 교감, 치유와 위안 같은 문학의 본래적인 기능을 소홀히 한 적이 없었다. 이것이 가능했던 이유는, 그 주인공이 문학과 삶과 그 사이를 메우는 인간을 그 누구보다도 뜨겁게 사랑한 인간 이순원이던 때문이리라.

11월은 눈동자에 떨어지는 소금 같다

시인에 관한 편견

금요일에 김요일 형의 시집 《애초의 당신》 출간기념회에 가서 마음껏 놀았다. 많은 시인들을 만났고 술도 많이 마셨다. 사실 그날은 현대문학상 시상식도 있었고 나는 초대를 받은 입장이었지만, 그리고 출판사 편집장으로서 그 초대에 응하는 것이 마땅했지만, 나는 요일 형의 출간기념회에 참석하는 쪽을 택했다. 어쨌거나 그것이 작가로서 나의 윤리와 양심에 부합한 일이라고 생각했다. (이런 말을 이제는 아무렇지도 않게 한다.) 요일 형은 아이처럼 설레는 표정으로 사람들의 축하를 받았다. 하객 중에는 그의 부친이자 한국시단의 어른인 김종해 선생도 계셨다. 그날 가장 인상적이었던 것은 요일 형이 쓰고 온, 라탄을 재질로 만든 중절모와 헤어스타일이었다. 그의 모습은 영락없이 라틴 록의 대부 카를로스 산타나의 현현이었다. 그 점에 대해 그에게 지적했다. 그가 산타나를 흉내 내려고 일부러 그렇게 꾸민 것인지 의식하지 않고 꾸민 것인지에 대한 논란은 정리가 되지 않은 채로 종료되었다. 다만 그는 내가 "형, 오늘 카를로스 산타나랑 똑같아요."라고 말하자,

카를로스의 '를'과 '로'사이의 r발음이 롤링이 안 되는 것을 지적했다. 그러면서 심지어는 r 발음 롤링이 되는 것과 안 되는 것이 바로 시인과 소설가의 차이라고 정말 씨도 안 먹히는 소릴 했다. 나는 김요일 형이 산타나를 흉내 내지 않았을 거라고 확신한다. 그곳에 모인 시인들은 모두 착했고, 착해서 형편없이 취했고, 형편없이 취해서 마구 떠들었다.

소설 쓰는 친구 중에 한차현이라는 작가가 있다. 그는 소설집과 경장편, 장편소설 등을 합해 지금까지 아홉 권의 소설책을 펴낸 부지런한 작가다. 하지만 불행하게도 그는 자신이 소설을 쓰는 데 들인 노력만큼 '뜨지는' 못한 작가다. 뜨지 못한 작가라는 말은 그가 문학적으로나 대중적으로 유효한 영향력을 갖지 못했다는 말이다.

문화예술 상품의 소비란 결국 가공된 이미지를 사들이는 행위이므로 매혹적인 이미지를 갖는 데 실패한 작가는 당연히 소비의 대상에서 제외된다. 그들은 철저하게 고독한 무명의 길을 걸어야 한다. 작가의 이미지란 일상적 질서를 자극하는 인문적 교양과 파토스적인 상상력이 겹쳐지는 방식으로 구축되는데 독자들은 그 이미지에 포섭된 채로 작품과 만난다. 독자란 그 이미지를 소비하면서 현실의 삶에서 순간 이탈한다. 그것을 매개하거나 유도한다는 의미에서 작가란 일종의 배우로 간주될 수 있다. 작가의 만들어진 이미지는 그 작가가 생산해내는 작품의 질과는 그다지 관련이 없다. 작품의 질마저도 이미지에 빚지기 때문이다. 이는 이와 같은 명제를 탄생시킨다.

텍스트는 이미지와 분리되지 않으며 종속된다.

그런데 지금 내가 말하고자 하는 한차현은 사실상 배우 자질이 없는 작가다. 작가로서 갖는 품위의 당위성을 인정하지 않거나 그것에 무지한 것이 한차현이 가진 작가로서의 태도이다. 나는 이 태도를 지지하는 입장이다. 그가 최근 자신에게 열 번째 책이 될 전작 장편소설을 탈고했다. 그리고 그 소설을 내가 일하는 출판사에서 출판하기로 결정했다. 그것은 전적으로 나의 판단인데 여기에 개인적인 친분이 작용한 것은 결코 아니다. (친분 때문에 오히려 작품을 냉정하게 읽었다.) 작품의 제목은 《사랑 그 녀석》이고 일종의 연애소설이다. 주인공은 90학번, 대학 신입생이다. 그리고 그는 소설 속에서 사랑을 시작한다. 이 사랑은 이문세와 최루탄 같은 90년대의 세밀한 풍속을 거느리며 더디게 진행된다.

미리 읽은 사람으로서 고백하건대 이 소설의 매혹은 사랑을 표현하는 방식의 사소함에 있다. 그게 무슨 말이냐고? 소설 속에서 묘사된 사랑은 고결하지도 않으며 절절하지도 않다. 심지어는 감동적이지조차 않다. 이 사랑은 더할 나위 없이 어설프고 밋밋하며 유치하기까지 하다. 하지만 그래서 눈부신 진실을 획득한다. 작가는 이 사랑이 어떻게 보여질까 고민하는 것을 전략적으로, 그리고 극적으로 포기한다. 나는 이 소설의 위대함이 바로 이 위대한 포기에서 만들어졌다고 생각한다. 이를테면 화장하지 않은 사랑의 민낯을 보여주기.

출간을 결정한 사람으로서 나는 이 소설의 성공을 장담할 수 없다. 그는 소위 뜨는 배우가 아니기 때문이다. 하지만 내가 믿는 것이 하나 있다. 그것은 연애를 다루는 소설로서 문학사적으로 매우 의미 있는 작품이 될 거라는 것. 기존의 사랑을 다룬 소설들의 그 과도한 화장기를, 다시 말해 본능적으로 행해지는 과장과 왜곡이 얼마나 민망한 짓인지를 고발하는 작품이 될 거라는 것.

한차현 장편소설 《사랑 그 녀석》은 다음 주부터 교보문고 북로그에 한 달 반 동안 분재된다. 분재되는 동안 최종적인 퇴고가 이루어질 것이다. 그런 다음 책으로 묶인다. 많이 기대해줬으면 좋겠다. 눈 밝은 이들의 기대와 지지가 무명작가에게 진실과 부합하는 이미지를 만들어줄 수 있기 때문이다.

편견에 대하여 말하고 싶다. 편견에 대한 이 이야기는 1999년 한국일보 신춘문예 소설 부문에 당선되어 상을 받을 때, 바로 내 옆에서 시 부문 당선자로 상을 받았던 고(故) 여림 시인으로부터 시작된다.

그는 시인으로 화려하게 등단하고 3년이 지난 2002년 겨울 스스로 삶을 마감했다. 그가 삶을 마감한 건 생존의 폭압성 때문이었다고 나는 최대한 단순하게 말하겠다.

여림 시인은 세상에게 졌다. 그래서 그는 세상을 버렸다. 그리고 영원한 시인이 되었다. 시인은 세상을 이길 수도 없고 이겨서도 안 된다. 세

정확히 하늘의 4분의 1을 차지한 빌딩.
바벨탑 이래 여전히 건축물은 인간의 욕망을 객관적으로 상관하는 매개였다.
그리하여 사진의 제목은 〈4분의 1의 욕망〉.

상 같은 건 더러워서 버리는 것이라고 했던 시인 백석 역시 세상에게 무참하게 패했던 시인이었다. 그런데 지금 세상을 이기려는 시인이 얼마나 많은가. 세상에 그 포만의 이름을 호령하는 시인이 얼마나 많은가.

나는 시인에 대해서 지독한 편견을 갖고 있는 사람이다. 그래서 그만큼 시인에 대해 엄격하다. 내 편견에 의하면 시인은 행복해서도 안 되고 부자여서도 안 되고 인기가 많아서도 안 된다. 그가 좋은 시인이기 위해서는 절대적으로 그렇다. 행여 행복하고 돈과 명예를 이미 얻은 시인이 있다면, 나는 그에게 '이제 시를 그만 써도 좋겠다'고 충심으로 권하고 싶다. (그가 시를 위해서 행복과 돈과 명예를 포기할 가능성은 없다고 본다.) 나는 무병장수하는 시인을 신뢰하지 않고, 좋은 직장 가진 시인을 신뢰하지 않는다. 그들이 인간적으로 아무리 훌륭하다고 해도 내 생각은 바뀌지 않을 것이다.

시는 혹독한 결핍의 산물이어야 한다. 그 결핍은 영원히 채울 수 없는 것이어서 참혹하다. 시 쓰기는 이 참혹의 진창을 뒤져 사금을 줍는 행위다. 여림 시인은 진창에 들어가 사금을 줍다가 평생토록 햇볕 한 번 보지 못하고 생을 마감했다. 나는 그의 죽음이 서럽다. 그를 지상의 영토에서 무자비하게 추방한 이는 다름 아닌 시인들이다. 그 잘나고 힘센 시인들은 지금 얼마나 행복하고 명랑한가.

여림 시인은 한국일보 신춘문예로 화려하게 등단했지만 세상을 뜨기 전까지 단 한 편의 시를 발표했다. 이 사실이 모든 것을 말해준다. 그가 얼마나 '세상에게 철저히 지기만 하는' 시인이었는지를. 그래, 모름지기 시인이라면 패배하는 데 성공해야 한다. 패배하는 데 성공하지 못한 시인은 실패한 시인, 아니 가짜 시인일 뿐이다.

이제 와서 고백하지만, 나는 비겁하게도 세속의 편리와 풍요를 포기할 자신이 없어 시인의 길을 가지 못했다. 나는 비겁을 못 면했고 그 대가로 부끄럽게 살아남았다. 하지만 어느 날은 술의 힘을 빌어서라도 이렇게 묻고 싶은 것이다. 나는 지금 지나치게 불행과 멀리 있는 것이 아닌가. 불행이 너무 멀리 가지 않도록 불행의 옷소매를 붙잡아야 하지 않는가. 같은 해 같은 지면으로 등단한 시인이 죽음으로써 내게 심어준 편견이 있다면 바로 이것이다.

발바닥이 간지러워지는 이유

현대 문명이 만들어놓은 공간 가운데 가장 경이로운 세계는 지하철 전동차 안이라고 생각한다. 이 경이로움은 공간이 보여주는 역설과 상징의 강렬함에서 기인한다.

전혀 알지도 못하는 타인들이 서로 다른 동선을 거쳐 어느 순간, 그러니까 문이 열리고 닫히는 순간의 스파크를 거쳐 딱 마주앉는다는 것. 이처럼 지극히 비일상적인 상황이 일상 속에 아무렇지도 않게 거의 완벽한 형태로 수용된다는 것. 그런 상황에서 지하의 터널이 앞으로 나아간다는 것. 이 역설의 시간이 끝없이 맴돈다는 것. 지상의 시간과 마찬가지로 수평하고 균질적인 지하의 시간이, 지하의 감각을 끌고 흐른다는 것.

지상에 서 있을 때 가끔 참을 수 없이 발바닥이 간지러워지는 이유를, 이제 알 것도 같다.

 썼지. 좋아하는 펜으로 원고지에 정성껏 소설을 썼지. 문장을 만들고 고통과 쾌락을 얻었지. 원고지는 부드럽고 깊었지. 그런 시절이 있었지. 어떤 날은, 글씨가 마음에 들지 않아 원고지를 찢고 다시 쓰기도 했지. 소설이 마음에 들지 않은 게 아니라 글씨가 마음에 안 들어서. 나는 고집이 셌지. 그래서 아름답고 가난했지. 나는 내가 가난하다는 사실에 안도했지. 나는 헌책을 좋아하는 마음처럼 너의 작은 목소리를 좋아했지. 나는 골목과 그늘이 좋았지. 하지만 그곳에 너를 초대하지는 않았지. 기적이 일어나는 곳으로부터 멀리 도망쳤지. 골목에서 마주치는 노인들의 뒷모습을 오랫동안 묘사했지. 그들의 근육 없는 걱정을 궁금해 했지. 낮에는 방에 엎드려 숨어 있곤 했지. 저녁에는 조금 움직이며 달을 바라보았지. 밤이 깊으면 소설을 썼지. 직업이 없었지. 애인도 없고 살의도 없고 금기도 없었지. 소설을 쓸 땐 착하지 않은 상상을 했지. 내가 사랑하는 악인들의 이름도 만들었지. 그들은 아무데서나 섹스하고 사람을 때렸지. 파란 하늘을 향해 던져진 돌의 곡선을 그려보기도 했지. 나는 원고지의 빈칸을 매우 사랑했지. 하지만 사실 그 사랑은 표현할 수 없는, 표현되지 않는 사랑이었지. 나는 그걸 너무 늦게 안 거지.

 수요일은 목요일이나 금요일보다 삼천육백 배는 힘들다. 더군다나 이번 주에는 급하게 출간해야 하는 책을 진행하느라 더더욱 정신이 없었다. 그 와중에 다음 주까지 줄줄이 잡혀 있는 미팅을 위해 기획안을 만들었다. 해야 하는 일이고 그에 따른 보상이 주어지니 군말 없이 해야 하는데, 스트레스 때문에 자꾸 구시렁거리게 된다. 밀려 있는 지급 건을 확인해서 기안을 만들어 올리고 담당자를 독려하는 인터폰도 몇 차례 했다. 사실 이건 못할 짓이다.

하루가 어떻게 지나갔는지도 모르겠는 상황에서 다시 퇴근시간을 맞는다. 다른 때 같으면 틀림없이 마약 같은 술로 심신을 위로하려 들었겠으나, 한쪽 다리를 쓰지 못하는 불구의 몸이므로 가까스로 참아준다. 잔인하게 시작되는 봄이다. 대체 이 봄이 어쩌려고 이렇게.

시인 김요일 형이 17년 만에 사실상의 첫 시집을 펴냈다. 《애초의 당신》. 아는 사람은 다 알 거다. 이 시집이 그에게 어떤 의미가 있는 것인지를. 사실 이 시집은 그의 두 번째 책이다. 그의 첫 번째 책은 장시집 《붉은 기호등》. 황음과 결탁한 저 오연한 열정이 보여줄 수 있는 분열과 반역의 양상을 극한의 전위적 언어로 보여준 그 장시집은 사실상 자기파괴 혹은 자살의 문법으로 치달았다. 그러고 나서 물경 17년 동안의 자의적 침묵. 그는 침묵으로 자신의 감각을 살해해왔는데, 그것은 심야의 고속도로를 원 없이 달려본 폭주족의 마지막 표정을 연상시킨다. 하지만 17년 동안 그는 끊임없이 언제나 시인이었다. 그는 시인이 아니었던 적이 없고, 시인이 아닌 순간을 스스로 용서하지 못했다. 시인으로서 그가 타고난 태생의 기질은 여전히 그를 맹목적인 대상 앞에 불러 세운다. 그는 아름답고 독하고 뜨거운 것 앞에서, 그것들의 호명 앞에서 언제나 쩔쩔맨다. 기꺼이 목을 매단다. 나는 그의 그런 모습이 안타까우면서도 미덥다. 심지어는 그의 그런 청승(?)을 지켜보는 것이 너무나 힘들어 그로부터 끊임없이 도망친 적도 있다. 그의 삶의 방식이 세속의 조화나 질서에 복무하는 도덕적 기준에서 얼마나 비껴서 있든지 간에 그는 매우 중요한 시의 존재윤리를 보여준 시인이며, 시인으로서 꾸밈없고 반듯한 신앙을 가진 시의 사도다.

17년 만의 시집 《애초의 당신》은 독한 서정이 가득하다. 그 서정의 독함은 일상에 균열을 일으키는 낭만의 혁명성을 끊임없이 환기시키면서 슬픔과 몽상 사이에 놓인 심리적 거리를 집요하게 왕복한다. 아이러니컬하게도 김요일은 시집이 나오던 주에 몸에 이상을 느끼고 병원에 입원했다. 병상에 누워 있는 그를 찾아갔을 때, 그는 통증을 참으면서 시집 《애초의 당신》에 사인을 하고 내 손에 건네주었다. 그때 내 머릿속에 떠오른 생각이 있었다.

아, 이 사람 산고(産苦) 한번 독하게 치르는구나.

장편소설 출간이 조금씩 늦어지고 있다. 이 달 안에 나오길 내심 고대했지만 돌아가는 사정을 보면 그마저 힘들 것 같다. 편집자는 4월 10일경에 출간될 거라고 말하는데, 그 사이에 또 어떤 변수가 생길지는 모른다. 내 책과 관련해 계속 나를 사로잡고 있던 문제를 논의하기 위해 문학과지성사의 편집담당자를 만났다. (우리 회사에서 문지는 걸어서 3분 거리다.) 그에게 작품을 수정하고 싶다고 말했다. 사실상 마지막 교정 단계에 있는 원고를 수정하겠다고 하는 건 편집자를 무척이나 난감하게 하는 일이다. 편집자 생활을 하고 있는 내가 이 같은 사실을 왜 모르겠는가. 하지만 이건 나로서도 어찌할 수 없는 부분이다. 책은 내 이름으로 나오고, 그것은 평생 나를 따라다니게 된다. 나의 최선, 아니, 내가 최선이라고 생각하는 것을 반영하지 않고서는 좀처럼 흔쾌해질 수가 없다. 만약 이것이 착각이나 판단 오류에 해당하는 것일지라도 그 책임은 기꺼이 내가 진다.

이제 L선생님을 뵈러 외근을 나간다. 퇴근 후엔 아내와 함께 시인 K를 만나기로 했다. 일주일의 한복판 수요일. 무사히 아무 탈 없이 지나갔으면 좋겠다.

〈진주 귀걸이를 한 소녀〉

연휴 동안, 정확히 말해 지난 월요일부터 어제까지 몸살을 앓았다. 늪에 빠진 기분이었다. 연신 식은땀이 흘렀고 뼈마디가 피부를 뚫고 나올 듯이 욱신거렸다. 고향에도 가지 못했고 생산적인 일을 할 수도 없었다. 앓는 와중에도 머릿속에서는 작은 이야기가 계속 맴돌았는데, 그것은 다음과 같다.

하이에나가, 아프리카에 사는 초식동물을 잡아먹는 그악스럽고 잔인한 품성을 지닌 육식동물인 것을 아직 모르는 다섯 살 아이가 있다. 시인이 그 아이에게 꽃의 이름을 하나하나 읽어주면서 하이에나를 그 중간에 슬쩍 섞어 넣는다. 튤립, 글라디올러스, 사루비아, 하이에나, 라일락, 베고니아, 패튜니아, 히야신스, 시클라멘…. 아이는 귀를 활짝 열고 듣는다. 시인이 묻는다. 아이야, 이 중에서 어떤 꽃 이름이 제일 예쁘게 들리니? 아이는 망설임 없이 대답한다. 하이에나요. 아이의 대답을 듣고 시인은 이렇게 생각하기로 한다. 누가 먼저 악함을 말해주지 않으면, 악은 보통의 선을 뛰어넘는 절대적인 선이 될 수도 있다고.

앙리 카르티에 브레송을 흉내 내본 사진. 옥상에서 허리를 굽혀 사람이 지나가기를 기다렸다가 셔터를 눌렀다. 저 장면을 일컬어 '결정적 순간'이라고 말하기에는 무리가 있을까. 모든 자의적인 장면은 다시는 반복될 수 없다는 면에서 모두 결정적 순간이다. 바로 지금 당신이 직면해 있는 그것!

앙리 카르티에 브레송을 흉내 내본 사진. 옥상에서 허리를 굽혀 사람이 지나가기를 기다렸다가 셔터를 눌렀다. 저 장면을 일컬어 '결정적 순간'이라고 말하기에는 무리가 있을까. 모든 자의적인 장면은 다시는 반복될 수 없다는 면에서 모두 결정적 순간이다. 바로 지금 당신이 직면해 있는 그것!

지금은 몸살을 거의 빠져나왔다. 코가 여전히 막히지만, PC를 켜고 책상에 앉아 글을 쓰는 것도 일주일만이다. 오후에는 밖에 나가 맛있는 것을 사먹고 저녁에는 계간지에 보낼 리뷰를 쓸 생각이다.

 정형외과에 가서 X레이 찍고 검진을 받은 결과 인대손상 진단이 나왔다. 깁스를 했다. 내 생애 세 번째 깁스다. 돌아보니 첫 번째 깁스를 했던 것이 여덟 살 때였다. 시골집 마당에서 형들과 축구를 하다가 뼈가 골절됐다. 두 번째는 스물네 살 때, 친구들과 농구를 하다가 오른발 인대를 다쳤다. (선명하게 기억나는데 그때 게임을 종결짓는 레이업슛을 성공시키고 막 바닥에 떨어진 참이었다.) 그리고 엊그제 또 다시 인대손상. 불행 중 다행으로 이번엔 왼발목이다. 인대는 한 번 손상된 곳이 반복해서 손상되는 특징이 있는데, 그 위험은 피한 셈이다. 신기하게도 16년 주기로 깁스를 해왔던 것이다. 그러고 보니 내 나이도 이제 마흔이네. 끔찍하다. 주말 내내 붙잡고 있었던 파스칼 키냐르의 《심연들》 속 문장으로부터 조금 위로를 받았다.

아침 일찍 집을 나섰다. 지하철과 버스를 탈 수 없으니 자동차로 출근할 요량이었다. 깁스한 다리를 숨기고 직원들 오기 전에 먼저 책상에 앉아 있으려고 했다. 그런데 차가 시동이 걸리지 않았다. 겨우 내내 한 번도 탄 적이 없다보니 배터리에 탈이 난 모양이다. 말이 나와서 하는 말인데, 우리 집 차는 2009년 1월에 뽑은 새 차다. 그런데 2년이 지난 지금까지 겨우 5,000킬로미터를 탔을 뿐이다. 보통 1년에 1만5천 킬로미터 정도를 주행하는 것이 평균이라고 하는데 아내나 나나 운전하는 걸 어지간히 싫어하는 탓이다. 할 수 없이 택시 타고 출근. 점심은 K시인과 먹기로 했고, 오후 네 시 반까지는 L선생님 사무실에 가야 한다. 내일도 모레도 줄줄이 외부 미팅이 잡혀 있다. 주문이라도 걸고 싶다. 인대야, 어서 소 힘줄처럼 강해지거라.

　　　　다리를 다치고 깁스를 하면서 오히려 더욱 모범적인 직장인이 된 것 같다. 평소보다 한 시간 정도 일찍 출근하고 있다. 러시아워를 피해 운전을 하려다 보니 그리 된 것이다. 어제는 이호철 선생님과 김승옥 선생님을 만나 저녁을 먹었다. 이호철 선생님은 소설가로서의 삶 외에도 젊은 시절에는 일본문학 번역을 부업으로 삼았던 분이다. 이호철 선생님을 내가 진행하고 있는 다자이 오사무 전집의 번역자로 섭외했다. 김승옥 선생님이 이호철 선생님을 추천했고 중개했다. 내가 생각하는 새로운 다자이 오사무 번역은 이런 거다. 현대적 해석이라는 이름의 가공을 가급적 지양하고 날것으로서 다자이 오사무 문학이 가지고 있는 특유의 정서와 기질, 냄새, 표정, 피부의 감촉 등을 그대로 되살려내는 것. 이는 단순한 일본어 독해 능력만을 가지고서는 결코 구현할 수 없는 작업이다. 일본의 문화, 생리 등을 체득한 물리적 경험이 필요한, 감정적인 반응을 요구하는 작업이다. 다시 말해 일본에 대한 주관적, 임의적 태도까지 포함하는 것이라면 더 좋다. 이호철 선생은 식민지하의 조국에서 일본어로 초등교육을 받고 해방 이후 한국어로 소설을 쓰기 시작한 세대다. 그리고 일본문학 번역을 부업으로 삼았다. 그가 일본을 대해 느끼는 감정은 어떨 것인가. 그 복잡하면서도 섬세한 주관성이 번역에 녹아들기를 바란다. 말쑥한, 기성품 같은 번역은 이제 읽고 싶지 않다. 주관적 의식(오해와 무지까지도 포함하는)이 분열되는 양상까지도 그대로 노출되는 번역. 문학 번역은 그래야 한다고 나는 생각한다.

불고기와 냉면, 막걸리를 맛있게 드신 이호철 선생님은 방북단의 일원으로 1998년 평양에 갔던 일화를 들려주셨다. 당신의 소설 《남녘사람 북녘사람》이 헝가리어로 번역되어 출간된다는 소식도 들려주셨다. 현재 불광동에 거주하는 그의 고향은 함남 원산이다.

깁스하고 목발 짚고 시작한 일주일의 업무가 무사히 마무리되고 있다. 건강한 신체에 건강한 정신이 깃든다는 것을 지난 일주일의 경험을 통해 부정하기로 한다. 건강하지 않은 몸에야 비로소 서릿발 같은 정신이 깃드는 것이다. 깁스한 절름발이 신세였지만 내 정신은 그 어느 때보다도 이상적인 열정과 모범적인 패기로 무장되어 있었다. 실제로 까다로운 업무들을 무난하게 처리했고 글도 많이 썼다. 그런데 절름발이 아닌 건강한 몸이었다면 이게 가능했을까. 이 같은 반사적 경험을 통해, 내가 건강한 몸을 그냥 두고 보지 못하는 성격의 소유자임을 알게 됐다. 어떤 식으로든 몸을 망가뜨리고자 정신이 도발을 감행했을 가능성 말이다. 몸이 건강하면 마음이 미쳐 날뛰는 형국. 그러다가 몸이 탈이 나자 마음이 너그러워진 것이다. 이 아슬아슬한 줄타기는 언제까지 계속될 것인가. 불안의 황홀. 불안의 황홀.

아직은 자신이 무엇을 하는지 그리고 무엇을 할 수 있는지 이해하지 못한 젊고 미숙한 작가들은 예외 없이 전통보다는 전위를 표방하는 듯하다. 전통과 전위는 물론 전혀 다른 하이어러키를 가진 개념이지만, 예술적 태도를 규정할 때는 매우 극적인 대극을 형성한다. 전위를 표방하는 대개의 예술가들이 수용자들에 대해 갖는 태도를 거칠게 요약하면 '이런 게 있는 줄은 몰랐지?' 정도일 거다. 여기에 어떤 영민한 기지가 녹아 있을지는 몰라도 세계와 타자에 대한 근본적인 애정과 예의는 결여되어 있을 가능성이 농후하다. 전위를 이미 만들어져 있는 체제에 대한 어떤 신경질적이고 변별적인 태도로만 규정짓는 한, 다시 말해 '일탈의 사촌동생'쯤으로 여기는 한, 전위는 흐름이 끊긴 웅덩이 혹은 한자리에 박힌 말뚝처럼 살아 있는 것처럼 보이지만 실상은 이미 오래 전에 죽은 박제일 수밖에 없다.

나 자신을 포함해, 젊은 작가들은 다른 작가와 나 자신을 구별하지 않으면 안 된다는 강박증에 사로잡혀 있는 것 같다. 이것 자체를 나쁘다고 볼 수는 없다. 반복되는 것, 되풀이되는 것은 예술이라는 이름을 달고 존재할 필요가 없기 때문이다. 문제는 그 답을 세계 혹은 타자와 치열하게 부딪쳐 균열이 발생하는 지점에서 출발해 내재적인 자기갱신의 욕망으로 이동하는 어떤 운동 속에서 찾기보다는 다분히 외형적인 요소들, 이를테면 문학적 스타일이나 포지션이나 타 장르와의 혼성 퍼포먼스 같은 것을 통해서 비교적 쉽게 찾으려 한다는 데 있다. 그 유혹을 부채질하는 것이 바로 출판자본과 언론의 상업적인 이미지 조작이다.

사실 이런 발언은 메아리조차 기대할 수 없는 내부고발에 가깝다. 작가로서 글쓰기와 출판 편집자로서 책 만드는 일을 10년 넘게 병행해오는 동안 나는 최소한의 양심과 윤리의 유효성을 다시 되물어야 하는 난처한 상황과 종종 만났다. 이를테면 어떤 예술가의 권위가 어떻게 만들어지는지, 그 이미지가 어떻게 가공되고 유포되는지, 그 과정을 너무 가까운 근거리에서 보고 만 것이다. 아, 안 보면 좋았을 것을, 모르면 차라리 좋았을 것을, 나는 보았고 알아버린 것이다. 이 딜레마.

〈진주 귀걸이를 한 소녀〉를 보다가 잠에 들었다. 감독이 주도면밀하게 장악하고 통제하면서 연출해냈을 한 컷 한 컷을 접하며 아주 오래 전 고등학교 다닐 때, 서점 예술 코너에 하루 종일 주저앉아서 보던, 시험 기간 대학 도서관에 처박혀 넘겨보던 화집의 그 환각적인 잉크 냄새가 다시금 떠올랐다. 나는 얼마나 자주 황홀한 침을 삼켰던가. 그 황홀의 마성이 어지간히 지독했던지, 어느 순간 까무룩 잠에 빠져들었던 것이다. 영화를 보기 전에는 일본사람이 쓴 에곤 실레의 평전을 읽었다. 제목은 《에곤 실레, 벌거벗은 영혼》. 그리고 제프 버클리의 음악을 내내 들었다. 에곤 실레의 드로잉도 그렇지만 제프 버클리의 음색은 11월의 깊은 밤 겨울을 불러오는 바람의 목소리를 닮았다. 봄이 오는 즈음에 11월의 표정과 목소리를 읽는 것. 어쩌면 이것은 내 소소한 변태 취향인지 모른다.

한가로운 일요일 오전이다. 청신한 시인이 새로 쓴 시 한편을 읽어보고 싶은 시간이다. 오래 전에 다락방에서 우연히 발견한 어머니의 일기장이 떠오른다. 그 안에 몇 줄의 시가 있었던 것 같다. 나는 그 시를 마땅히 내 노트에 옮겨 적었어야 했다. 내 어머니는 지금 이 시간 시골의 어느 감리교회에서 찬송가를 부르고 계실 것이다. 나는 내 어머니의 신앙을 인정하는 편이지만 그것을 잘 견디지 못한다. 인정하지만 견디지 못하는 것. 사실상 어머니와 나 사이의 모든 문제는 그로부터 발생한다.

고민 속에서도 환각 속에서도 시간은 이렇게 간다. 어리석음 속에서도 치기 속에서도 시간은 이렇게 간다. 시간은 가르치려 하지만, 인간은 배우려 하지 않는다. 인간은 자신에게 유리한 시간만을 기다린다. 나는 시간을 보고 있다. 내 손등에 내려앉았다가 미끄러져 내리는 시간. 내 옷을 적시는 시간. 내 등을 툭 치고 달아나는 시간. 이어지고 끊어진 시간. 어젯밤 보다가 잠든 영화가 있다. 보던 부분부터 다시 볼 엄두가 나지 않는다.

 기자간담
회가 있었다. 새로 출간된 책의 언론 홍보를 위한 자리였다. 편집자 P가
예약해놓았던 곳이 너무 어두워서 급하게 변경한 장소다. 기자와 작가
들에게 문자와 전화를 수십 통 했다. 사람들이 하나둘씩 모였다. 시간이
지나서 보니 기대했던 것보다 훨씬 많은 기자들이 와 있었다. 그 앞에
나서서 어설픈 오프닝멘트를 하고 기자들에게 작가를 소개했다. 맥주를
마셨다. 작가와 기자들과 어울렸다. 기자들의 질문에 답했다. 같은 대답
을 세 번 한 적도 있다. 사진을 찍었다. 실내였고 조도가 충분치 않아 노
출을 맞추기가 어려웠다.

무교동은 무교동다웠다. 발목이 아팠다. 3주 동안 하고 있어야 한다
는 깁스를 일주일 만에 풀었다. 깁스를 한 채 기자간담회 개회사를 하고
싶지는 않았기 때문이다. 더 정확히 말하면 깁스한 다리로 무교동을 절
룩거리고 싶지 않았다. 하지만 발목이 아팠다. 걸을 때마다, 특히 계단을
오르내릴 때마다 아팠다. 깁스를 풀고 나름대로 꾀를 부린다고 제대할
때 신고 나온 군화를 찾아 신고 꽉 조여 맸는데 별 효과를 보지 못했다.

기자간담회는 잘 끝났다. 회사 동료들과 뒤풀이를 했다. 소주를 몇 잔
마셨다. 발목이 아팠다. 택시를 타고 귀가했다. 누군가 내 발목에 키스
를 해주면 나을 것만 같아. 그런 생각을 하며 차창 밖 밤거리를 바라보
았네.

 동료들의 모임에 참석했던 N이, 그 자리에서 내 이야기가 나왔다며 이런 말을 해줬다. "그가 어떤 사람인지 도통 모르겠다"는 것. 조금 서운한 마음이 들기도 했지만 대체로는 깊이 안도했다. 나는 당신들이 모르는 사람이 되고 싶은 사람이니까. 언제부터 이런 희망이 생겼는지는 모르지만, 시간이 지날수록 이 갈망은 좀 더 명확해진다. N에게 어떤 음악을 들려줬는데, 그 음악을 연주한 밴드 이름을 잘못 말해줬다는 걸 뒤에 가 깨달았다. 다음에 만나면 정확한 밴드의 이름을 알려주리라. 비가 왔고 기온은 내려갔다. 창밖을 보면 11월 날씨 같다. 어제는 일요일이었고 내일은 공휴일이다.

월차를 내고 집에서 쉬고 있다. 지난 토요일부터 내일까지 나흘 연속 쉬게 되는 셈이다. 왼쪽 다리는 여전히 깁스 상태다. 집에서 하는 일이라곤 책 보고 음악 듣고 뉴스시간에 TV 켜는 일뿐. 자격미달인 몇 권의 시집에 묻은 내 체온을 지우기로 한다. 이럴 땐 참으로 입맛이 쓰다. 현대인은 산 속이 아니라 도시 속에 숨는다. 대형마트에서 카트를 끄는 똑같은 얼굴의 사람들. 그들이 연출해내는 일상은 더없이 평범하다. 그들은 모두 적당히 피로하고 적당히 설레어 보인다. 그들 중에는 10년 전 유아를 유괴해 살해한 사람이 있을 수도 있고, 어젯밤 노모를 폭행한 사람이 있을 수도 있다. 평범이야말로 가장 전위적인 일상의 양식이다.

깁스를 풀면 가볍게 몸을 흔들 수 있는 바에 가야겠다. 세계의 조롱은 잠시 뒤로 하자. 적은 밥과 휴식, 상상력만 있으면 당분간 훌륭하게 죽음에 맞설 수 있다.

생장점을 손으로 가린 겨울나무들

어제는 여덟 시쯤 퇴근해서 My chemical romance 를 이어폰으로 들으며 소주를 마셨다. 두 병 조금 넘게 마신 모양이다. 그러면서 다시 치러내야 하는 1년의 미래를 생각했다. 이 음주행각은 열한 시쯤 끝났다. 요즘은 뒤늦게 My chemical romance만 듣는데 전반적인 분위기가 Muse와 비슷한 것 같다. 차이라면 뭐랄까, Muse가 좀 전형적이라면 이네들은 좀 더 거칠다고 해야겠다. 제라드 웨이의 보컬은 청량하고 그 느낌이 풍부하다. 오늘은 우선 중요한 회의를 해야 하고 모레 잡혀 있는 미팅의 자료를 준비해야 한다. 아침 기온이 어제보다 조금 올라간 것 같다. 얼룩말 같은 줄이 쳐져 있는 폴라 티를 입었다. 누군가가 나를 사냥총으로 쏠지도 모른다.

힘들었던 월요일이 무사히 지나간다. 자전거를 타고 달리다가 모자를 떨어뜨린 꿈을 꾼 게 이삼일 전쯤.

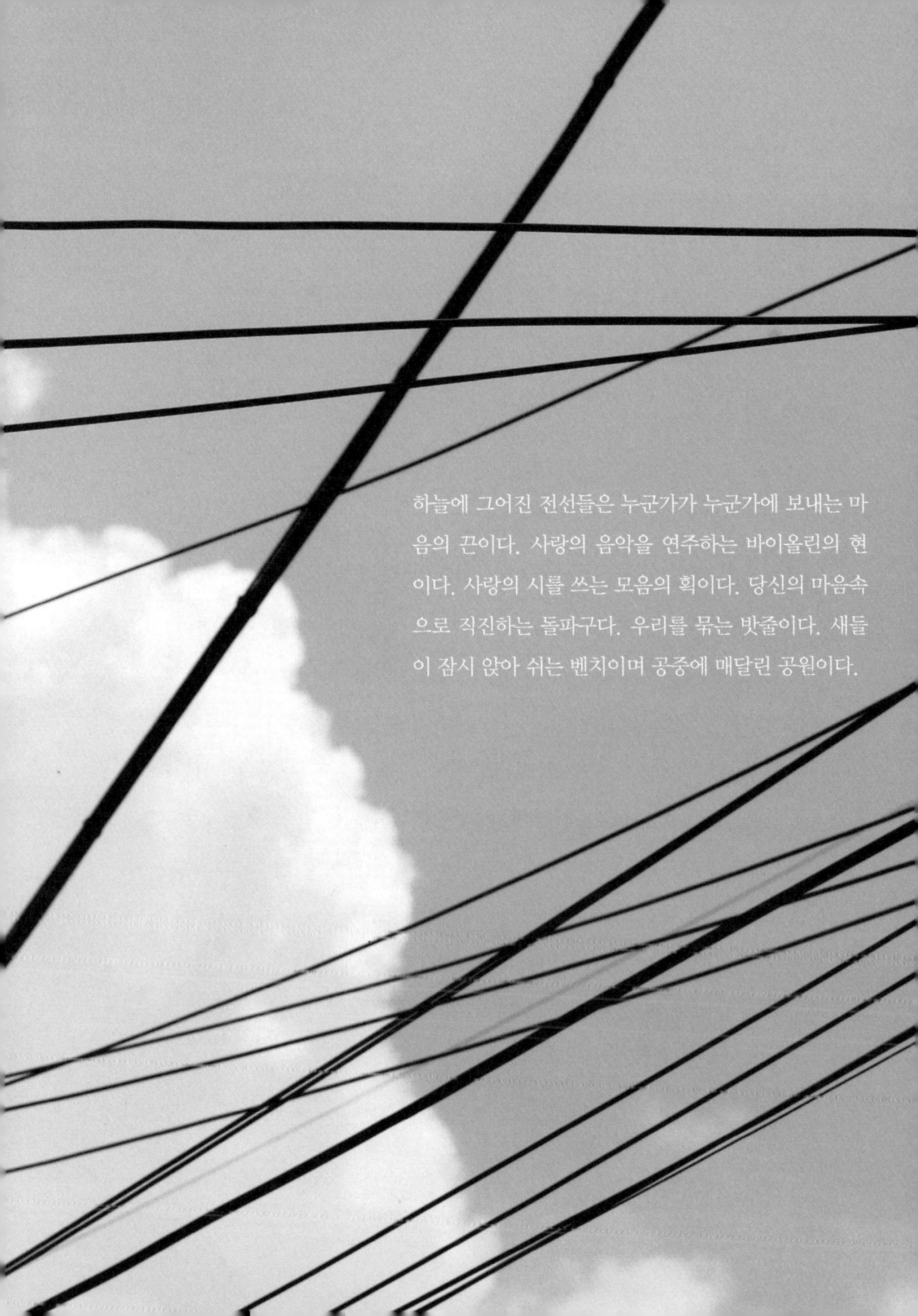

하늘에 그어진 전선들은 누군가가 누군가에 보내는 마음의 끈이다. 사랑의 음악을 연주하는 바이올린의 현이다. 사랑의 시를 쓰는 모음의 획이다. 당신의 마음속으로 직진하는 돌파구다. 우리를 묶는 밧줄이다. 새들이 잠시 앉아 쉬는 벤치이며 공중에 매달린 공원이다.

멀리서 온 소식은 없고,

바닥에 쌓인 눈은 조금 더 더러워졌다.

E선배님과 통화했는데,

내가 선배님이라고 부른 지 얼마 되지 않는 분이다.

아무리 황홀할지라도

불안아, 너무 빠르게 오지는 말아라.

　　　　　소설에 손을 못 대는 대신 잡문을 많이 쓰고 있다. 월간으로 나오는 모 대기업 사보에 1년 동안 인터뷰 고정란을 맡기로 하고 그 1회 원고를 넘겼다. 우리나라의 대표적인 작가들을 만나 그들의 작품세계를 조망하는 코너다. 그리고 1년째 주간신문에 사진에세이를 연재하고 있다. 선배가 하는 신문인데 원고료 안 받는 대신 가끔 소주를 얻어먹는다. 대한항공 기내지에도 격월간으로 사진에세이를 쓰는 중이다. 그런 차에 모 계간지에서 마련한 김승옥 선생님 특집의 한 꼭지를 맡아 쓰기로 했고(김승옥 선생님이 직접 청탁한 거라 차마 거절할 수 없었다.) 2주 전쯤에는 《대산문화》로부터 고전 리뷰 청탁을 받았다. 둘 다 마감이 코앞이다. 급기야 어제는 잡문들 마감 압박에 시달린 나머지 간만에 들어온 계간지 소설 청탁을 거절하고 말았다. 이거 뭔가 잘못되고 있는 느낌이다. 잡문 쓰느라 소설을 못 쓴다니.

　　천양희 선생님이 새로 나온 시집을 보내주셨다. 창비시선 326번 《나는 가끔 우두커니가 된다》. 첫 페이지부터 선생님다운 단정하고 고요한 시가 펼쳐진다. 차라리 꽃잎이 한 장 책갈피 속에 내려앉은 인상. 이를테면 이런 시행.

꽃 필 때 널 보내고도 나는 살아남아
창 모서리에 든 봄볕을 따다가 우표 한 장
붙였다 길을 가다가 우체통이 보이면
마음을 부치고 돌아서려고

2월에 나오는 장편소설의 제목을 놓고 막판 고심 중이다. 원래 붙였던 제목이 작품의 내포된 의미를 제대로 반영하지 못하는 것 같다는 의구심 때문이다. 장편이건 단편이건 제목은 늘 중요하다. 얼마 전에는 제목을 잘 지은 덕분에 모 드라마에 내 책《이토록 사소한 멜랑꼴리》가 소개되었고, 적지 않은 가외의 인세 수입을 기대할 수 있게 되었다.

그렇지만 지금의 나는 기쁨이 없고,
극심한 복통 때문에 조퇴를 해야 할지 고민 중.

트위터를 통해서 아침 일찍 박완서 선생님이 돌아가신 걸 알았다. 뉴스를 검색해보니, 여섯 시 십칠 분 경에 영면에 드셨다고 한다. 선생님을 마지막으로 뵌 게 지난 해 시월 생신 무렵이었으니 석 달 전쯤의 일이다. 그날 출판사의 편집자로, 그리고 까마득한 문단의 후배로 회사의 오너와 함께 선생님의 팔순 생신 인사를 드리러 경기도

구리시 아치울 마을의 선생님 자택을 방문한 참이었다. 그날 선생님은 호텔에 가서 맛있는 점심을 사주시며 밝게 웃으셨다. 수술도 잘 되었다면서 여전히 삶에 대해 넘치는 의욕을 보여주셨다. 그날 나는 내가 처음 읽은 선생님 소설에 대해서 이야길 했고 선생님은 귀 기울여 들어주셨다. 이렇게 빨리 우리 곁을 떠나실 줄이야.

사실 정서적으로 선생님의 소설은 내가 생각하는 문학과 꽤 거리를 두고 있다. 한국의 문학 지도에서 매우 중요한 지점을 차지하고 있는 작가라는 건 인정하면서도 나는 내가 선생님 문학의 사도가 될 수는 없다는 것을 제법 일찍 알아차린 것이다. 선생님이 당신의 작품을 통해 지향하셨던 가치들 이를테면 가족, 공동체적 동질감, 반전, 양성평등, 비폭력 등이 너무나 보편적 조건이어서 오히려 덜 매력적으로 보였을지 모른다. 그러면서도 선생님 책이 나올 때마다 의무적으로 읽곤 했다. 그런데 언젠가부터, 문학이라는 우주를 관장하는 신이 선생님을 대리해서 우리에게 하고자 했던 말이 혹시 이런 것 아니었을까 하고 고개를 끄덕이는 일이 잦아졌다. 그러니까 최후의 문학은 사랑의 증언이어야 한다는 당위에 대한 동의랄까.

선생님은 생전의 인터뷰에서 "나는 악인을 묘사하는 데 능숙하지 못하다"고 여러 번 말씀하셨다. 그만큼 선생님의 타고난 성정이 인간의 사랑을 발견하고 그것을 고무하고 선양하는 데 맞춰져 있었기 때문일 것이다. 그게 작가로서 선생님만이 맞출 수 있는 주파수였던 셈이다.

이제 선생님을 다시는 뵐 수 없다. 내 안에서 동의하는 데 꽤 오랜 시간이 걸렸던 선생님이었던 만큼, 그의 부재가 좀 더 서러울 것이다. 내일 직접 빈소에 가서 선생님의 명복을 빌어드려야겠다. 스물여섯에 홀연 세상을 등져 선생님께 지극한 슬픔을 안겼던 아드님과도 이제 해후하시겠구나.

 만나 다자이 오사무 전집 기획건을 논의했다. 선생님은 각 작품별로 번역자를 몇 사람 추천해주셨다. 지금 책상 위에는 일본 카도카와 출판사(角川文庫)에서 출간된 다자이 오사무 전집 열 권이 놓여 있다. 이를 저본 삼아서 한국어판을 만들려고 한다. 오전에는 Gloria Steinem의 책을 검색했고 점심은 편집부원, 그리고 디자인실장과 먹었다. 오늘 백반에는 잡채와 미역국이 나왔다. 점심 먹으면서 돌아가신 박완서 선생님에 대한 이야기를 나누었다. 점심 먹고 나오니 햇빛이 비치는 부분의 눈이 녹고 있었다. 같이 내려왔다가 먼저 녹아 없어지는 눈은 그렇지 않은 눈에 대해 어떤 생각을 가질까.

올겨울은 아무 일도 일어나지 않았다는 점에서 매우 인상적이다. 정말 뜬금없이 든 생각인데 문학은 아무도 모르게, 그러니까 자기 자신조차도 모르는 사이에 프로그래밍 되고 아무도 모르는 사이에 작동되는 우주의 원리 같은 게 아닐까 싶다. 예를 들면 지구의 자전이나 달의 공전 같은 것. 하지만, 나를 포함한 지금의 많은 작가와 시인들은 자전을 하는 게 아니고 억지로 끌고 간다. 자전할 힘도 자존심도 없다. 그리하여 우리는 한번쯤 선언해야 한다. "나는 가짜다"라고. 그리고 다시 시작할 기회를 가져야 한다. 작가에게 자기부정은 아무리 자주 해도 지나치지 않다. 언제가 될지 모르지만, 회사 일을 그만두게 되면 1년 동안은 걸어 다닐 생각이다. 걸어 다니면서 반성할 거다. 어디건 발길 닿는 대로 걸어볼 생각이다.

　　　　　확실히 우울증이 온 것 같다. 인사동에서의 외근을 마치고 회사로 복귀하는데, 버스 차창 밖으로 휭 몸을 던지고 싶었다. 눈이 녹는 거리는 더러웠고 사람들의 표정도 흔쾌하지 못했다. 무엇으로 사는가에 대한 대답이 궁색해졌다. 나는 단 한 번도, 그것이 내부로부터 주어진 것이든 외부로부터 주어진 것이든 질문이란 걸 두려워한 적이 없는데, 지금 내게 주어진 질문은 두렵고 막막하다. 무엇으로 사는가. 믿을 수 없게도 이즈음의 나는 웃을 일도 없고 울 일도 없다. 동의해야 할 일도 없고 극렬하게 저항해야 할 일도 없다. 밥은 언제나 삼분의 일을 남기고, 구두 굽은 바깥쪽부터 닳는다. 내가 기다리는 가수는 노래하지 않고 댄서는 발목 불량.

 딱 두 부류뿐이다. 문학을 교환가치로 생각하는 부류와 실질가치로 생각하는 부류. 이건 좀 불우하고 민망한 생각이지만, 이 생각을 포기하고 싶지는 않다. 문학을 통해 자리를 얻고 생계와 명분의 요소를 구하고 사회적 자아를 충족하는 것이 교환가치로 문학을 좇는 사람들의 욕망이다. 반면 문학을, 하지 않으면 안 되는, 매우 절실하고 그렇기 때문에 비조직적인, 어떤 불가해한 생활의 태도로 받아들이는 이들이 실질가치로서의 문학을 좇는 이들이다.

이 두 부류를 놓고 도덕적으로 재단하는 것은 매우 마땅치 않은 일이다. 두 부류는 쉽게 나누어지기 힘든, 어느 정도 겹치는 부분이 있기 때문이다. 나 역시 실질가치로서의 문학을 옹호하지만 문학 활동을 통해 얻는 세속적 이익에 전혀 무심하지는 않다. 하지만, 어쨌거나 나는 문학을 실질가치로 받아들이는, 예컨대 저 낭만주의 시대의 환상에 여전히 취해 있는 이들이 진짜 문학에 가까운 문학을 하고 있다고 생각한다. 이 황홀한 도취는 비경쟁과 정신의 가난을 전제로 한다.

한국문단은 문학을 교환가치로 여기는 자들에 의해 장악되어 있다. 산업적 상상력이 문학 주체들의 윤리를 지배하고 있는 것이다. 그들은 명목상으로는 문학의 실질적 가치를 전면에 내세운다. 그건 마치 북한 정권이 민주주의라는 말을 공산당 규약에 넣은 것과 같은 맥락이다. 문단을 장악한 주류들은 선생으로, 편집위원 혹은 기획위원으로, 예심 혹은 본심의 심사자로 교환가치라는 구동원리를 통해 문학의 생태계를 구

낮달을 가리키는 화살표. 그 방향이 조금 어긋났다.
하지만 괜찮아. 너는 화살표의 뒷면이니까.
지상의 좌표인 화살표와 하늘의 좌표인 달.
갸륵한 저녁나절이 덜 춥다.

체적으로 재현해나간다. 그리고 그 파이를 n분의 1로 나누어먹는다. 좋은 게 좋은 거란다. 홀로 골목에서 골방에서 전면의 시야를 가로막는 벽과 싸우는 대신, 그들은 살롱이나 극장 같은 데 모여서 노래하고 낭독하고 예쁜 잔에 따른 붉은 술을 마신다. 그게 현대문학의 왜곡된 초상이다. 이 장면을 곁눈질하는 신인이나 문학 지망생들은 등단과 동시에 화려하게 비상하는 셀러브리티의 삶을 선망한다. 오늘의 문학은 분하게도 경쟁하지 않고 염탐하지 않는 가난한 정신을 잃어버렸다.

어제 회사를 찾아온 신동옥 시인과 맥주를 몇 잔 마셨다. 그와 내가 정서적으로 동일한 베이스를 갖고 있다는 걸 확인했다. 그와 나는 문단 쪽으로 드리운 우리의 안테나 혹은 촉수를 불편하고 부끄럽게 여긴다. 이 안테나를 기어이 끊어버려야 하는데, 그게 참 고약하구나. 문학은 고발하고 싶은 변심한 애인 같은 것. 하지만 정이 무섭다. 신동옥 시인이 올해 문학동네에서 두 번째 시집을 낸다는데, 뒤표지의 추천사를 내게 부탁했다. 나는 딱 잘라 거절했다. 내가 원망스러울지도 모르지만 그는 보다 강력한 품에서 보호되어야 한다. 참, 그가 최근 웹진에 발표한 〈무궁동 왈츠〉, 그 시 참 좋더라.

끈덕끈덕

위아래 더러운 입술은 서로 저희를 안고 풀지 않았다

마른 혀로

서로는 축였다

– 나라는 인간이여, 당신의 축은 무너지지 않았는가?

　　― 끝없이 흔들리는 의자에 앉아 스스로를 시험하는 순간에도

　　― 영원히 회전하는 만화경의 한 가운데 점으로 꽂히며

　　― 응

　　― 응?

　　혓바닥에 얼어 굳은 침으로

　　서로는 녹였다

　　기침은 허파를 찢는 톱날처럼 네 고요를 고함친다

　　― 신동옥 〈무궁동(無窮動) 왈츠〉 중에서

　　우울증이 오래 간다. 아무것도 하고 싶은 게 없다. 노인처럼 따뜻하고 좁은 곳에 숨어 있고 싶다. 날씨만 좀 따뜻해지면 한강에 나가보는 것이 제일 좋은데. 한강의 물빛은 내 멜랑콜리를 가장 오랫동안 보아왔던 대상이다.

　　추워서 아무것도 할 수 없다. 무엇보다 마음이 얼어붙었다. 지금이 하루 중 기온이 가장 높을 시간인데도 영하 7도. 내일 아침 기온은 영하 13도까지 떨어진다고 한다. 독한 술을 마시고 싶기도 하지만 내 몸이 버텨줄지 모르겠다. 우리 집은 간질환을 가족력으로 가지고 있다. 아버지와 작은아버지가 그 때문에 차례차례 쓰러졌다. 하지만 대수롭게 생각하지는 않는다. 처음부터 심장병이 있다거나 신체적 기형을 갖고 태어나는 운명에 비하면 아무것도 아니다. 알코올이 그동안 나를 적잖이

위무했다. 알코올은 견고한 생활의 질서를 견디는 동안 생채기가 난 영
혼을 달래주었고, 얄은 상상력에 기름을 부어넣어 주었으며, 만성적인
불안과 공포를 효과적으로 다스리게 해주었다. 그런 까닭에 나는 술을
끊을 생각은 조금도 없다. 2011년 1월 29일 토요일, 생장점을 손으로
가리고 무작정 불리한 날씨를 견디는 겨울나무들에게 눈길을 좀 더 줘
야겠다.

이모, 나의 이상한 이모

한국일보문학상 시상식장에 다녀왔다. 수상자인 황정은 씨를 축하하기 위해서였는데 그녀는 우리 회사의 청탁으로 원고를 쓴 필자이기도 하다. 의외로 시상식장은 한산했다. 동료문인들도 그다지 보이지 않았고 또래 소설가들은 더더욱 없었다. 더욱 특이했던 것은 수상자의 가족조차 시상식에 오지 않았다는 사실이었다. 비로소 알게 되었다. 황정은 씨가 무척 고독하고 단출한 사람이라는 것을. 아니 외롭고 높고 쓸쓸한 사람이라는 것을. 나는 황정은 씨의 소설을 더욱 신뢰할 수 있겠다는 생각이 들었다. 그의 뼈저린 맑은 적막이 그의 소설에 푸른 독의 향기를 선사하고 있다는 확신이 들었다.

어이없게도 어떤 작가들은 적막을 빌리기도 한다. 그의 내부에서는 적막이 태어나지 않으므로 할 수 없이 적막을 어디선가 빌려오는 것이다. 그것은 가짜 적막이다. 그의 곁에는 사람들이 흘러넘친다. 그러면서 그는 끝없이 외롭다고 하소연한다. 자신은 외롭고 고독한 존재라고 스스로 맹렬하게 주문을 건다. 그의 적막은 인사도 잘하고 사회성도 밝은 이상한 적막이다. 〈백치 아다다〉의 소설가 계용묵이 죽었을 때 그의 빈소에는 사람이 거의 없었다고 한다. 그의 성격이 얼마나 까탈스러웠는지는 모르지만, 나는 이런 자를 좋아한다. 보통의 사람들이 옆에 잘 가려고 하지 않고 거리를 두려는 자. 황정은 씨에 대해 말하다가 이상한 이야기만 길어졌다. 창비에서 내기로 했다는 그의 소설집이 기다려진다.

시상식장에는 뜻밖에 김승옥 선생님도 계셨다. 시상식 공식순서가 끝나자마자 나는 선생님께로 달려가 반갑게 인사드렸다. 선생님도 나를 보시곤 활짝 웃으셨다. 그러곤 곧 펜과 메모장을 꺼내 필담을 시도하셨다.

선생님 : 연말이 지나기 전에 한번 보지요.

나 : 네, 지난번 충무로에서처럼요.

수상자와 그 자리에 온 출판사 관계자들, 문인들 몇몇과 인사를 나누고 있는 사이에 김승옥 선생님은 시상식장을 빠져나가신 모양이다. 아, 인사를 드렸어야 했는데.

어쩐지 슬픈 노래, 충무로처럼. 충무로처럼.

오랫동안 질질 끌어오던 기획제안서 하나를 만들었다. 내일 할 수 있는 일은 웬만하면 오늘 하지 말자는 이 장난기 가득한 오기를 언제쯤 버릴 수 있을까. 오후에는 사무실을 방문한 신동옥 시인과 회사 근처에서 차를 마셨다. 동옥이 가방 속에서 꺼낸 귤 두 개를 까먹으면서 책에 대한 이야기를 좀 나누었다. 동옥은 오늘 구입한 거라면서 코란과 옥봉 백광훈 시집을 보여주었다. 나는 그에게 동안거 준비를 하는 거구나, 말했다. 외투를 입으려고 미적거릴 때 동옥이 급히 뛰어가 찻값을 냈다. 겨울이 차다. 차지만 맑다. 유리창에 차고 흰 것이 어른거린다. 우리는 서투르게 웃었다. 서투르게 걸었고, 걷는 흉내를 내면서 미끄러졌고, 한없이 서투르게 서투른 것들의 하늘을 훔쳐보면서 겨우 울지 않고 보낸 하루를 굽어보는 것이었다.

 주례 마케팅 회의를 주재하고 급히 서소문 중앙일보로 갔다. 문학 담당 신준봉 기자와 점심약속이 되어 있었기 때문이다. Y팀장이 나와 동행했다. 신준봉 기자와 밥을 먹고 차를 한 잔 마시고 있는데 김승옥 선생님으로부터 전화가 왔다. 나를 급히 보고 싶다는 것이었다. 선생님을 세 시경 합정역에서 만났다. 선생님은 나를 근처에 있는 크라운 베이커리로 데리고 가셨다. 그리고는 왼손바닥에 오른손 검지로 '팥'과 '아메'라는 글자를 쓰셨다. 팥이 든 빵과 아메리카노 커피를 주문하시겠다는 뜻이었다. 선생님과 함께 팥 앙금이 든 빵을 먹었다. 선생님은 일본현대문학을 시리즈로 기획해보라면서 번역자 한 사람을 소개해주겠다고 하셨다. 그리고 다음 달 중순쯤 일요일을 택해 춘천에 놀러가자고 하셨다. 청량리역에서 열차를 타자는 것이었다. 춘천에 맛있는 불고기집이 있다고 했다. 선생님은 포스트잇을 꺼내 계속 필담을 시도하셨다. 선생님의 손끝에서 쓰인 이름들은 염무웅, 이어령, 곽광수, 지명관, 김병익 등이었다. 선생님과는 내일 일본문학 번역자와 다시 만나기로 약속했다. 선생님과 춘천의 불고기집에 꼭 갈 수 있으면 좋겠다.

 해야 할 일도 많고 하고 싶은 일도 많다. 어쨌거나 내년에도 많은 이들에게 사랑 받는 좋은 책을 만들어서 성과에 대한 부담 없이 즐겁게 일할 수 있으면 좋겠다. 동료들과도 잘 소통했으면 좋겠다. 눈은 오다가 그쳤고 나는 여전히 차가운 녹차만 마신다. 테일러 스위프트가 제이크 질렌할과 연애를 시작했다는 걸 최근에 알았다. 제이크 질렌할은 〈브로크백 마운틴〉에서 히스 레저의 동성애 파트너 역을 맡았던 바로 그 배우다. 두 사람의 나이 차는 여덟 살. 잘 어울리는 커플이다. 구제역 파동으로 40만 마리 넘는 소와 돼지들이 땅에 파묻혔다. 그들의 영혼은 누가 위로할까. 다른 나라에서는 구제역이 발생하면 발생농가의 가축만 살처분한다는데 우리는 지나친 과잉방어 아닌가 싶다. 저녁에는 일산에서 작은 송년모임이 있다. 취하지 않고 지하철을 타고 귀가하는 게 일차 목표.

 문학 특강을 듣고 있다. 특강 제목은 '작가들, 프랑스 상징주의에 빠지다'고 이를 기획

한 곳은 연희문학창작촌이다. 이 강의는 보들레르를 위시한 프랑스 상징주의 문학을 개괄하고 있는데 다루어지는 텍스트들이 매우 흥미롭다. 어제는 보들레르의 산문시 네 편을 함께 읽고 공부했다.

보들레르 이전 시대만 해도 유럽에서는 글쓰기 형식에 대한 모종의 합의가 있어서 역사 같은 사실의 영역은 산문으로 기술했고 문예창작물들은 운문으로 기술했다고 한다. 다시 말해 운문과 산문의 기능이 엄격하게 구분됐다는 것이다. 그런데 산문을 예술(시)의 영역으로 끌어들인 이가 있었으니 그가 바로 보들레르다. 그의 이름이 문학사에 기록된 이유가 바로 여기에 있다. 황현산 선생님은 젊은 시인들에게 절대적인 신뢰와 존경을 받고 있는 불문학자 겸 번역가다. 그는 말라르메와 아폴리네르 등 수많은 프랑스 시인들의 작품을 번역 소개했다. 아무튼 공짜로 고품격의 강의를 들을 수 있는 이 겨울의 행운이 아주 마뜩하다.

―――――――

오늘 일본에서 이모가 온다. 내 어머니의 바로 밑동생인 그녀는 친척과 외척을 통틀어 가장 이질적이고 혁명적인 존재다. 야성미 넘치고 호탕한 성격이 마치 라틴 혈통의 여인 같은 이모. 내가 아주 어렸을 때 그러니까 초등학교에도 들어가기 전, 그녀는 내 손에 만 원짜리 더미를 안겨주기도 했다. 내 기억으로 열 장이 넘었을 거다. 물론 그 돈은 고스란히 어머니의 호주머니로 들어갔다. 이모는 껄껄껄 웃으며 내 엉덩이를 툭 쳤다. 그런 기억이 선명하다. 전통이나 습속에 조금도 고분고분하지 않았던 이모의 삶은 순탄치 않았고 결혼을 세 번이나 했다. 그녀에게 딱히 남자가 필요했던 것 같지는 않다. 아마도 남자들이 그녀를 가만 내버려두지 않았을 거다. 이모는 이 땅이 지겹다며 십여 년 전 일본으로 건너갔다. 현재는 도쿄 신주쿠 술집의 대표이자 마담이다. 그곳에서의 삶이 얼마나 만족스러웠는지는 모르지만 돈은 벌 만큼 벌었다고 한다.

그녀가 오늘 서울에 온다. 일본인 남자친구를 데리고. 일본인 남자친구의 이름이 설마 나카무라상은 아니겠지. 이모는 우리 집에서 하룻밤 묵을 예정이다. 나는 네 명의 이모 중 그녀를 가장 좋아한다. 그녀의 캐릭터가 내게 숱한 영감을 주었기 때문이다. 그녀를 상상하면 통쾌하다. 선비 같고 수녀 같은 우리 집안 방계 혈통의 가치를 순식간에 조롱해버리는 이모, 나의 이상한 이모.

분류기호 03810으로 정리되지 않는 글

단순하게 사는 방법을 궁리하고 있던 차에 "오늘이 한우데이니까 한우를 먹는 게 어때"라는 전화를 받았다. 그 전화를 받고서야 그래 바로 이거야, 라는 생각이 들었다. 한우데이에 소고기를 먹고 식목일에는 나무를 심는 것. 그게 단순한 삶의 절대적인 정답 같았다. 단숨에 종로로 나가 단순함을 부추긴 착한 친구들과 한우 불고기를 곁들여 소주를 먹고 2차로 맥주 몇 잔을 마셨다. 그리고 빙빙 에둘러 돌아가는 지선버스를 타고 집에 들어왔다. 그래 이거야, 라는 생각이 과연 지금도 유효한가 누가 묻는다면 글쎄.

큰형의 전화를 받은 게 오후 한 시쯤이었는데, 나는 사실상 그 전화를 받고부터 우울증 말기환자가 되었다. 울고 싶었지만, 꾹 참았다. 11월, 잘도 시작되는구나. 나는 울지 않는 것이 강한 것이라는 믿음을 갖고 있다. 사실상 그 믿음을 지킴으로써 나는 어느 정도 불화하는 세상에 맞설 수 있었다(고 지금도 생각한다.) 지금? 지금은 내 방 책상 앞에 앉아 맥주를 마시고 있다. 검고 진하고 향기로운 기네스를 마시고 싶었지만, 동네 편의점과 마트에서는 기네스를 팔지 않았다. 젠장, 날 희롱한 월요일 밤.

 시인 김경주의 결혼식에 참석했다가 시인 신동옥과 박장호를 만났다. 그들과 함께 응암동에 와서 맥주를 몇 잔 더 마셨다. 우리는 작가들의 정치적 소신과 발언에 대한 의견을 나누었지만 어떤 결론에도 도달할 수 없었다. 언제나 성급한 나는 밑도 끝도 없이 내가 회색분자이며 유미주의자라는 사실을 밝히고 말았다. 내게 있어 유미주의자란 도덕적 판단을 가급적 최대한 유보하는 자다. 그 유보 자체가 어떤 결사적인 옹호의 산물이다. 당연한 말이지만 정치에서 말하는 정의와 도덕은 왕왕 불일치하기 때문에, 도덕 자체를 부인하는 것은 커다란 실책일 수 있다. 이런 말들을 차근차근 그들에게 이야기하고 싶었지만 결국 실패했다. 결혼식에 초대된 밴드는 〈내가 고백을 하면 깜짝 놀랄 거야〉와 〈Too drunk to fuck〉을 불렀고 그 사운드가 여전히 귓가를 맴돌고 있었다. 장호와 동옥은 전기를 이용한 동력으로 끌어올리는 인공하천의 폭포를 바라보며 차갑고 싱거운 맥주를 마셨을 뿐이다. 차갑고 싱거운 맥주는 맛은 없지만 정신건강에는 좋은 것 같다.

도덕주의는 인과적 이해가 들어갈 자리에 허황되게도 도덕적 판단이 침입했다는 것을 가리킨다. 그것은 전형적으로 일상생활이나 정치적인 가치평가 모두의 경우에 윤리적 용어 자체의 '인플레이션'을 유도하여 잘못된 수사학으로 이끌어간다.

　페리 앤더슨이라는 역사학자가 한 말이다. 나는 그것에 대체적으로 동의한다.

　　　　　　　온라인에 발표된 어떤 아마추어의 시를 보고 든 생각인데, (그 시는 산문과 운문의 중간 형태였다.) 문학 장르의 기원 혹은 발생을 생각하면, 시는 확실히 문학의 근본으로 간주할 만한 장르인 것 같다. 시 쓰는 준규 형의 표현대로 그것이 '포에지' 개념으로 변이되거나 증폭될 때 그와 같은 사정은 더욱 분명해질 것이다. 그런데, 지금 시와 소설의 관계는 어떤 위상을 염두에 두고 그것이 존재하는 의의를 설명하기엔 지나치게 형태적 조건이나 상호 간섭의 양상이 복잡한 듯하다. 기껏해야 16세기를 기원으로 치는(개인적으로 세르반테스를 의식한 견해임) 소설의 경우, 짧은 기간 동안 부단한 진화를 거듭하여 지금은 뭐라 규정하기 어려운 다양한 형식을 갖게 되었으니 말이다. 현대의 소설 속에는 시와 희곡이 삽입되기도 하고, 음악의 악보나 사진이나 그림이 놓이기도 한다. 비유가 어떨지 모르지만 소설은 모든 것을 빨아들이는 강력한 진공청소기가 되었다. 물론 시 속에도 사진이 들어가고 그림이 놓이기도 한다. 하지만 소설은 마음만 먹으면 사진이 들어가고 그림이 들어간 시마저 빨아들인다. 이건 말하자면 '그림 속의 그림 속의 그림' 같은 형국이다. 그렇다고 소설이 시의 집이라거나 배후, 혹은 그림

자라고 말할 수도 없다. 그러니 이건 도대체 뭔가, 근원이 재료가 되고 형식이 바탕이 되기도 하는 이 기괴한 현대의 문학은?

개가 이불 위에 먹은 것을 토했다. 휴지로 닦고 이불을 걷었다. 개가 미안한 표정을 지었다. 세월이 가는 것도 문제지만 가지 않고 쌓여 있는 것도 문제다. 비우는 문제에 봉착하게 되기 때문이다. 언제나 결핍보다 잉여가 문제인 것이다. 하고 싶은 것이 별로 없다. 하고 싶은 것이 별로 없는 게 아니라, 하고 싶은 것을 비교적 무난히 절제하고 있다는 표현이 더 정확하겠다. 내 생각에 최근 몇 년 사이에 등단한 소설가들은 책을 너무 쉽게 내는 것 같다. 소설이 무엇인지, 그리고 글쓰기가 무엇인지 충분히 상상하고 사색할 시간이 주어지지 않는다. 사실 그것들은 누군가로부터 주어지는 게 아니고 본인이 취해야 하는 시간이다. 메이저 문학 출판사들이 너도나도 조생 귤을 수확하듯 막 문단에 나온 작가들에게 경쟁적으로 계약서를 내밀고 바코드를 새기고 있는 형국이다. 나는 등단하고 5년 만에 첫 책을 낸 것을 지금도 다행스럽게 생각하고 있다.

요즘 소설 쓰는 것을 자제하고 있다. 직장 일에 진념하기 위해서다. 나는 어떤 역할을 부여받고 이 회사에 영입되었다. 그것은 일종의 세약이고 나는 그 계약에 충실해야 한다. 소설을 쓰기 시작하면 어렵게 맞춰 놓은 균형을 잃을지도 모른다. 나는 균형을 유지하고 싶다. 균형을 유지하는 동안에는 죽음의 공포를 잊을 수 있다. 죽는 것이 두려웠던 적은 한 번도 없지만, 내가 모르고 보낸 사람이나 아직 이해하지 못한 어떤 기억 속의 사건들과 영영 작별을 한다는 것은 매우 안타까운 일이다. 그래서 시가 중요하다. 시는 소설보다 퍼스널리티가 강하다. 개인성의 심연을 묘사하기엔 시가 유리하다는 거다. 이를테면, 시는 시인이라는 개인의 역사다. 내겐 이미 다섯 권의 소설책이 있고 1월에는 또 한 권의 소설책이 나온다. 내가 정말 자랑스럽게 생각하는 것은 이미 쓰인 소설이 아니다. 그 소설들은 내가 의도한 대로 충분히 오해되었다. 그러니 임무를 완수한 것이다.

정말로 내가 뿌듯하게 생각하는 것은 정성껏 갈무리한 60편의 시다. 가능한 일이라면 언젠가 책으로 묶고 싶다. 굳이 시집이라는 이름이 붙지 않아도 된다. 한국의 시는 이미 훈련되고 학습된 세력에게 장악되어 있다. 장악된 조건을 수용할 이유는 없다. 이런 생각도 해보았다. 직접 손으로 60편을 정서해서 한정판 수제본을 하는 것. 이런 상상은 정신건강에 도움이 된다.

어제 오전에는 몸이 아파 회사를 그만두기로 결심한 후배와 잠시 차를 마시며 이야기를 나누다가 모험을 잃어버린 삶에 대해 생각했다. 찻집의 통유리를 통해 들어오는 햇살이 좋았다. 나는 지금 책상 앞에 앉아 있지만 이 시간에도 어디론가 가고 있다. 어디로 가고 있는지 굳이 알고 싶지 않다. 나는 행선지를 알 수 없는 삶을 긍정하는 편이다. 그런 마음으로 살고 있다.

계단에서 놀고 있는 나의 개, 포그와 포아. 포그는 쥘 베른의 《80일간의 세계일주》에 등장하는 멋진 영국신사의 이름에서 따왔고, 포아는 '포그의 아내'라는 뜻이다. 개는 내가 아는 가장 영험한 동물이다. 그 영험함이 평소 눈에 잘 띄지 않는다는 점에서, 개는 오히려 고양이보다 몇 수 위의 영험함을 갖고 있다.

점심 먹고 아내와 나무를 하러 산에 갔다. 개 두 마리를 앞세웠는데, 산길 중간쯤부터는 개들이 우리 부부를 끌고 간다는 느낌이 들었다. 이달 초에는 거실에 장작난로를 설치했다. 12월부터 본격적인 추위가 시작되면 난로를 때려고 한다. 그러려면 땔감을 미리 비축해둬야 한다. 오늘 구한 땔감나무는 약 30킬로쯤 되는 것 같다. 전원주택을 소개하는 포털사이트에 들어가 거기 올라온 집들을 구경했다. 뒤에는 산 앞에는 강, 너른 잔디밭과 통 유리창. 그런 곳에 살면 회의와 환멸을 넉넉히 제압할 수 있을 것 같았다.

소설가 K형이 귀농을 준비 중이다. 차근차근 정보를 모으고 공부를 하고 있는 듯하다. 그의 귀농이 매우 구체적인 플랜이라면 내게 귀농은 아직 몽상에 지나지 않는다. 경계하고 단속했는데도 서울 생활에 애증이 쌓여간다. 이 애증이 내게 문학적 영감을 안긴 것도 사실이다. 한적한 곳에 가서 살면 더 이상 글을 못 쓸지도 모른다. 그걸 과연 내가 원하는가. 내가 원하는 삶은 소설 쓰는 삶이 아니라 글 쓰는 삶이다. 궁극적으로 내가 쓰고 싶은 글은 문학의 외피를 벗겨낸 글이다. 그 어떤 도그마의 억압으로부터도 자유로운 글. 그러니까 문학으로, 분류기호 03810으로 정리되지 않는 글.

어젯밤에는 산 위에서 달을 보며 캔 맥주를 마셨다. 신동옥 시인과 함께였다. 그리고 그의 방으로 가서 맥주를 몇 잔 더 마셨다. 폐암으로 젊은 나이에 죽은 가수의 노래를 연신 흥얼거렸는데 그 노래는 떠난 사람을 그리워하는 노래다. 동옥에게 박정대의 《단편들》을 빌려, 아침에 지하철 안에서 읽었다. "나는 나를 부정하는 적의조차 완성하고 싶었다"에 눈길이 오랫동안 머물렀던가. 불리한 진술인지 모르지만 신동옥과 나는 체벌폐지 반대론자다. 인간은 모멸을 견디는 기회를 가져야 한다고 믿는다. 인간은 자꾸 실패해야 한다.

오늘은 모뉴멘탈한 시집이 나온 날로 기억될 가능성이 있는 하루다. 그 시집을 낸 시인 이준규를 나는 좋은 의미에서 '문학 동물'이라 부르고 싶다. 그의 체계는 질서를 지향하지 않는 체계이고 그의 질서는 체계를 지향하지 않는 질서다. 그 체계와 질서는 서로를 삼킨다. 그는 야성으로 문학을 물어뜯고 문학의 피를 음미하고 그것을 신호화한다. 좋은 동물들의 본능이 그렇듯이.

내 감각은 여덟.

내 지성은 열셋.

내 수사는 아흔여섯..

─〈칠월〉 중. 이준규 시집 《토마토가 익어가는 계절》 수록.

11월은 눈동자에 떨어지는 소금 같다

정신없는 날이다. 월요일이 원래 그렇긴 하지만 사장님 방에서 무수한 오더가 내려왔기 때문이다. 다섯 장짜리 기획안 페이퍼, 두 장짜리 열람자료, 여섯 장짜리 전면광고 문안 등을 급하게 만들었다. 그러니까 열세 장의 문서를 만든 거다. 이럴 때 어시스트를 해주곤 했던 후배 편집자 L이 오늘 하필 예비군훈련이다. 다행스럽고 고맙게도 Y팀장이 전면광고 문안의 반을 도와주었다. 거기에 이런저런 회의 세 차례. 그리고 L선생님께 조심스러운 팩스를 넣었다. 한 숨 돌리고 오늘 처음으로 녹차를 한 모금 마신다. 날씨가 회색빛이고 우중충하다. 마치 내 영혼처럼.

냉면을 먹다가 시인 이준규가 지나가는 걸 보았다. 정확히 말하면 내가 본 사람은 시인 이준규이거나 시인 이준규를 닮은 사람이었다. 나는 황급히 냉면 값을 치르고 그가 간 방향으로 뛰어갔다. 하지만 그는 사라지고 없었다. 그래서 나는 그가 시인 이준규인지 아니면 시인 이준규를 닮은 사람인지 끝내 확인할 수 없었다. 시인 이준규가 걸어간 길을 늦게 뛰어가는 오후는 불안해서 머리가 짧은 소녀들이 소리를 지르고 지하철이 문득 멈출 수도 있는 이 오후는.

잃어버렸던 열쇠꾸러미를 찾았다. 쥐도 새도 모르게 사라졌던 열쇠꾸러미는 옆집에 사는 이웃이 간직하고 있었다. 나흘 전쯤 대문 앞에서 주웠다고 했다. 그에게 사과 두 알을 감사의 표시로 주었다. 사과는 그게 전부였다. 다섯 알이 있었다면 다섯 알을 주었을 것이다. 열쇠꾸러미엔 대문 열쇠, 현관 열쇠 두 개, 차 열쇠, 사무실 열쇠가 달려 있다. 열쇠는 찾았지만, 너는 도대체 어디에 있는 거니?

내가 사는 집은 산과 닿아 있는 단독주택이라 다른 집들보다 추위가 빨리 찾아온다. 부지런히 월동 준비를 하고 있다. 어제는 주문했던 전기장판용 카펫을 택배로 받았는데, 계기판의 온도 게이지를 최고로 올려도 전혀 따뜻하지 않았다. 불량품인 모양이다. 월요일에 전화를 걸어봐야겠다는 생각을 하면서도 무척 씁쓸했다.

오전에는 창고 정리를 하면서 구석에 처박아두었던 장작난로를 청소했다. 집 앞의 비단산에는 지난여름 태풍 때 쓰러진 큰 나무들이 제법 있다. 구청 직원들이 그 나무들을 일정한 크기로 잘라서 쌓아놓았다. 덕분에 땔감을 무한정 구할 수 있게 된 것이다. 아이폰 시대에 땔감과 장작난로. 간만에 비단산을 천천히 산책했다. 올겨울 장작난로를 땔 계획을 세우면서.

신동옥은 신동욱이 아니고 신동옥이며 신해욱은 신해옥이 아니고 신해욱이다. 신동옥과 신해욱은 모두 시인의 이름이고 한 사람은 남자 한 사람은 여자인데 남자 시인의 이름 끝 자가 옥이고 여자 시인의 이름 끝 자가 욱이다. 그래서 일반적인 수준의 주의력을 가진 사람들은 역시나 부주의한 언어적 관습과 반복적인 학습에 의해 으레 남자 시인인 신동옥의 이름을 신동욱으로 바꿔 부르고 여자 시인인 신해욱의 이름을 신해옥으로 바꿔 부르기도 하는 모양이다. '욱'은 남자에게 '옥'은 여자에게 어울리는 글자라고 제법 당당하게 생각하는 것이다. 하지만 신동옥은 신동욱일 때 시인으로서 사망하고 신해욱은 신해옥일 때 시인으로서 사망한다. 그것은 시적 주체의 피살이며 그 주체에 의해 변주된 오마주들에 대해 감행된 대량학살이다. 그러니까, 사람 이름을 바꿔 부르는 것도 큰 실수인데 하물며 당신들의 부주의로 시인을 까닭 없이 사망에 이르게 한다면 그것은 씻을 길 없는 만행인 것이다.

시인 이제니가 보내준 시집이 도착했다. 시집의 제목은 《아마도 아프리카》. 이 시집은 이제니의 첫 시집이고 이 시집을 내기 전에 이제니는 시집을 낸 적이 없다. 이제 시집을 내기 전의 이제니는 사라졌다. 이처럼 시집은 어떤 사람을 순식간에 사라지게도 한다. 내 식대로 지껄이자면 세상의 시집에는 두 종류밖에 없다. 우는 사람에게 친절한 시집과 울지 못하는 사람도 있다는 것을 아는 시집. 나는 아직 이 시집을 다 읽지 않았지만, 어쩐지 이 시집이 울지 못하는 사람도 있다는 것을 아는 시집일 것만 같다.

울고 싶고 울어야 할 때 우는 자는 아름답고 착하다. 하지만 울고 싶어도 울지 못하는 이는 아프고 곤란하다. 어떤 시들은 아름답고 착한 것과 아프고 곤란한 것을 구분하려 애쓴다. 이제니의 시집은 아름답고 착한 것들의 마당에 앉아 노래를 부르면서도, 고개는 자꾸만 담장 너머 아프고 곤란한 쪽으로 돌리려는 어떤 맑고 사려 깊은 자의 안간힘 같다.

소설가가 막 되었을 때 경찰서를 몇 번 찾아간 적이 있다. 범죄 피의자 조서 같은 것들을 수집하기 위해서였으나 내 기대와는 달리 경찰들은 매우 비협조적이었다. 신출내기 작가의 취재 요령 역시 서툴기 짝이 없었을 것이다. 그러다가 근년에 S선배의 도움으로 거의 한 박스나 되는 범죄관련 기록을 확보할 수 있었다. 어제 그 자료들을 다시 한 장 한 장 눈여겨 살펴보았다. 그 중에는 범죄현장 사진과 칼과 해머 같은 각종 흉기에 의해 잔혹하게 살해당한 피해자들의 사진, 부검 현장 사진도 들어 있다. 그리고 내가 가장 원했던 피의자 조서와

매일 같은 자리에서 과일을 파는 아주머니. 거리의 밤이 깊어지고 아주
머니가 초조한 눈빛으로 인적 드문 거리를 내다본다. 과일 바구니가 좀
처럼 비워지지 않는 시간. 아주머니의 아들은 안으로 안으로 영혼을 깎
아지르는 외로운 시인으로 성장하지 않을까.

관련인 조사 기록 같은 것들도 있다. 지금까지 나는 그다지 주목받지 못한 소설책 다섯 권과 산문집 한 권을 펴냈다. 내년 1월에는 장편소설 한 권이 더 나온다. 이미 그 원고는 내 손을 떠나 출판사에 들어가 있다.

현재 나는 잠정적 절필 상태다. 소설을 한 줄도 쓰지 않고 있으니 소설가로 불리어지는 것도 민망한 호사다. 소설을 쓰지 않을 땐 아무도 소설가일 수 없다. 이제 내게 단 한 편의 소설이 남아 있다는 것을 안다. 나는 그 소설을 쓸 독을 기르고 있는 중이다. 내 마지막 작품이 될 소설은 도의, 위배, 욕망, 징치, 모순 같은 개념들을 구체화하게 될 것이다. 소설 속에는 네 번의 살인과 한 번의 살인 미수가 등장하게 되는데 S선배로부터 넘겨받은 자료는 훌륭한 참고가 될 것 같다. 몇몇 사람에게 '앞으로 장편소설 한 편만 더 쓰고는 미련 없이 소설을 떠날 것'이라고 이야기한 적이 있다. 아무도 내 말을 안 믿었다. 아무도 안 믿어주므로, 내 신념을 더욱 더 공고히 할 수 있는 환경을 제공받았다고 간주하기로 한다. 삶의 방향을 선회했을 때 일반적으로 감수해야 하는 불편과 당혹으로부터 오는 영감은, 어떤 낯익은 환경에 오래 붙잡혀 있으면서 누리는 편의나 안정보다 결코 누추하지 않다고 생각한다. 사무실엔 아직 아무도 출근하지 않았다.

점심에 디자이너실장과 부대찌개를 먹고 찻집에 가서 캐모마일을 마셨다. 캐모마일 향기를 맡으면 두통도 사라지는 것 같고 속도 편안해진다. 술 마신 다음 날에는 숙취 효과까지 있는 것 같다. 새로 시작된 캐모마일과의 사랑이 꽤 오래 갈 것 같다.

전남 장흥에 계신 H선생님과 통화를 나누었다. 그 정정한 목소리에 나까지 기분이 좋아졌다. 조율을 해야 하는 사안에 대해 기꺼이 동의해주셨다. 조금 있다가는 중앙일보로 L선생님을 뵈러 가야 한다. 중요한 사안을 컨펌 받으러 가는 것인데 결과가 좋았으면 좋겠다. 저녁에는 퇴사하는 직원 두 사람을 위한 송별회가 있다. 둘 다 좋은 이들이다. 다시 만나기 위해 헤어지는 것이라고 생각하겠다.

현직 대통령이 처음 말한 뒤 공정사회라는 말이 유행처럼 돼버렸다. 그런데 나는, 내가 염세주의자에 비극적 세계관을 가진 사람이라는 사실을 잠시 밀쳐두더라도, 우리 사회가 공정사회가 되는 것에 대해 비관적인 입장이다. 경쟁이 내면화된 사회에서는 그에 따라 발명된 반칙도 내면화되는 법이다. 자본주의 사회의 모든 룰은 사실상 반칙을 전제로 한다. 자본이 갖는 에피세트 자체가 잔인하고 불순한 욕망의 지형에 따라 규정되기 때문이다. 진정한 공정사회는 유토피아적 망상에 가깝다. 허각에게 슈퍼스타의 왕관을 씌워주는 것도 더 많은 반칙을 확대재생산하기 위한 눈가림용 아닌가라고 생각하는 건 지나친 삐딱함일까. 차라리 진짜 그랬으면 좋겠다.

군대 시절의 일화다. 상병이던 때, 막 이등병을 달고 자대배치를 받은 신병이 있었다. 이 신병은 부자 아버지를 둔 아역배우 출신이었고 곧 가장 편한 보직을 받았다. 그때부터 난 이 신병의 존재가 무척이나 불편했다. 그러던 어느 날 일과를 끝낸 부대원들이 다 같이 내무반에 모여 그해의 미스코리아 선발대회 중계를 보고 있었다. 그런데 프로그램이 시작되자마자 예의 신병이 어떤 후보자를 딱 지목하고는 '그녀가 미스코리아 진이 될 것'이라고 장담을 했다. 그 후보자는 자기가 잘 아는 친구이며 미스코리아 선발대회는 이미 다 정해놓고 짜고 치는 거라고도 했다. 고참들이 '너 사기 치면 죽어'라고 윽박질러봤지만 그 신병은 틀림없다며 되레 정색을 했다. 그런데 정말이었다. 마지막 순간 사회자는 미스코리아 진으로 신병이 처음에 지목했던 후보자를 호명하는 것이었다. 그 순간 최전방 군대에 끌려와 소총수가 되어 철책을 지키던 부대원들의 표정은 저마다 아, 이게 뭔가, 내 꼴 참 처참하구나, 중얼거리며 깊디깊은 자괴감에라도 빠지는 모습이었다. 그리고 고백하자면 그 순간 나는, 우리 사회가 가르치고자 하는 합리와 공정이라는 말을 어떻게 하면 (문학을 통해) 엿 먹일 수 있을까 궁리하기 시작했다.

목요일, 퇴사를 하는 두 사람의 동료를 위한 송별회가 있었다. 비록 다른 부서의 편집자들이었지만, 그 사이 같은 공간에서 일하며 정이 들었기에 섭섭하고 서운한 마음을 어쩔 수 없었다. 오늘은 10월의 마지막 날이다. 산책을 하고 들어와 냉수 목욕을 했다. 내일부터는 11월이다. 나는 어떤 글에서 '11월은 눈동자에 떨어지는 소금 같다'고 쓴 적이 있다. 내가 가장 좋아하는 계절을 묘사한 게 그 모양이다. 계절마다 특정한 정서를 갖는다고 가정한다면 11월은 나의 서정과 주파수가 가장 잘 맞는다. 차갑고 무표정하며 무엇보다 무언가 불안하다는 점에서 말이다. 아무튼 나는 11월에 가장 치명적인 글을 써왔다. 11월에 마시는 술이 가장 맛있었으며, 11월에 가장 아름다운 친구들을 만났던 것 같다. 11월이면 나는 가장 극적이고 명료해진다. 어쩔 수 없이 말이다.

'어머니'는 취향의 문제인가

K형의 결혼식에 다녀왔다. 결혼식 장소는 도곡동 군인공제회관이었다. 거기까지 버스와 지하철을 이용했는데 한 시간 반 정도가 소요됐다. 서울에서 서울을 가는 데 한 시간 반이 걸리다니. K형의 표정은 다소 긴장한 것처럼 보였고 신부는 잘 웃었다. 오늘 태어난 이 부부가 행복하게 잘 살았으면 좋겠다.

오래 전에 읽다가 밀쳐두었던 이스마엘 카다레의《부서진 사월》을 다 읽었다. 그는 인간과 역사의 역설을 이해하는 사람 같다. 하지만, 소설 전개의 방식이 매우 전형적이고 고전적이라는 느낌이 들어서인지, 그 작품이 크게 와 닿았다고 말할 수는 없겠다. 그의 다른 소설을 찾아서 읽고 싶다는 생각도 들지 않는다. 그는 매년 유력한 노벨문학상 후보로 거론된다고 한다. 지금은 와해된 동유럽 구공산권 국가를 조국으로 둔 (카다레의 조국은 알바니아다.) 작가들에 대해 서방세계가 갖는 연민과 격려 혹은 부채감 같은 게 아닐까.

태풍이 또 올라온다고 한다. 새로 올라오는 태풍의 이름이 '말로'라고 했다. 말로야말로 가장 적절한 태풍의 이름이다.

어떤 이의 블로그에서 우연히 찰스 부코우스키의 시를 읽었다. 찰스 부코우스키는 소설가이기도 하고 시인이기도 한데 내가 본 시가 그가 남긴 시 중에서 좋은 시에 해당하는지 아니면 평균 정도에 머무르는 시인지는 잘 모르겠다. 하지만 그 시는 그가 매우 파격적이고 자유를 숭상하고 술을 좋아했던 사람이라는 것을 분명히 이야기해주고 있다. 한 편의 시가 그 시를 쓴 이에 대해서 많은 것을 짐작하고 상상하게 하는 정보를 주는 것이 잘된 일인지도 역시 잘 모르겠다.

추석 연휴가 시작됐다. 고향에는 내려가지 않는다. 아버지 무덤에 마지막으로 가본 게 3년은 더 된 것 같다. 나는 의심할 나위가 없는 불효자다. 아버지의 무덤 앞에는 묘비가 하나 서 있고 그 묘비에는 내가 쓴 추모사가 새겨져 있다. 나는 그게 부끄러워서 아버지 무덤에 가는 것이 꺼려지는 거다. 날씨는 쾌청하고 어제는 제법 술을 마셨다. 회사에서 보내준 추석선물로 굴비가 도착했다. 아내는 굴비로 조림을 만들어서 밥 먹을 준비를 하고 있다. 밥을 한술 떠야겠다. 그리고 산책을 나가거나 책을 읽을 것이다. 재미있고 우아한 책을.

광활한 은하수 별자리를 떠돌다가 이생으로 잘못 뻗은 발, "이번 생
은 헛다리 짚었다"고 말하는 이들이여, 민망한 자기위안의 유통기한
은 그리 길지 않다. 그저 이번 생엔 열심히 사랑이란 걸 하자.

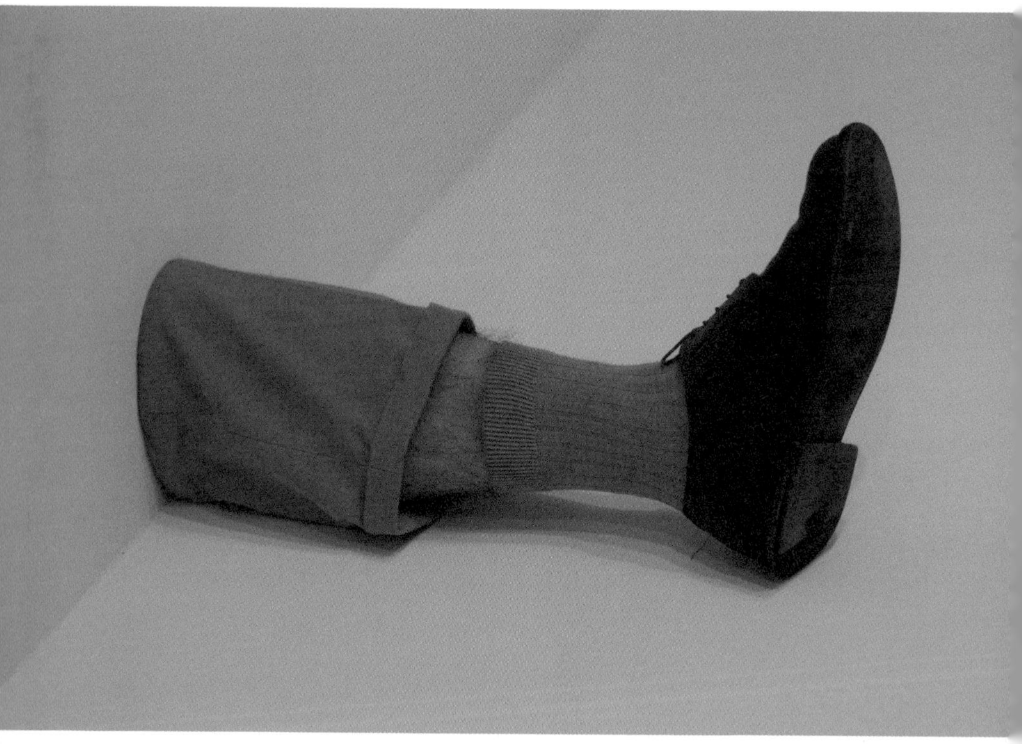

 때문에 점심이 늦어졌다. 디자이너로 일하는 후배와 동치미국수를 먹었다. 그녀와의 대화를 나누는 내 입에서 정의, 혐오, 불의, 분개, 관점, 환멸, 불이익 따위의 단어들이 쏟아져 나왔다. 동치미국수와는 전혀 어울리지 않게 말이다.

바람이 분다. 아침엔 비가 왔고 지금은 바람 분다. 각자에게 주어진 고독의 무게를 견디는 사이 바람이 불었다가 그치고 그쳤다가 분다. 고독은 바람의 세기나 방향에 따라서 색깔을 바꾼다. 내 경험에 의하면 거의 확실하다. 아이튠즈 다운 받는 것에 또 실패했다. 정규시즌이 끝난 올해 프로야구는 롯데가 우승했으면 좋겠다. 나는 두산 팬이지만 올해의 두산은 그다지 매력적이지 않다. K리그에서는 포항을 제일 좋아한다. 하지만 무심하기도 한 것이 나는 포항의 현재 순위를 전혀 모른다.

지하철에 사람들이 점점 더 많아지는 것 같다. 지하철 안에서 사람이 태어나기도 할 것 같은 기세. 누군가는 알을 낳고 누군가는 징소리를 울린다. 이청준 선생님의 《축제》를 다시 읽고 있다. 순전히 취향의 문제로 아주 오래 전 읽다가 내려놓았던 책이다. 그가 몇몇 단편에서 이미 노출시켰던 어머니와 고향에 대한 간단치 않은 심사들을 한데 데려다 놓은 이 작품은 우리 현대문학사에서 '어머니'라는 화두를 가장 노골적이면서도 완곡한 형태로 다룬 소설이 아닌가 싶다. 이 노골적이고 완곡한 형태란 작가의 자의식이 실제로 소설 속에 유입되는 과정에서 드러나게 되는데 작가는 자신의 기억 속에 너울져 있는 어머니라는 대상(어머니의 죽음과 장례는 작가의 기억을 극대화한다.)에게 복잡한 자의식을 덧대고, 이 모든 상황을 구성진 문체로 엮는 것이다. 이를 전체적으로 통어하고 조율하기 위해 선생님은 작가로서의 자신의 모습을 소설 속에 곧잘 등장시킨다. 여전히 이 소설은 내 취향의 지도에서는 복판에서 멀리 떨어진 한적한 곳에 있다. 그런데 나는 다시 이렇게 물을 수 있을 것이다.

'어머니는 취향의 문제인가?'

'어머니를 취향으로 판단할 수 있는가?'

이에 대한 나의 대답은 일단은 '잘 모르겠다'이다. 내 어머니에게 나는 아마도, 아니 틀림없이, 어처구니없는 아들일 것이다.

오전의 싱그러운 가을 햇빛이 사무실로 들어오고 있다. 눈부시게 반짝이는 금동거울 몇 개는 넉넉하게 구워낼 수 있을 것 같은 햇빛. 이천십년 구월 삼십일 목요일 오전 아홉 시 반. 나는 오늘 여기에 이렇게 존재한다.

텅 빈 것들의 전통

비는 심장에까지 닿지는 못했다

점심 먹고 한 시쯤 산책을 시작해서 한강까지 갔다가 조금 전 집에 돌아왔다. 온몸이 땀으로 흠뻑 젖었다. 한강 망원수영장에는 사람들이 가득했다. 철망이 쳐진 수영장을 한 바퀴 돌면서 그 안의 사람들을 구경했다. 그곳의 사람들은 배와 다리와 어깨를 다 드러내놓고 자신에게 무슨 일이 일어날 것인지를 무심히 기다리고 있는 듯했다. 8월이 시작됐다. 문득 오귀스트 콩트 같은 실증주의자가 떠오른다. 내가 만약 언어유희에 민감한 시인이었다면 콩트를 등장시키는 시를 썼을 것이다. 김영하의 신작소설집 《무슨 일이 일어났는지는 아무도》를 어제부터 읽고 있다. 조미료가 거세되고 손맛으로만 버무려진 나물무침처럼 담백한 맛이 난다. 일단 소설 속 등장인물의 사고와 행위의 동선에 군더더기가 없다. 주저흔 같은 게 없다는 말이다.

산책을 마치고 집에 들어오는데, 7715번 버스가 동네에 섰다. 그 버스는 운행주기가 꽤나 긴 버스로 운이 없는 승객은 30분 정도를 기다려야 한다. 그 버스가 서는 것과 동시에 말끔한 차림의 젊은 남자가 골목에서 튀어나와 버스 출입문에 올라탔다. 이상하게도 그의 행운이 무척이나 부러웠다. 그렇다면 나는 지금 행복하지 못한가. 세상 어딘가에 아무도 사랑할 수 없는 사람이 있다고 들었다. 요즘 들어, 혹시 그게 바로 내가 아닌가 하는 생각이 든다. 정말 그렇다면 이 딱한 노릇을 어찌 해야 할까.

물이 새는 집에서 출렁거리는 천장과 지붕을 등에 지고 무언가에 질린 눈빛으로 허공을 응시하는 내 모습을 꿈속에서 만났다. 이기지 않았다는 것, 그리고 실패했다는 것이 선의지의 표상이 될 수도 있는 시대를 살고 있다. 무언가 잘못된 게 분명하지만 개선하고 싶은 의욕도 생기지 않는다. 도시는 중병에 걸렸고 시골도 병원은 아니다.

소설가 김중혁의 에세이를 읽다가, 그에게 '햇빛 알레르기'라는 게 있다는 걸 알았다. 그래서 그는 한여름 해수욕장에 가서도 그늘을 찾아야 한다고 했다. 그 글을 읽고 '햇빛알레르기'라는 것도 다 있구나, 하는 생각을 무심코 하고 말았는데, 최근 내게도 '햇빛알레르기'라는 게 있다는 걸 알게 되었다. 외출을 하고 돌아오면 햇빛에 노출된 양쪽 팔에 좁쌀 같은 소름이 돋으면서 가려워지는 것이었다. 인터

넷을 찾아보니 의심할 여지없는 햇빛알레르기 증세다. 예전에는 햇빛알
레르기 따윈 전혀 모르고 살았다. 그러니까 햇빛알레르기는 전에는 없
었지만 근자에 내게 찾아온 것이다. 그렇잖아도 내면지향적 성향, 자폐
적 기질이 점점 더 농후해지는 것 같아서 걱정인 요즘인데, 이젠 햇빛까
지 피해야만 한다니. 어떤 역설적인 사태의 도래를 알리는 기미인 것만
같아 기분이 좀 그렇다. 마지막으로 숨이 넘어가도록 껄껄껄 웃었던 것
이 언제인지 기억나지 않는다. 웃음은 햇빛으로 출렁거리는 것일 테다.
창을 열면 햇빛과 함께 외부의 에너지도 들어온다. 내 내면의 성분은 그
에너지와 어떻게 융합하는가. 그 전에 나는 내 마음의 창을 충분히 열어
두었는가. 아내는 성당에 갔고 나는 곧 카메라 들고 출사를 나갈 것이
다. 긴팔 옷을 입고.

　　　　　　박완서 선생님 댁에 방문했다. 자택 부근의 식당
에서 함께 쌈밥으로 점심 먹고, 선생님 댁에서 후식으로 커피를 마셨다.
선생님이 커피를 직접 내려주셨다. 점심을 먹다가 나는 "오리가 하루는
거위 알을 낳고 하루는 달걀을 낳았는데, 그 알들을 '자중지란'이라고 한
답니다"라는 우스갯소리를 했다. 선생님이 웃으셨다. 반주로 말간 막걸
리를 두 잔 마셨다. 선생님 댁으로 돌아와 잠시 홀로 있는 시간이 주어
졌을 때, 현관 앞 바구니에 놓인 꽃삽과 모종삽들을 오랫동안 바라보았
다. 보통 해뜨기 직전에 일어나는 선생님은 뜰에 나가 정원을 가꾸는 것

으로 하루 일과를 시작하신단다.

퇴근하고 처남 내외와 동네 삼겹살집에서 저녁을 먹었다. 소주를 서너 잔 마셨는데 술맛이 전혀 나지 않았다. 처남댁은 9월 6일이 첫 번째 아이의 출산예정일이다. 지금까지 잘 관리해왔으니, 무탈하게 출산을 하리라 믿는다.

처남 내외와 헤어져 집에 오니 시인 이재훈의 평론집이 우편으로 와 있었다. 지난주의 술자리에서 그를 만났었다. 고맙다는 문자를 보내자 곧 답 문자가 왔다. 앞으로 자주 만나고 싶은 친구다. 밤 열한 시 즈음에는 신문사에서 일하는 후배 기훈에게서 문자가 왔다. 최근에 나온 내 산문집을 읽고 있다고 한다. '고맙고 부끄럽다'고 답 문자를 보냈다. 그건 더할 나위 없이 정확한 표현이었다.

다섯 시부터 연세대 학술정보관에서 이어령 선생님의 초청강연회가 있었다. 얼떨결에 강연회의 사회를 보았다. 사회라고 해봐야 오프닝 멘트, 강연 후 청중들의 질문 유도, 클로징 멘트를 하는 것뿐이었다. 행사를 마치고 서둘러 홍대로 가서 나를 기다리고 있던 젊은 평론가 L을 만났다. 그와 생맥주를 한 잔씩 마셨는데, 그는 대학사회에 만연한 정실과 부조리를 이야기했다. 그는 납득할 만한 아무런 설명도 받지 못한 채 이번 학기 강사진에서 밀려났단다. 그가 속한 조직의 구체적인 형편에 대해 아는 게 없는 나는 위로가 될 만한 말을 건넬 수 없었다. 밖에는 비가 간간이 내리고 있었다. 긴 가을장마였다. 위로의 말 대신 그의 손을 잡아주고 싶었으나, 그마저도 하지 못했다.

홍대에서 마을버스를 타고 상암동 월드컵경기장까지 가서, 그곳에서 다시 지선버스를 갈아타고 집에 돌아왔다. 버스에서 내려 집까지 오는 길에 비를 맞았다. 비는 심장에까지 닿지는 못했다. 다만 지금의 나는 누군가의 심장에 닿았던 비를 바라보고 싶다.

외롭고 힘들 때면 낙타를 생각한다. 편두통이 찾아오고 위염의 증세가 나타
날 때면 낙타를 떠올린다. 육체의 곤궁이 불러오는 이름. 낙타.
낙타야말로 가장 우아하게 뒷걸음질을 칠 수 있는 동물이라고 상상해본 적
이 있었다. 그때, 내 앞에 점령군처럼 진주해 있던 일상의 곤욕이 한꺼번에
뒷걸음질 치는 환영을 보았던 그때.

텅 빈 것들의 전통

저녁 여섯 시에 여의도로 가서 이어령 선생님과 같이 저녁을 먹고, 여덟 시부터 순복음교회에서 진행된 선생님의 강연회를 수행했다. 선생님은 몸이 많이 편찮으시고 목까지 잠긴 상태였지만, 예정된 시간을 넘기면서까지 열정적인 강연을 하셨다. 청중의 반응도 썩 좋았다. 내 옆 좌석에는 조씨 성을 가진 국회의원이 앉아 있었는데, 그는 강연 중간 즈음부터 꾸벅꾸벅 졸았다. 밤낮없이 국사를 논하느라 무척 피곤한 모양이었다.

일을 모두 마치고 집에 와서 샤워를 하고 컴퓨터 앞에 앉았다. 썩은 홍시처럼 달콤한 피로 덕분에 잠이 잘 올 것 같다.

식사나 회식 때, 예전에 비해 확연하게 육식을 피하는 나 자신을 발견한다. 찌개나 국밥에 들어 있는 걸 제외하고는 육고기를 거의 줄였지만, 아직까지 해물과 어류에 대한 식탐은 남아 있다.

그러나 머지않은 시기의 언젠가 불완전하게나마 베지테리언이 될지도 모른다. 채식주의자 몇 명을 알고 있다. 그 중에는 동료작가도 있고 우리 회사 사장님도 있다. 그들이 자신의 건강을 위해, 그리고 어떤 신념을 위해 채식을 실천하는 것에 대해 존경심까지는 아니더라도 분명한 호감을 갖고 있다. 그런데 어떤 경우에 한해서는 채식주의자를 비판하지 않을 수 없다. 자신이 잡식주의자나 육식주의자에 비해 문화적으로 우월하거나 정치적으로 각성된 존재라고 생각할 때, 다시 말해 잡식주의자나 육식주의자를 자신보다 정치적 의식이 낮은 미개한 부류로 치부할 때 말이다.

좀 다른 말이지만, 우리나라는 이데올로기에 붙들린 나라 같다. 회색지대Grey zone가 없다. 지긋지긋하다.

〈바울 사상에 있어 직설법과 명령법의 관계성 — 로마서 6장의 주석적 연구〉. 이번에 은평을 보궐선거에 출마한 민주당 후보 장상 씨의 프린스턴 신학대학원 박사학위 논문 제목이란다. 이런 제목의 글을 썼으면 좋겠다. 소설이어도 좋고 시여도 상관없다. 다만 글 속은 텅 비었고, 텅 빈 것들의 전통이 거기서 칭결했으면 좋겠다.

안주 없이 소주를 마시며 혼자 서서히 취하고 있다. 내일 출근이 조금 걱정되지만, 글쎄 잘 모르겠다. 실은 아주 오래 전부터 잘 모르겠는 것 투성이다.

술집의 좁은 통로에서 마주치는 이름 모
를 사람들. 그들 중 한 사람이 어젯밤,
애절하게 사모하는 누군가의 집 앞에서
밤을 샜다고 상상해보라. 흔쾌히 그에게
건배를 제안하거나 담뱃불을 빌려줄 수
있으리라.

 일일 최저생계비가 6,300원이란다. 국회의원 몇 사람이 일일 최저생계비만 가지고 만 하루를 버티는 실사체험을 하고 있는 모양이다. 체감을 통해 정책 개선에 필요한 현실적인 지표를 얻기 위해서일 것이다. 체험에 참여했던 한나라당 차명진 의원이 그 돈으로 황제 같은 생활을 했다고 고백했단다. 그는 6,300원을 받아 쌀 1컵(800원), 쌀국수 1봉지(970원), 미트볼 한 봉지(970원), 참치 캔 1개(970원), 황도(970원) 등 4,680원을 지출해 세끼 식사는 물론이고 밤에는 황도를 먹으며 책을 봤다고 전했다. 그러면서 "황제의 식사가 부럽지 않지요"라고 말했단다. 그 발언에 대해 네티즌들의 신랄한 비판이 쏟아졌다. 비판의 요지는 하루뿐인 체험과 지속되는 삶을 구분하지 못했다는 것이다.

나의 경우, 체험 프로그램에 참여하는 게 아니라 그 상황을 현실로 완벽하게 받아들일 수 있다는 전제 하에 말한다면, 6,300원으로 매일 변변찮은 안주와 함께 소주 두 병을 사서 마시면서 하루하루 나아질 것 없이 갑갑한 현실을 잊으려고 애썼을 것이다. 그러곤 알코올성 간질환에 걸려 아무도 몰래 간이 굳어가면서 죽어가는 모습을 보여줄 것이다. 지나치게 비극적이지 않느냐고? 적지 않은 수의 기초수급대상자들이, 정도의 차이는 있겠지만, 이처럼 술에 의존하면서 전망도 미래도 없는 삶을 살아가고 있지는 않을까. 아무래도 기초수급의 기본, 서민복지의 바탕은 그들에게서 최소의 희망을 앗아가지 않는 것일 터이다.

사람들 많은 장례식장은 견디기 힘들다

대학 시절 문학동아리에서 동인들과 함께 시를 합평할 때였다. 그날 합평 대상 작품은 내 습작 시였는데 제목이 〈근황〉이었다. 시의 내용은 가물거리지만 제목만큼은 분명히 기억난다. 그도 그럴 것이 합평을 시작하고 얼마 안 지났을 때, 선배 한 사람이 내게 이렇게 말했기 때문이다.

"나는 이 시에 대해서 아무 말도 하고 싶지 않아. '근황'이라는 제목은 대가 혹은 위인들이나 붙일 수 있는 제목이거든. 너는 아직 근황이란 말을 쓰면 안 돼."

내가 시를 쓰다가 소설로 전향을 한 데에는 매우 복합적인 이유가 있지만, 그날 선배의 말에서 받은 어떤 모욕과 충격에도 분명 일정한 원인이 있다. 시가 그토록 권위적이고 규정적인 것이라면, 나는 마땅히 시를 배반해야 옳았다. 겨우 스물한 살이었다.

 아침에 우산을 쓰고 출근했다. 우산을 쓰고 걸을 때는 내가 인형이 된 느낌에 사로잡힌다. 지하철 계단을 내려갈 때, 앞에서 걷던 40대 초반의 여자가 발을 헛디뎌 넘어졌다. 계단에서의 실족은 위험하고 우습다. 다행히 여자는 다친 것 같지 않았다. 나는 괜찮으세요, 라고 물었다. 부축하고 싶었지만 한 손에는 우산, 한 손에는 가방이 있어서 어쩌지 못했다. 지하철 안은 숨이 막힐 것처럼 사람이 많았다. 이 사람들은 도대체 어디서 어떻게 살고 있는 사람들일까. 최근에는 시집이 잘 읽히지 않는다. 그 이유를 가늠할 수가 없다. 요즘 줄기차게 읽는 책은 역사서다. 특히 구한말의 역사. 민비는 늙은 러시아를 왜 좋아했을까. 정리되지 않는 생각들이 머릿속을 떠돈다. 나는 누구를 도와야 하고 무엇에 저항해야 하는가. 적과 아군을 함께 잃어버린 막막한 느낌. 퇴근하지 못하고 있다. 해야 할 일이 있다.

작년 여름께쯤 사라졌던 편두통이 다시 찾아온 것 같다. 어제부터다. 오른쪽 머리를 새 한 마리가 와서 쪼는 것 같은 느낌이 시작된 것은.

 대한 글을 읽었다. 김구와 김규식, 이승만, 송진우, 여운형, 김성수, 윤치영 등에 대해. 해방 전후 몇 년 간의 그들의 행적에 주목한다. 내가 생각할 때, 1945년 8월 15일 해방 이후부터 1950년 6·25가 발발하기까지의 5년 남짓한 시공

간은 한 국가가 한 개인에게 가장 극적이고 첨예한 형태의 집중과 맹목
과 파격을 요구했던 시기가 아닌가 싶다. 임정 요인들 중 내가 가장 관
심을 가진 인물은 김규식이었다.

일찍이 부모와 형제들을 모두 여의고 고아로 자라다가 미국 선교사
언더우드의 눈에 들어 미국에 유학, 현지에서 석사 학위까지 받았던 김
규식은 네이티브 스피커처럼 유려하게 구사할 수 있었던 영어 외에도
불어, 독어, 러시아어, 라틴어까지 섭렵한 국제인이었다. 그토록 뛰어난
재능 덕에 여러 정치가들로부터 신임을 얻었지만 정작 인간적인 매력은
덜해 따르는 사람이 적었다고 한다.

나는 말년의 협력자였던 김구가 암살을 당한 이후 그가 느꼈을 공포
에 대해 오랫동안 생각했다. 그리고 6·25 발발 직후 북한군에 의해 북
으로 끌려갈 때 그가 느꼈을 비애와 허무감에 대해서도 오랫동안 생각했
다. 전쟁 중에 북에서 죽었기 때문에 그의 장례식이 어떻게 치러졌는지
는 확인할 수 없지만, 아마 무척이나 쓸쓸하지 않았을까 생각한다. 20대
초반 미국에서 석사 학위를 받은 이후, 프린스턴 대학의 박사과정 장학
생 입학 제의를 받아들였다면 그는 아마 훌륭한 정치학자의 삶을 살았을
것이다. 자신의 장례식장에 사람들이 찾아오지 않게 만드는 망자들의 까
탈스러운 삶을 혼자 상상한다.

우연히 〈백치 아다다〉를 쓴 계용묵의 장례식에 사람들이 거의 오지
않았다는 사실을 알게 된 이후부터 계용묵을 진심으로 동정하게 되었
다. 사람들이 많이 찾아가는 장례식을 나는 견디기 힘들다. 나는 아무도

문 밖에 버려진 건
시계가 아니라 시간이다.
저 시계가 전 생애를 통해
목격했을 시간이다.
초침에 걸쳐 있는
아슬아슬 망설임과 애틋함이
이제 문 밖으로 나왔다.
문 안에서의 시간과
문 밖에서의 시간이
팽팽하게 마주설 때,   비로소
시계는 숨을 고르고
이후의 생을 준비하겠지.

슬퍼하지 않은 채 홀로 죽음을 맞이하는 사람의 이름을, 그래서 결국 실패하는 데 성공한 사람들의 삶을 좀 더 많이 기억해야 한다. 이상한 결론이다.

 거기서 일하는 시인 김요일 선배를 만나 일을 마치고 물러나오는데, 선배가 김종해 선생님의 신작시집을 선물로 주었다. 《봄꿈을 꾸며》라는 제목이 붙은 시집 안에서 이런 시를 발견했다.

죽을 때까지 사람은

땅을 제것인 것처럼 사고 팔지만

하늘을 사들이거나 팔려고 내놓지 않는다

하늘을 손대지 않는 사람들을 보면

사람들은 아직 순수하다

하늘에 깔려 있는 별들마저

사람들이 뒷거래하지 않는 걸 보면

이 세상 사람들은

아직도 순수하다

– 김종해 〈아직도 사람은 순수하다〉 전문

나는 이 단순한 시를 몇 번 읽어보았다. 읽을수록 기분이 좋아졌다. 공연히 하늘을 올려다보게 만든다. 순수하다는 것은 부끄러움을 안다는 것이고, 부끄러움을 안다는 것은, 그것을 삼가는 것이다. 인간들의 하늘에 대한 변하지 않는 외경에서 순수를 읽어내는 노시인의 마음이야말로 순수의 결정일 테다.

김요일 선배는 모레, 열흘 동안 인도여행을 떠난단다. 그곳에서 인도 여자와 정분이 나서 눌러앉는다면, 내가 특사로 인도에 가서 그를 데려와야 하는 일이 벌어질지도 모른다.

"앞엔 이발소, 뒤엔 삼나무."

외벽을 타고 오른 담쟁이넝쿨을 이식해 전선줄에 대고 안채 벽 쪽으로 기울게 해뒀다. 부엽토를 넣고 흙을 덮었다. 그리고 물을 주었다. 이 이식이 성공할지의 여부는 일주일 후면 알 수 있을 것이다. 날씨가 쨍쨍한 유리처럼 맑다.

새 회사에 오고 두 달이 지났다. 바쁘게 신간 2종 3권과 개정판 2권을 작업했다. 새 회사의 사람들에 적응하랴, 업무 파악하랴, 눈앞에 닥친 일 해치우랴, 정신에 좌우 없이 쩔쩔매고 있는 터에 오랜만에 단편소설 청탁이 들어왔다. 오래 전부터 말이 오갔던 원고라 거절할 수 없었다. 이번 주 내내 서울국제도서전 행사가 있었다. 우리 회사는 프랑스 작가 세 사람을 초청했는데, 나는 그 중 한 작가와 우리나라에서 가장 인기 있는 작가 중의 한 사람이 대담을 나누는 이벤트 행사를 준비했다.

청탁 받은 단편소설은 주말과 퇴근 이후의 시간을 이용해 무서운 집중 끝에 완성했다. 소설 속에는 네 명의 '고딩'이 나오는데, 이름을 레인, 윈드, 레인보우, 스톰으로 정했다. 의식하지는 않았는데, 그렇게 지

사는 동안 얼마나 많은 빨간불과 비보호를 만날까. 삶은 친절하지 않다. 인내심을 갖고 녹색불이 들어오기를 기다려야 한다. 아무도 보호해주지 않는 길 위에서 정확하게 방향을 정해 핸들을 돌려야 한다. 그렇게 빨간불과 비보호를 통과했을 때, 우리가 알지 못하는 수많은 우리의 아군을 내부에 거느리게 되는 것이다.

어놓고 보니 마치 아이돌 그룹 멤버의 이름들 같다.

회사가 내일 이사를 한다. 동교동에서 서교동으로. 직선거리로 불과 1킬로미터 남짓 떨어진 곳으로 옮기는 것이라 이사라기엔 좀 민망하다. 오전에 새로 들어갈 사무실을 보고 왔다. 부서원들의 자리배치를 미리 시뮬레이션하기 위해서였다. 점심으로 물냉면을 먹었다. 함께 점심을 먹은 어떤 직원과, 한국 여자의 평균수명이 80살이 넘는지의 여부를 놓고 내기를 했다. 오후부터는 짐을 싸야 한다. 짐을 싼다는 것은 뒤를 살펴보는 일이다. 좀 다른 이야기지만 나는 지금까지 살아오는 동안 앞만 보고 뛴 적이 없다. 뒤를 너무 자주 바라보았던 것이다. 그런데 이제부터는 뒤를 바라보는 빈도수를 좀 줄이기로 한다. 이런 암호를 걸어둔다. "앞엔 이발소, 뒤엔 삼나무."

지난 금요일부터 모처럼 사흘간의 연휴였는데 마지막 날인 오늘까지 날씨가 궂고 흐리다. 오늘은 바람을 동반한 비. 어제부터 동옥이가 빌려준 세 권의 책을 읽었다. 시인 박용하의 일기를 모은 책 《오빈리 일기》와 《2010년 윤동주상 수상작품집》, 그리고 문학평론가 11인의 에세이를 모은 《환상과 현실 사이에서》가 그것이다. 이중에서 제일 흥미로운 책은 《환상과 현실 사이에서》다. 1977년에 초판이 나온, 진정한 의미에서 현대문학 1세대랄 수 있는 평론가들 이를테면 구중서, 김병익, 김우종, 김우창, 김윤식, 김현, 백낙청, 염무웅, 유종호, 이오덕, 임헌영 등의 약간 무거운 산문을 모은 책이다. 김우창 선생님의 글은 30여 년 전의 글이라고 믿기 어려운 현대적 선취를 보여준다. 현재 논의가 한창인 생태, 환경, 생명자본주의에 대한 일정한 통찰이 들어 있기 때문이다.

화폐경제 속의 현대사회에서 모든 것은 매우 추상적으로 규정되는 소유관계에 의해서만 그 의미를 갖게 된다. 먹고 마시는 것은 자연과의 신비스러운 조화와 투쟁의 관계로 우리를 인도해주는 것이 아니라 농산물 시장으로 우리를 이끌어간다. 공리적 가치가 분명치 않은 꽃과 나무도 그 화폐가치에 의하여 좋고 나쁨이 결정된다. 우리는 집에서 기르는 화초도 가장 값비싼 것을 가장 편한 자리에 앉힌다. 사람이 자연의 전체성에 연결되어지는 가장 신비한 매듭인 집과 땅이 광적인 부동산시장의 투기대상이 된다. 이러는 사이에 사람들은 정신의 고향을 상실하고, 세상의 아름다움과 두려움에 대한 어떠한 느낌도 상실한다. 그리고 실제에 있어서 많은 사람들은 그들을 생명과 지구, 또 그것들의 신비스러운 근원으로 연결해주는 음식과 물과 집과 땅을 잃어버리고 방황한다.

김우창 선생님을 뵈러 평창동 자택에 가본 적이 있다. 선생님 댁 앞에는 생산된 지 20년도 넘어 보이는 액셀 승용차가 한 대 서 있었다. 그것이 선생님의 자가용이었다. 집안의 분위기도 검박했고 선생님이 입고 계시는 실내복도 촌부의 그것과 다를 게 없었다. 선생님으로부터 표리

부동하거나 좌면우고하지 않는 지성인의 양심을 그날 똑똑히 보았다.

동아일보 신문기자 출신 김병익 선생님의 글 역시 골똘히 참조할 만하다. 1970년대 당시 신문기자들의 외소성과 폐쇄성을 지적하고 있는 내용이다.

오늘의 신문기자 대부분은 과거의 선배들이 자랑하는 사명과 영광을 잃었기 때문에 괴로워하는 것은 아니다. 그들은 현대사회가 훨씬 복잡, 분화되고 따라서 기자의 영역도 그만큼 좁아졌다는 것을 잘 알고 있으며 일제시대의 민족운동가처럼 가정과 생활을 돌보지 않고 뛰어다닐 수 없다는 것을 깊이 느끼고 있다. 신문사의 보수와 인사로부터 문화 사회활동에 이르기까지 기자는 직업적 기자일 수밖에 없다는 사실을 명백히 생각하고 있다. 그들은 가정에서는 소시민적 안락을 바라고 직장에서는 공손한 사원이어야 하며 맡은 업무는 보도 혹은 잘해야 해설이지 정치 사회 일선에 참여해서는 안 된다는 한계를 지키고 있다. 다만 기자로서 자기 직업에 깊은 회의를 느껴야 하는 것은, 이처럼 축소된 본래적인 기자의 역할을 수행하지 못하고 따라서 직업에서 오는 보람을 얻을 수 없을 뿐만 아니라 나아가 직업인으로서의 당위와 현실 간의 괴리가 남의 책임이 아니라 자신의 잘못이란 양심의 문제로 남아 있다는 점 때문이다.

문학과지성사 대표와 문화예술위원회 위원장을 역임하는 동안 문학평론가로서 정체성이 다소 희박해지기는 했지만, 나는 김병익 선생님의 비평들을 매우 고평하는 쪽이다. 그의 비평이 성취한 것의 상당 부분이 저널리즘적 감수성의 체득을 통한 어떤 사회적 균형 감각에 기대고 있다고 믿고 있다. 나는 이것을 (신문사설형) '익명의 균형성'이라 명명하고 싶다. 이즈음의 많은 젊은 문학평론가들이 간과하고 있는 것 중 하나가 바로 익명의 균형성 아닐까.

도통 잠이 오질 않는다. 잠을 청하려고 자리에 누우면 해야 할 일과 만나야 할 사람들 생각이 머릿속에 가득하다. 나는 아주 오래 전부터 행복과 불행을 구분하지 않으려고 노력했다. 천진한 아이의 표정이 가르치는 것처럼 행복과 불행은 본디 구분되지 않는 것이리라. 지금 이 시간에도 지구 곳곳에서, 아니 우주의 전면에서 순간과 찰나의 점과 선들이 자율적인 질서 지향의 원리를 가지고 일종의 면을, 입방체를 만들어나가는 것이라고 상상한다. 나는 어디에서 왔나. 왜 인간이 되었나. 그리고 어디로 돌아가나. 불면증에 대한 엄살치고는 거창한 질문들이 쏟아지려고 한다. 출근해서 일하려면 다만 두어 시간이라도 자두어야 한다. 그리고 성숙하고 겸손한 아침을 맞을 수 있으면 좋겠다.

회사에 작은 사건이 있었다. 하루 종일 해를 보지 못했다. 점심은 사장님과 먹었다. 밥 먹고 커피도 마셨다. 업무와 관련된 이메일을 모두 여섯 통 받았다. 스타벅스엔 홍차가 없다. 불합리 앞에서 어떻게 해야 할 것인가에 대한 답을 찾기 위해 좌고우면하는 동안 삶이 피폐해지는 것은 매우 큰 비극이다. 더 큰 문제는 대부분의 사람들이 그것을 비극으로 인식하지 않는다는 데에 있다. 불합리가 툭 건들면 앞으로는 그냥 껄껄 웃어야겠다.

가난한 연인이 마을버스를 타고 목적지 없는 길을 돌
고 돈다. 서로의 어깨에 기대어 차창 너머의 삶을 구
경하며 그들이 함께 가야 할 길을 셈해본다.
젊고 가난한 연인들.

계단 앞에 선 두 사랑

만우절에 비가 내리니 만우절 분위기도 나지 않는 것 같다. 거짓말 속에 햇빛의 성분이 있다고 상상하는 건 언제부터의 개인적 풍습인가. 나는 4월에 대체적으로 관대한 편이고, 4월에 두세 편 정도의 소설을 쓴 적이 있으며, 4월에 결혼을 했다. 새파란 나무 앞에서 거짓말을 자꾸 하면 그 나무의 키는 자라지 않게 된다. 만우절에 모든 나무들이 사살되었다고 누군가 소문을 퍼뜨렸다. 나는 그 소문을 들었으며, 그리고 그 소문을 퍼뜨린 자가 시인이 되었다는 것까지 확인했다.

바람이 불건 말건, 파도가 치든 말든 사랑에 대해서 생각 안 한 지 오래되었다. 그런데 오늘 문득 사랑에 대해서 생각한다. 나는 사랑의 양태를, 그게 얼마나 효과적일지 전혀 예측할 수 없지만, 계단을 오르는 행위에 비유하고자 한다. 이 비유를 시작하기 위해 어떤 두 사람이 각자의 계단 앞에 서 있다고 상상한다. 두 사람은 자기

방식대로 사랑을 신봉하는 자들이다. 그것은 그들의 의지라기보다는 운명적이고 본능적인 것이다. 그들 앞에 놓인 계단은 이 운명과 본능에 의해 굴절된다.

계단 앞에 선 첫 번째 사람은 사랑의 완성을 믿는 사람이고 그것을 향해 점진적으로 나아가는 방법을 선호한다. 그는 계단의 맨 위, 즉 사랑의 제단에 다다르기 위해 계단을 한 계단 한 계단 착실하게 밟으면서 올라간다. 마치 부과된 사역처럼 흐트러짐 없이 정확히 한 발씩을 계단 위에 올려놓는다. 물론 힘들 때면 중간에 걸음을 멈추고 쉬기도 한다. 하지만 그 휴식조차도 질서의 지배를 받는다. 예를 들면 열 계단 오를 때마다 한 번씩 규칙적으로 휴식을 갖는 것이다. 그의 내면엔 평화와 기쁨이 가득하다. 그가 하는 사랑은 매우 고전적이다. 그에게 있어 사랑의 과정과 목적은 완전하게 일치되어 있다. 때문에 계단을 올라가는 과정에서 모순이나 분열이 일어날 개연성은 애초부터 차단된다. 또한 그는 고통과 억압으로부터도 자유롭다. 결국 그는 사랑의 제단에 올라 사랑을 완성한다. 그를 휩싸는 것은 따뜻한 고요와 적막뿐이다.

계단 앞에 선 두 번째 사람은 사랑의 완성 혹은 절정을 확신하지 않는다. 그는, 고통과 불안을 사랑의 다른 이름이라고 받아들인다. 그는 첫 번째 사람과 달리 계단 앞에서 한없이 머뭇거린다. 첫발을 내딛지 않고 딴청을 부리기도 한다. 그러다가 어느 순간 한꺼번에 두 계단, 아니 세 계단을 올라간다. 그러곤 거친 숨을 내쉰다. 그는 계속 올라가기를 거부한다. 뒤를 돌아보고 한두 계단 내려오기도 한다. 그런 식으로 그는 계단 안에서 오르락내리락 반복한다. 그에게선 어떤 규칙이나 질서를 찾을 수 없다. 그 사이 그의 내면에 마찰과 분란이 일어난다. 그는 계단을 떠날 수 없는 운명을 가진다. 그에겐 계단 안에 머무는 것 자체가 사랑이다. 그는 계단 안에서 목적 없는 비밀을 만든다. 그리고 그 비밀을 유지하기 위해 기꺼이 고통과 불안을 불러들인다. 그 고통과 불안은 차갑고 무겁다. 갈팡질팡 노역은 언제 어떻게 종료될지 아무도 알 수 없다.

자, 누군가를 사랑하고 있는 당신은 어떻게 계단을 오르는 사람인가? 당신은 목적으로서의 사랑의 완성과 고요를 믿는가, 아니면 과정으로서 사랑의 지체와 분란을 믿는가?

토요일이 지나가고 있다. 밖의 날씨가 어떤지 모르겠다. 집에서 한 발자국도 나가지 않았다. 마당에조차 나가보지 않았다. 잘 익은 김치로 찜을 해먹었다. 올리고당과 홍초를 넣었다. 맛은 그런대로 괜찮았다. 책을 좀 읽다가 열두 시쯤 자야겠다. 비교적 최근에 나온 한강과 정이현의 장편소설이 눈앞에 있다. 올해는 정말 장편소설이 많이 쏟아져 나오는 것 같다. 그 소설들이 쓰이는 순간의 고요를 상상해본다. 소설가들은 각자가 고유한 고요를 키우는 존재들이다. 그 고요 안에 울음을 다스린 침묵이 들어 있다. 이와는 달리 시인들은 고요보다 먼저 울음을 키우는 이들이다. 이 울음으로 고요의 등을 툭 밀어내는 일. 적절한 비유인지는 잘 모르겠다.

 연재를 시작하기로 하고, 그동안 찍어서 남 몰래 보관해온 사진들을 하나하나 살펴보았다. 첫 번째 연재물에 들어갈 사진으로 나무를 찍은 사진을 골랐다. 내가 찍어서 보관하고 있는 사진은 사람을 찍은 것과 동물을 찍은 것, 그리고 날씨를 찍은 것들이 대부분이다. 그리고 나는 첫 사진을 식물로 정했다. 이렇게 생각했다. 내 안에 살고 있는 생명은 동물에서 식물로, 발언에서 응시로 진화하기 시작했다고. 이것은 좀 경솔한 진술인지도 모른다. 하지만 전혀 근거가 없지는 않다. 나는 노골적으로 움직이는 것들의 숨소리와 그 것에서 나는 냄새를 예전만큼 긍정하지 못하게 되었다. 이전의 나는 그 것들을 역동적인 생의 작용이며 절제의 유혹을 초월한 순수한 에너지라 고 찬탄해왔다. 나는 욕망을 언어로 말하는 그들의 명료한 의지와 의사 가 맘에 들었다. 하지만 지금의 내 눈에 그것은 다만, 살아서 움직일 수 있는 것들의 오만처럼 보인다. 살아 있지만 움직이지 않는 것이 훨씬 고 귀하고 어려운 일이라는 생각. 그리하여 나는 고양이보다 선인장이 편 하고, 강아지보다 벤자민이 편해졌다. 선인장을 물어뜯고 있는 고양이 가 있다면 주저 없이 회초리 같은 것을 들고 고양이를 나무랄 것이다.

안나 가발나Anna Gavalda의 소설을 읽고 있다. 《아름다운 하루》. 이 사람, 유머감각이 장난 아니다. 더 정확히 말하면 위트라고 해야 하겠지. 오늘 같은 깨끗하고 환한 봄날, 죽는 사람들을

심심하고 착한 저녁은 소녀처럼 큰소리로 울음을 터뜨리기도 한다.
집배원이 은퇴하고 노인들은 약국 앞에 줄을 서고
의사는 정원에서 칠면조를 기른다. 노인들의 행렬이 지나간 자리,
소녀 한 명 우산을 쓰고 약국 앞을 지나간다.
건강하렴. 약 같은 건 먹지 말고 잘 자라렴.

용납할 수 없을 것 같은 날, 어이없게도 지금의 나처럼 산책을 택하지 않고 독서를 택한다면 딱 알맞은 텍스트다. 소설 속 화자가 오빠의 캐릭터를 설명하는 장면을 한번 보자.

한 번도 땅을 구르며 떼를 써본 적이 없는 아이. 불평 한마디 하지 않던 아이. 별로 힘들이지 않고 청심환도 한 알 먹지 않고 명문 고등학교와 그랑제꼴에 들어간 아이. 축하파티도 마다하고 길에서 만난 고등학교 교장선생님이 축하한다며 와락 껴안아주었을 때 귀까지 빨개지던 소년. 대마초를 한 모금 빨고는 정확히 20분 동안 바보같이 실실거리던 청년. 그리고 스타워즈에 나오는 온갖 함선의 모든 행로를 알고 있는 사람. 우리 오빠가 성인이라는 말은 하지 않겠다. 그보다 더 훌륭하니까. 그런데 왜, 대체 그렇게 무시를 당하는 거냐고? 이건 정말 수수께끼다. 한 천 번쯤, 난 오빠를 잡고 흔들어 눈을 뜨게 해주고 싶었다. 테이블을 주먹으로 내려치라고 부추기고 싶었다. 천 번쯤.

한 사람의 캐릭터를 잡아내는 솜씨가 깔끔하기 이를 데 없다. 그가 창조한 인물을 보고 있으면 언뜻 요시모토 바나나의 인물들이 연상된다. 기억해둘 만한 작가다. 나이가 나보다 두 살 많은 소르본 대학 출신의 여성작가.

정갈하고 단정한 욕망

내일은 첫 출근을 하는 날이다. 8개월 만에 다시 직장생활을 시작하게 되었다. 마음을 가다듬기 위해 점심 먹고 세 시간 동안 산책과 운동을 했다. 그리고 집에 와서 거울을 보며 머리칼을 정리했다. 주로 귀 밑과 뒤쪽에 뾰족 튀어나온 머리칼들을 가위로 잘라냈다. 새로 출근하는 회사에는 어떤 사람들이 있을지, 그들과 앞으로 어떤 시간을 보내게 될지 궁금하고 설렌다. 새로 만나고 사귀는 사람들과 좋은 것을 주고받을 수 있으면 좋겠다. 그리고 그곳에서 일하면서 내가 느끼는 보람이 회사의 이익으로 연결되었으면 좋겠다. 일하면서 봄을 맞이하게 돼 기쁘다. 고정적인 수입이 있다는 것은 읽고 싶은 다소 비싼 책을 빌리지 않고 소장할 수 있다는 뜻이며, 내가 먹은 술과 안주 값을 다른 사람에게 부담시키지 않는다는 뜻이어서 거룩하다.

　　새 회사에서의 첫 한 주가 거의 지나가고 있다. 첫 출근을 시작한 월요일, 공교롭게도 이어령 선생님의 《지성에서 영성으로》가 출간됐다. 이 회사가 지난 2년 동안 공을 들여 진행한 이른바 전략상품이다. 그런데 수요일에 이 책을 책임편집한 편집자가 회사를 그만두었다. 같은 날 오후, 이 회사의 창업자가 별세했다는 기별이 있었다. 고인은 현 대표의 부친 되시는 분이다. 간단치 않은 일들이 동시에 터진 것이다. 어제는 빈소에서 고인이 창업한 출판사의 현 편집장 자격으로 밤늦게까지 조문객들을 받았다. 그리고 오늘 아침엔 장례식장으로 출근해서 발인예배를 지켜봤다. 정신에 좌우 없고 몸에 앞뒤 없는 사람처럼 경황없이 한 주를 보낸 거다. 어제는 또 법정 스님이 입적하셨다는 소식을 들었다. 법정 스님은 내가 예전에 근무하던 샘터에서 여러 권의 책을 내셨다. 2003년 길상사로 스님께 인사드리러 갔던 때가 떠오른다. 그는 과일과 떡을 맛있게 먹고 있었다. 날씨가 어둡고 무겁다. 오랜만에 샐러리맨으로서 맞는 금요일. 맛있는 술 생각이 아니 날 수 없다.

　　시인 한우진 형의 첫 시집을 받은 게 지난 주 수요일 밤이었다. 홍대 산울림소극장 부근의 작은 횟집에 첫 시집을 낸 시인을 축하하기 위해 몇 사람이 모였다. 한우진 시인과 이번 시집을 낸 출판사에서 일하는 시인 김요일 형, 그의 동생이자 문학평론을 하는 김요안 형, 시인 박후기 형, 그리고 일간지 기자 등이 그 면면이다. 어쩌면 내가 그 자리에 낀 건 사치의 한 형태였는지도 모른다. 시집을 다 읽고 난 지금의 내 생각이 그렇다는 거다.

　나는 사실 이 시집을 이런 식으로 쉽게 받아서는 안 되는 것이었다. 한우진 시인은, 늦은 나이에 등단한, 지금까지 단 한 번도 충분히 격려받거나 고무되지 못한, 그리하여 어두운 구석에서 '가끔은 주목받는 생'을 문득문득 꿈꾸기만 했을 시인이다. 그의 단단한 어깨와 좀처럼 조화를 이루지 못하는 큰 눈, 그리고 다소 투박한 목소리는 천연의 것으로 보이는 수줍음과 겸손을 효과적으로 표상한다. 그 수줍음과 겸손으로 그는 언어로 구성된 이 탐미적인 관념의 세계를 누구보다도 격렬하게 흠모하고 욕망한다. 그가 골라낸 언어, 아니 그의 가슴에 와서 박힌 언어는 시인 개인의 마력적인 주술에 기대면서 세계의 비밀을 이끌어내려는 욕망에 충실하다. 하지만 그 욕망은 의외로 정갈하고 단정하다. 그가 싸움 혹은 투쟁의 노역을 온전하게 성숙한 품으로 껴안고 있는 까닭이다. 그는 싸움을 유예한 두 대상 사이에 생긴 거리를 집요하게, 편집증적으로 탐미한다.

　개인적인 감상대로라면 최근 1년 사이에 나온 시집 중에서 다섯 손가락 안에 꼽고 싶은 이 시집은 그가 짝사랑한, 하지만 사랑한다고 단 한 번도 분명하게 말하지 못한 대상에 대하여, 여전히 분명하지 못한 망설임의 형식으로, 뒤틀린 혼란을 자처하는 속 타는 웅얼거림으로 성실하게 발원한 고백의 수사학이다.

 어제부터 계속 면접을 보고 있다. 오늘도 잠시 후부터 한 시간 간격으로 세 사람을 만나야 한다. 입사지원서를 보내온 사람 중에서 걸러진 이들이다. 그들의 희망은 노골적이고 명백한 것이어서 순정하다. 그런 형편을 잘 알면서 그들에게 이런저런 질문을 던질 때의 기분은 전연 유쾌하지 못한 것이다. 봄날의 악취미라고밖에는 달리 표현을 못하겠다. 그게 아니면 다룰 줄도 모르는 총을 손에 쥐고 의기양양해하는 다섯 살짜리 아이가 된 기분이랄까. 반대의 입장에서 절실한 희망을 품고 면접을 보는 내 모습을 계속 머릿속에서 시뮬레이션하고 있다. 내가 그들에게 던지는 첫 마디는 이거다.

"면접이라고 생각하지 마시고, 그냥 출판계 선배와 이야기를 나눈다고 생각하세요."

월요일인 내일 아침에는 회사가 아닌 공항으로 출근한다. 지방으로 출장을 가야 한다. 사실 비행기보다는 열차 타는 걸 훨씬 좋아하는데 오너가 비행기를 타자고 하니 어쩔 수 없다. 오후에 운동 삼아 빠른 걸음으로 8킬로미터 정도를 걸었다. 최근의 잦은 음주 때문에 몸이 무거웠는데 지금은 개운하나. 막 레이징기의 《라캉 신드롬》을 조금만 더 읽다가 알람 맞춰놓고 일찍 잠자리에 들어야겠디. 늦잠을 자서 비행기를 놓치는 건 열차를 놓치는 것과는 사태의 무게가 다를 테니까.

나의 튼튼한 요새, 1980년대풍 박조건축물

한 시쯤 잠이 들었는데 아침 일찍 눈이 떠졌다. 사카구치 안고의 단편 두 편을 읽었다. 〈나는 바다를 껴안고 싶다〉와 〈백치〉. 무뢰파의 한 사람으로 일본 전후문학을 대표하는 이 사람, 문장이 좀 거친 듯하지만 그래도 매력적이다. 〈백치〉의 도입부는 이렇게 시작한다.

그 집에는 사람과 돼지와 닭과 오리가 살았는데, 사는 곳도 먹는 음식도 서로 거의 다르지 않았다. 집이라기보다는 창고같이 생긴 심하게 흰 건물에, 아래층에는 주인 부부가 살고, 다락방에는 모녀가 세 들어 살았다. 그리고 그 딸은 누군지 알 수 없는 상대의 아이를 임신하고 있었다. …… 딸은 커다란 입과 커다란 눈을 가졌으나 주제에 몸은 형편없이 깡말랐다. 오리를 혐오하여 닭에게만 음식찌꺼기를 주려 했지만 오리가 옆에서 끼어들어 음식을 가로채가기 때문에 매일같이 화를 내며 오리를 뒤쫓는다. 커다란 배와 엉덩이를 앞뒤로 삐죽이 내밀고 기묘한 직립 자세로 달리는 꼴이 꼭 오리를 닮았다.

수색에는 아직 이런 계단 골목이 적지 않다.
암에 걸린 개들이 끙끙 앓다가 돌아눕는 계단.
학대 받은 도둑고양이가 떨어진 꽃잎을 밟고 지나가는 계단.

이처럼 매혹적으로 묘사된 소설 속의 공간을 만나면 그 속으로 들어가서 그곳의 사람들을 만나보고 싶은 생각이 든다. 개인적인 취향이겠지만, 나는 특히 일본소설의 공간을 서구소설의 그것보다 훨씬 강하게 동경하는 경향이 있다. 이를테면 이런 동경은 내가 좋아하는 일본 작가들인 나쓰메 소세키, 이시하라 신타로, 아베 고보, 다자이 오사무, 미야자와 겐지, 야스오카 쇼타로, 요시모토 바나나, 히라노 게이치로 등이 묘사한 공간에서 여일하게 나타난다. 일본소설 속에서 만나는 공간이 환기시키는 심상은 서구소설의 그것과는 달리 마냥 엑조틱하지만은 않고 내가 존재하는 이 지점에서 조금만 더 나아간 곳의 어떤 지리적 환멸 속에 존재하고 있다는 착각을 안기는데, 내게는 이 착각이 제법 황홀한 것이다.

월요일 아침이다. 이틀 동안 책을 끼고 술병을 앓느라 머리를 못 감았다. 씻고 면도도 해야겠다. 그러곤 우체국에 가서 작은 소포 따위를 부칠 수 있으면 좋겠다.

 전해진 안현미 시인의 두 번째 시집 《이별의 재구성》(창비, 2009)을 뒤늦게 읽고 있다. 아직 이 시집에 대해서 구체적으로 말할 수는 없지만 세상과 사물의 이치를 읽어내는 그녀의 몸가짐이 예전보다 더 융숭하고 또렷해진 것만은 분명한 듯하다. 특유의 환각과 요설은 여전하지만 그것이 재주나 장치로만 보이지는 않는다. 그런 차원을 훌쩍 뛰어넘는 그것은 좀 더 천연의 냄새를 풍긴다. 어쩔 수 없이 눈에 걸리는 '알따미라' '미셸 우엘르베끄'나 '에리끄 싸티' '뽀르뚜갈' 같은 창비식 표기마저 그 천연의 냄새를 어쩌지 못한다. 한 번쯤 더 정독하고 나면 이 시집에 대해 더욱 분명한 감상이 생기리라. 내 친구 안현미에게 이렇게 말하고 싶다. 그녀는 알아들을 것이다. '너의 눈이 곧 넘보라살, 그것이 어떤 시인의 가능성.'

봄이 오는 쪽으로 빨래를 널어둔다

살림,이라는 말을 풍선껌처럼 불어본다

옛날에 나는 까만 겨울이었지

산동네에서 살던, 고아는 아니었지만 고아 같았던

실패하고 얼어죽기엔 충분한

그런 무서운 말들도 봄이 오는 쪽으로 널어둔다

— 안현미 〈실내악〉 부분

장용학의 《요한시집》을 읽고 있다. 습작시절에 즐겨 읽던 작품이다. 공교롭게도 내가 중앙문단에 등단하던 1999년, 장용학은 세상을 떠났다. 귄터 그라스가 노벨문학상을 받은 헤인데, 나는 장용학이 귄터 그라스만큼이나 위내한 작가라고 지금도 믿고 있다. 식민지하의 조국에서 태어난 그는 학교에서 일본의 말과 글을 배웠고 일본어로 사고하는 훈련을 받았으며, 특유의 영민함으로 일본의 대학에까지 진학했다. 한글교육을 체계적으로 받지 못해, 오히려 한자와 일본식 어법에 익숙했던 그는 등단 직후부터 한자어가 많이 섞인 문어투의 작품을 쓰기 시작했다. 그것은 전후세대(한글세대)에게 그의 문학이 부분적으로 거부되거나 부정된, 심지어는 극복대상으로 간주된 직접적 원인이었다. 하지만 그는 자신을 변호하거나 방어하지 않고 오로지 인간적 삶의 존엄성이라는 보편적 가치를 옹호하는 데 일관했다. 그 점에서 그는 강점기 조선이라는 왜소한 공시성의 한계를 훌쩍 뛰어넘은 자유롭고 전위적인 예술가였다. 작가로서 그는 전쟁으로 표상된 폭력과 탐욕과 이기심이 인간의 순수한 본성을 훼손하는 것에 누구보다 분노하고 괴로워했다. 이 분노와 고통은 그에게 매순간 절실하면서도 도저한 실존적 질문을 던지게 했다. 그가 남긴 작품들은 이 실존적 질문에 대한 대답이자 주석에 다름 아니었다.

박정희에 의해 직장(동아일보)에서 쫓겨난 1970년대 이후 세상을 떠나는 순간까지 은둔생활을 하다시피 한 그의 불우한 말년을 상상하자니 입맛이 쓰고 슬프다. 너그럽지 않고 사나운 모국어로부터 그가 느꼈을 고독이 아픈 것이다. 비단 장용학의 경우가 아니더라도 나는 한국문학사가 매우 우스꽝스러운 정치적 곡절에 의해 심하게 왜곡되어 있다고 생각하는 사람이다. 문학사 역시 승자의 기록이 되어서는 곤란하지 않겠는가.

"'유서'가 저기서 파란 두 눈으로 나를 보고 있다. 칠흑 같은 어둠 속에서 화석한 주문처럼 언제까지나 나를 노려보고 있다. 이마에 식은땀이 배는 것을 느낀다. 그것은 내가 이길 수 없는 싸움이었다. 나는 그 눈알밖에 보지 못하는데, 고양이는 내 눈썹까지 보고 있는 것이다. 내가 죄지은 것이 무엇인가? 살아 있다는 것 이외 내가 죄지은 것이 무엇인가. 그 눈알은 말한다. 움직이는 것은 하여간 다 죄라고. 저놈의 눈을 어떻게 꺼버릴 수 없을 것인가. 그 눈빛에 내 몸은 숭숭 구멍이 뚫리는 것 같다. 나는 졸려서 견딜 수 없는 것이다. 섬에서 가져온 피로가 여기서 지금 탁 풀려 나가는 것 같다. 이 공포와 졸림, 그것이 빚어내는 긴장, 거기에는 무한한 가능성이 내포되어 있다."

– 장용학《요한시집》중에서

설 연휴. 귀성은 하지 않았다. 연휴 시작하기 전날, 옛 직장 동료들을 만나기 위해 대학로에 나간 것 말고는 연휴 마지막 날인 오늘까지 줄곧 집에만 있었다. 시몬느 드 보부아르가 1967년에 쓴 소설《위기의 여자》를 읽었고 밴쿠버에서 열리는 동계올림픽 TV중계를 보았다.

외풍이 심한, 1980년대에 지어진 단독주택에 사는 나는 거실의 온도를 통해 밖의 추위가 어느 정도인지를 알 수 있다. 안에서 밖을 넉넉하게 내다보고 감지한다는 점에서 이 집은 나에게 하나의 '요새'다. 사실 이 집은 1970년대부터 비스무리하게 지어지던, 양옥구조에 기와지붕을 얹은 수많은 2층짜리 입식한옥들 중 하나인데, 돌아가신 건축가 김수근 선생이 이런 집을 가리켜 자못 냉소적인 어조로 '박조(朴朝)건축'이라고 불렀다는 걸 몇 년 전 건축가 승효상의 글을 읽다가 알게 되었다.

'박조건축'이라는 말은, 이성계의 조선시대에 지어진 건축 양식을 '이 조건축'이라고 하는 것처럼, 박정희가 집권하던 시절부터 새마을 운동의 소산으로 똑같은 형태의 건축물이 전국적으로 지어졌음을 비꼬기 위해서 나온 말이다. 고속도로나 국도를 달리다가 농촌 마을을 지나다 보면 창밖으로 비슷한 단독주택들이 일렬로 늘어선 것을 심심찮게 보게 되는데, 이것들이 모두 박정희 정권 때 지어졌거나 그때부터 정형화된 양식에 따라 후대에 지어진 건축물인 것이다. 건축 미학이나 주변 생태에 대한 아무런 고려 없이 집을 붕어빵 찍듯이 지어댔던 것이 건축가의 눈에 보기 좋았을 리 없었을 것이다. 하지만 아무리 박조건축이라고 해도 나는 이 집이 마음에 든다. 안에서 밖을 충분히 살피고 읽을 수 있다는 점이 특히 그렇다. 6년 동안 이 집에 살면서, 이미 충분히 나의 체온과 숨결과 땀과 분비물과 비명을 집 안 곳곳에 발라놓았다. 나는 그 세월 동안 요새의 파수꾼을 자처하게 된 것이다. 가만히 거실에 누워 있으면 밖에서 부는 바람이 내 영혼에 모종의 메시지를 보내는 것이 느껴지기도 한다.

연휴 동안 요새 안에서 꼼짝하지 않고 주둔했다. 움직이지 않으니까 적게 먹었고, 잠은 규칙적으로 잤고, 감기의 여파로 목 안쪽이 조금 부어오른 것만 빼면 컨디션도 나쁘지 않다. 지금부터 나는 할 일이 있다. 두부조림을 만들어서 막걸리를 마시기로 내 맘대로 오늘의 저녁 스케줄을 정한 것이다. 두부조림에는 홍초와 올리고당과 양조간장과 고춧가루와 양파와 통후추가루를 넣을 것이다. 다행스럽게 요새 안에는 주방도 갖춰져 있다. 만약 누군가가, 이 요새에 정기적으로 생수와 속옷과 책과 펜과 종이를 가져다준다면, 술도 일주일에 두 병씩만 넣어준다면, 그리고 요새 밖에 노래를 잘 부르는 가수가 사흘에 한 번씩 와서 노래를 불러준다면, 나는 이곳에서 남은 생을 마칠 수도 있으리라는 망상에 사로잡힐 수도 있으리라.

아이들은 작은 생명에게 관심이 많다.

작은 생명을 알아보는 것은 작은 생명이다.

작고 갸륵한 것들에 대한 눈여김.

누가 가르쳐줄 수도 없는 삶의 진실이자 섭리다. 어른이 될수록 소홀히 잊기 쉬운.

보일러실의 고양이들

눈이 아주 조금씩 녹고 있다. 간밤에 많은 꿈을 꿨다. 날씨가 좋은 한여름 밤이었던 것 같다. 옛 직장 동료들이 어느 한 방향을 보고 있었다. 그리고 안 만난 지 아주 오래된 후배들이 등장했다. 생물표본 보관용 냉동고가 있는 어떤 방이 나오기도 했다. 낡고 더러운 가운을 입은 어떤 교수가 지키는 방이다. 그리고 어느 사이 나는 낯선 도시에서 가두행진을 지켜보는 투어리스트가 됐다. 여름밤이어서 시끄러웠고 여름밤이어서 눈이 오지 않았다. 어젯밤 꿈 때문에 이 겨울이 깊고 나쁘다는 걸 알았다. 집 앞 골목에 쌓인 눈이 조금씩 녹으면서 깊은 구멍이 생긴다. 개들이 운동을 못해서 조금 살이 찐 것 같다. 내 우울은 조금씩 깊어간다. 상상의 여름과 현실의 겨울이 외나무다리에서 만난 것이다.

 음습하기 짝이 없는, 귀뚜라미들의 천국인 보일러실에 들어가 약 5분 동안 심호흡을 하고 내 방으로 돌아왔다. 이건, 내가 변태가 되어간다는 명백한 증거일는지도 모르지만, 어찌 됐건 보일러실에 들어갔다 오지 않고서는, 내가 사흘을 넘기지 못하고 죽어버릴지 모른다는 불안감을 떨칠 수 없다고 생각했던 것이다. 대략 2년 전쯤에 보일러실에 들어갔다가, 그곳에서 새끼를 낳고 있는 무척 크고 살이 찐 도둑고양이를 발견하고는 까무러칠 정도로 놀란 적이 있었는데, 다음날 다시 가보았을 때에는 흐릿한 핏자국만 있었을 뿐, 어미고양이도 새끼 고양이도 모두 보이지 않았다.

나는 전날 나와 마주쳤을 때, 새끼를 낳던 어미고양이가 느꼈을 모독의 정도를 그제야 가늠해보았을 뿐이다. 그 고양이는 얼마나 비루하고 슬펐던 것일까. 그 이후부터는 보일러실의 문단속을 좀 더 꼼꼼하게 하고 있는데, 그것은 조금도 의도하지 않은 어느 찰나에, 그러니까 내가 내 마음을 조금도 닦아내지 못한 어느 순간에 마주칠 수 있는 슬픔 따위는 미연에 방지하자는 심사에서 비롯된 것이었다. 자비심은 슬픔을 부른다고 나는 믿고 있다. 보일러실은 가을 무렵에는 귀뚜라미들 차지다. 그것들은 지상에 사는 새우들처럼 허리를 구부리고 통통 튀어 오르곤 한다. 조금 전, 새벽 다섯 시에 보일러실에 들어갔을 때, 귀뚜라미들은 자취를 찾아볼 수 없었다.

 천도편에 이런 말이 나
온다.

呼我牛也, 而謂之牛. 呼我馬也, 而謂之馬.

해석하면 이런 뜻이 된다.

"나를 '소'라고 불렀다면 소라고 생각했을 것이고, 나를 '말'이라고 불렀다면 말이라고 여겼을 것이다."

상대방이 '너는 소 같은 놈이다, 말 같은 놈이다' 막말을 해도 그렇습니까, 상관없습니다, 하면서 조금도 거역하지 않는다는 것이다. 이 말은 사실 노자가 한 말이다.

조금씩 아주 더디게, 어제 먹은 술이 깨고 있다.

 맥주 한잔 먹고 들어와 자정 무렵 잠에 들었다. 그리고는 그만 세 시쯤 깨고 말았다. 사르트르의 《한 지도자의 어린 시절》을 읽었다. 경장편 분량의 소설이다. 구체적인 증거를 대는 것이 어렵기 때문에 결과적으로는 막연한 말이 되겠지만, 내가 읽었던 그 어떤 사르트르의 소설보다도 전위적 느낌이 강한 작품인 것 같다. 지극히 주관적인 비유를 하자면 제임스 조이스의 분위기가 난다. 번역된 텍스트의 분위기를 운운한다는 건 애당초 난센스겠지만 말이다. 주인공 '류시앙'은 끊임없이 자살의 유혹을 느낀다. 내가 좋아한, 어쩌면 사랑하게 될지도 모르는 작품 속 문장.

오늘은 조용히 다락방에 올라가 패잔
병이 쓰다 만 시를 읽어야겠다. 전쟁
에서 진 사람이 할 수 있는 것은 시를
쓰는 일밖에 없으니까. 죽음을 피해
힘껏 달아나는 일, 그것의 다른 이름
이 바로 시다. 그리고 만약, 기적처럼
내가 회복된다면, 편한 옷차림으로 극
장에 가서 영화 한 편을 볼 생각이다.

아마도 결코, 잊을 수 없겠지

"나는 존재하지 않으므로 자살한다. 그리고 형제들이여, 자네들도 무(無)
인 것이다."

장례식에 가본 지 오래되었다는 생각이 문득 들었다. 영안실이나 빈
소에는 몇 번 갔었지만 마지막으로 장례식에 갔던 게 언제인지 기억조
차 나지 않는다. 아, 2003년 마로니에 공원에서 치러진 소설가 이문구
선생의 장례식이 마지막이었던 것 같다. 자발적인 추모객의 자격이 아
니라 출판과 문학을 담당하는 잡지의 기자로서 의무적으로 참석한 것이
었다. 최근 몇 년 간 이청준, 박경리, 홍성원, 오규원 선생님 등 조문했
어도 무방한 문단 선생님들의 장례식을 나는 다분히 고의적으로 피했
다. 확실히 나에게는 죽음을 다루는 의식을 거북스러워하는 경향이 있
는 모양이다. 산 자들이 모여서 죽은 자를 숭모하는 것에 대한 생래적인
냉소 같은 것. 인간의 역사에 대한 불신일까. 인간이 세우고 인간이 만
들어놓은 시간에 대한 혐오감일까. 그렇다면 그 불신과 혐오감은 대체
어디에서부터 오는 것일까. 나는 이런 의문 때문에 앞으로도 오랫동안
고통 받을 것이다.

차분하게 지나간 날짜를 세어본다. 먼 도시에 사는 형제들은 아직 잠
에서 깨지 않았을 것이다. 그렇다면 나는 새벽에 깨어 있는 타인에게 한
번쯤 윙크를 하지.

이런 문장으로 시작하는 소설을 쓰고 싶다.

나에게 편지를 보내지 않는 사람들의 토요일이 종종 먹장구름을 부르는 것을 너에게 설명할 방법이 없다.

그리고 나는 알고 있다. 이런 식으로는 소설을 시작할 수 없다는 것을. 나는 문장에 관한한 과격한 편이 아니다. 과격한 것은 언제나 상상력이다. 머릿속에서 만들어지는 그림과 이미지들, 그리고 시퀀스들. 그것은 참으로 아찔하고 명랑한 것이다. 나는 다행히, 내가 간절해지는 대상을 갖지 않아도 제법 시간을 산뜻하게 보낼 줄 알게 된 이후부터 사람들과 거리를 두게 되었다. 됐어, 거기까지만, 거기까지만 오면 되는 거야. 나는 이런 말을 마음만 먹으면 이제 아무렇지 않게 할 줄 안다. 술에 취하면 간혹 나 자신이 측은해지는 것이 문제긴 하지만 뭐 그것도 그런 대로 견딜 만하다. 모든 명예와 모든 치욕이 눈앞을 지나간다. 다른 사람들에겐 이야기하지 않아도 좋은 것이다.

그리고 어떤 술을 맛있게 마시기 위해서라도 나는 이런 문장으로 시작하는 소설을 쓰고 싶다. 내가 소설가의 이름을 가지고 있는 동안에는 꼭 해보고 싶은 일이다.

내가 콘택트렌즈를 눈에 넣을 때 꼭 위쪽부터 시작하는 것은, 내가 연어 샐러드보다 은행나무를 좋아하는 것과 어떤 연관이 있다고 확신한다.

 일어났다. 조금
은 이상한 고독감에 빠져 들고 있다. 중학교에 다닐 때만 해도 일요일
아침은 내게 매우 경건한 마음가짐을 요구했다. 일요일은 주의 날이었
고 교회에 가서 예배를 드려야 했다. 깨끗한 옷을 입고 선반 위에서 성
경책을 꺼내들어야 했다. 그 일요일의 경건함이 지금은 눈을 씻고 찾아
보려야 찾을 수 없다. 예배를 드리던 가족은 그때부터 이미 충분히 짐작
되었던 것처럼 와해되었다. 누구는 죽었고 누구는 배교했으며 심지어
누구는 타락하기까지 했다. 나는 고독하고 타락했다.

　고독과 타락은 이혼하지 않고 사는 오래된 부부 같다. 궤변에 불과하
겠지만 내게 타락이란 고독의 최상급이다. 물론 모든 고독한 자들이 타
락하는 건 아니다. 하지만 타락한 이들은 예외 없이 모두 혹독하게 고독
한 사람들이다. 타락에서 방탕의 혐의를 지우는 건, 고독한 자가 좇는
진실의 대상이 무엇인가에 달려 있을 것이다. 일요일 아침부터 술 생각
이 난다. 독한 것 말고 향긋한 화이트와인 같은 걸 마시고 싶다. 술을 마
시는 대신 어떤 책을 펼쳐 읽는다.

　인간은 살고, 인간은 타락한다. 그 진실 이외에 인간을 구원할 편리한 첩
경은 없다. 전쟁에 졌기 때문에 타락하는 것이 아니다. 인간이기에 타락하
는 것이며 살아 있기에 타락할 뿐이다. 허나 영원히 타락하지는 못하리라.
왜냐하면 인간의 마음은 고난에 대해 강철 같지 못하기 때문이다. 인간은
가녀리고 위약하며, 그 때문에 어리석은 존재지만 완전히 타락하기에도 너
무 약하다. 인간은 결국 처녀를 살해하지 않을 수 없을 것이고, 무사도를 짜

내지 않고는 못 배길 것이며 천황을 들먹이지 않을 수 없게 될 것이다. 그러나 타인의 처녀가 아닌 자신의 처녀를 살해하고 자신의 무사도와 자신의 천황을 고안해내기 위해서는 사람은 올바르게, 타락해야 할 길을 온전히 타락할 필요가 있다. 그리고 사람과 마찬가지로 일본 또한 타락할 필요가 있다. 타락해야 할 길을 온전히 타락함으로써 자기 자신을 발견하고 구원하지 않으면 안 된다.

— 사카구치 안고 《타락론》 중에서

기차가 사북을 지난다.
석탄만큼 무거운 광부의 슬픔과 피로를 한가득 싣고.
해와 달이 뜨고 바람은 부드럽다.
지상으로부터 멀리 벗어날수록 삶은 황홀할 것인가.

나는 잘 웃지 않는 소년이었다

초판 1쇄 인쇄   2012년 12월 12일
초판 1쇄 발행   2012년 12월 17일

지은이 김도언
펴낸이 김환기
펴낸곳 도서출판 이른아침

주 소 서울시 마포구 마포동 324-3 경인빌딩 3층
전 화 02)3143-7995
팩 스 02)3143-7996
등 록 2003년 9월 30일 제 313-2003-00324호
이메일 booksorie@naver.com

ISBN 978-89-6745-009-0 03810